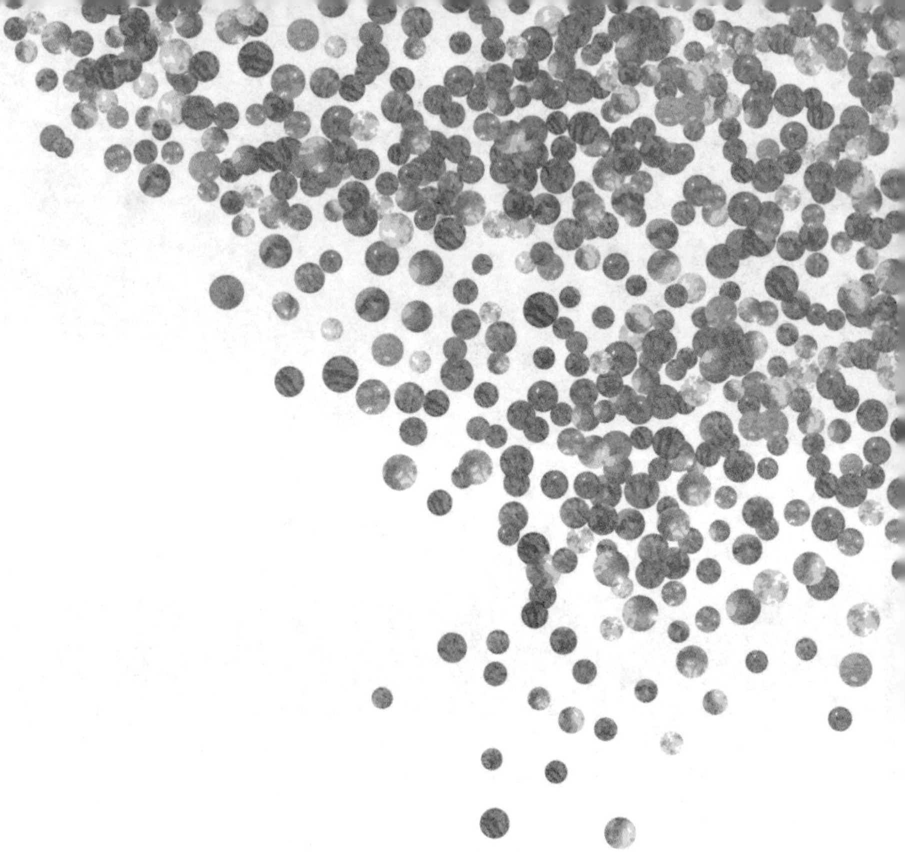

忽有斯人可想

（全新修订版）

许冬林 著

金城出版社
GOLD WALL PRESS
·北京·

图书在版编目（CIP）数据

忽有斯人可想：全新修订版 / 许冬林著 .—北京：
金城出版社有限公司，2024.3
ISBN 978-7-5155-2543-3

Ⅰ. ①忽… Ⅱ. ①许… Ⅲ. ①散文集－中国－当代 Ⅳ. ① I267

中国国家版本馆 CIP 数据核字（2023）第 228214 号

忽有斯人可想：全新修订版
HUYOU SIREN KEXIANG: QUANXIN XIUDING BAN

作　　者　许冬林
责任编辑　丁洪涛
责任校对　高　虹
责任印制　李仕杰
开　　本　700 毫米 × 960 毫米　1/16
印　　张　16.5
字　　数　120 千字
版　　次　2024 年 3 月第 1 版
印　　次　2024 年 3 月第 1 次印刷
印　　刷　天津旭丰源印刷有限公司
书　　号　ISBN 978-7-5155-2543-3
定　　价　45.00 元

出版发行　**金城出版社有限公司** 北京市朝阳区利泽东二路 3 号
邮编：100102
发 行 部　（010）84254364
编 辑 部　（010）84250838
交流邮箱　dinghongtaobooks@126.com
总 编 室　（010）64228516
网　　址　http://www.jccb.com.cn
电子邮箱　jinchengchuban@163.com
法律顾问　北京植德律师事务所　（电话）18911105819

序言
在途中，在窗边

奔波是我这几年的生活常态。一个人，像一个没有表情的偏旁部首，安置在涌向各个方向的人潮里。在这样的陌生人潮里，我不是完整的我。

好在旅途孤寂中，我常常会相遇一个个窗户——网约车的车窗、高铁的大玻璃窗、飞机的舷窗，甚至老式绿皮火车上可以上下推拉的铁框玻璃窗。在那么多的窗前，我看着窗外唰唰退后的田野、丘陵、湖泊、城市的楼丛和乡下的平房，常常会莫名感动。这就是斑斓人间啊！有什么理由不深爱？

在遥看窗外的风景中，我的积垢一样的焦虑、彷徨甚至是无力感，一点点在旅途中烟散。我像麻木者找回知觉一样找回自己，安静的、释然的、通透的自己。我发现人潮里那个像偏旁部首一样漂泊的、茫然的、不完整的自己，在窗边获得再生，成为我，成为一个独立的、生命汁液丰沛的个体。

每年的春秋季节，我会选择坐一趟绿皮小火车回老家，两个半小时左右的旅程，小火车呜呜一声，缓缓告别高楼林立的省城，向着寂静的林木葱翠的乡野而去。小火车载着我，我们像盲目扑上海岸和礁石的海浪，现在缓缓退潮，退到大海深处去，退到水和水自由拥抱的大海中央去。当推开小火车的铁框玻璃窗，那些从田野之上吹过来的风，像活泼的鸟儿，飞进了车厢里，把草木、河水、土壤与阳光的气息都送到我的肌肤上，我像是一棵断根的植物又回到土壤里。

有时候，在绵延起伏的丘陵之间，会出现一座孤零零的房子，它像一颗被风吹远的种子，在这样空旷偏远之地生根发芽。彼时，我总想：房子主人独居此地会感到孤独吗？

小火车咔嚓咔嚓缓缓驰行，在春天，我会看见窗外水田上寂寞飞翔的白鹭，低矮丘陵上寂寞开花的野生紫藤萝；在秋天，我会看见辽阔橙黄的稻田，在落叶树与常绿树之间斑驳醉红着的乌桕……在寂寞的山水田野之间，那些寂寞生长着的生命也许像一个个偏旁部首那样孤寂无主。可是，他们或它们，与相依的土地山川一起，与时间一起，又形成了一个完整的符号，产生了完整的意义，成为我窗外的风景。

在整理编辑这本散文集《忽有斯人可想》（全新修订版）的过程中，我又想到了我曾经看过的那些窗外的风景：农人、庄稼、河流、山脉。我想到了何为孤独，何为意义。

《忽有斯人可想》是2018年春天出版的一本散文集，眨眼之间5年多的时间过去。在这5年多的寂静时光里，从省城开往我家乡的那列绿皮小火车沿着我熟悉的那些风景已经来回穿行了三千多趟，而铁轨两旁的丘陵上紫藤萝盛开了6次，乌桕也醉红了6次。而《忽有斯人可想》这本集子在这段时光里，也与众多安静的、喜爱文字的读者遇见和相伴。

文学是孤独的。一本小小的散文集，也如火车窗外的草木一般生命单薄。可是，当它和读者相遇，并生成了一段名为“阅读”的时光，那么文学不再孤独，那么一本书的生命便获得了意义。

在这本《忽有斯人可想》（全新修订版）里，我删去了旧版本中《海棠好媚》等24篇文章，新增添了近年来写作的《山河遥远》《杜甫如父》《君子颂》等18篇文章，这40多篇的调整变动在不影响本书整体风格和审美特质的前提下以求更新更精美。希望它也如一趟缓缓驰行的列车，与来自人潮中的你一起构建一段阅读之旅。

于是，我们一起，在途中，在窗边。

是为序。

许冬林

2023年秋天于合肥

目录

第一辑

花开里，也有金戈铁马之气

三春之后，风雨过后，花朵被拆解，花朵回到泥土，比草更低，比苔藓、菌类和昆虫更低。比平民还平民。花朵终于安静，生出无限善意。

第二辑

在夏夜，携着月光和你一起走到天明

夏夜正好。月光这样薄，女孩子也这样薄。可以近近地看她，如看花开，直看到她游鱼细石历历可数的心底。

第三辑

虫声荡漾，夜夜在织谁人的旧乡

那么多小生命在月光下闪耀着鳞片的光泽！是啊，在这些茂密悠长的虫声里，我仿佛看到了这些山野小虫身上的光泽，那是生命稚嫩生长又蓬勃繁华的光泽。

第四辑

在画边，遥望山河遥远

那是一个怎样的山河天地啊！它美得有一种神秘气息，它美得时间似乎静止。它仿佛就是整个宇宙，巍然的，空旷的，深邃的，无边无际的，既明亮又清冷的。这个圣洁无染的世界，并不热烈，这里人鸟俱绝，连神仙也隐匿。

第五辑

阅读是种深不可测的深情

仿佛一曲琵琶终了时，四弦裂帛，之后是唯见江心秋月白。人世间至浓至真的情意，到最后都是无以言表，只好用上省略号。

第一辑

花开里，也有金戈铁马之气

三春之后，风雨过后，花朵被拆解，花朵回到泥土，比草更低，比苔藓、菌类和昆虫更低。比平民还平民。花朵终于安静，生出无限善意。

春六帖

（一）立春

“春打六九头”，寒气渐收，是有春始的意思了。

记忆中，有许多个立春立在腊月里。母亲蹲在门后的长宁河边洗被子，洗的是过年被子，洗过，年就要盛装而来，我们小孩子无日不激动。母亲起身将凤凰牡丹的被面撒网一般铺开，铺在河面上漂洗，顺便问大妈：大姐，打春了吧？

牡丹凤凰的红被面浸了水，颜色越发灼灼鲜艳，让人看见方方的一片喜气，载浮载沉地在水上荡漾。

其实，母亲猜到已经打春了。我想，她一定从河水的软和温里，从拂面的河风里，意会到了春气。

但到底还是立春，还只是一个开始，春色还在孕育中。长宁河边的榆树林依旧疏影横斜，一片墨色，在向晚的日光里摇曳，一副闺中人倚楼思远的寂然模样。

热闹的是村落间，杀过年猪，起鱼塘，蒸年糕……丰衣足食地来迎接农历年。

（二）雨水

南门的护城河边，邂逅一树盛开的白玉兰。

没有叶子，只一树的花寂静又辉煌地开，路过时劈面一惊。白玉兰开在早春的风日里，很像欧洲教堂里的烛光点燃，里面举行婚礼，有一种静穆的华丽。

城里不知季节变换，但花知。

中午陪老父亲闲聊，忽然，他说，昨天是雨水。说过他一笑，我也一笑。说的时候，天正下着雨。

老父亲已经多年不事农桑，可是依然时时记得与农事贴近的节气。这是中国老式农民，他们曾经像脚踩田埂一样稳稳地踩着节气，育种，插栽，耕耘，收获。慢慢，节气成了他们一辈子行走的坐标。

我是父亲的庄稼里一颗发生了点变异的种子，正努力回归。我的雨水不是坐标，而是一间静静的书房。

那些从前的早春，下雨的天气总像是翻了又翻的不变的画面：母亲和伯母，还有婶婶，坐在堂屋里抹骨牌。天光阴暗，桌子被端到大门口，斜着放，桌角正对着大门，借着天光抹骨牌。一牌又一牌，有人和了，有人唏嘘，然后洗牌又抹牌打牌，又和了，又唏嘘。雨在门外绵绵渺渺地下，囚得人哪也不去，只待在屋子里。世界这么小，只有我和这一桌抹骨牌的中年女人们。我躺在床上看书，透过半开的房门门缝，看着她们打牌，听着她们窃笑和叹气，好像那是我读的另一本书。于是觉得，雨水罩下的这个小世界，也不过是一个书房而已。人物从书里侧身而出，撑伞一般撑开血肉的身体，在潮湿的空气里，在暗淡的天光下，悄悄地活动。大一晴，全都消隐，变成妈妈，变成村妇，变成农民，变成很忙的人。

雨还在下，我和父亲都默然在看路上匆忙的行人，他们在招手拦车，赶着去拜年。我们像两只牛，在记忆里反刍各自的雨水，眼前的雨水似乎是别人的。

我眷念雨水之下的旧时风物，那种温润的旧意，让人觉得妥帖。

（三）惊蛰

惊蛰总要打点雷才成气候。但是，这里是长江中下游地区，春天是习惯性早产，健康早产。

惊蛰前一周，雷声就在墨黑的苍穹里轰轰响起来，很有些高亢雄浑的意味。我靠在床边，睡思昏沉中，凛然一惊，想来那些懒睡在地下的昆虫们一定惊慌得不像样。

想象一下，蚂蚁，甲壳虫，野蜜蜂，蝴蝶……它们一定大呼小叫着，有的抓壳，有的抓翅膀，有的抓触角，有的抓腿脚，穿啊套啊，起床出土。一路上心里还砰砰：要迟了！要迟了！“轰——”又一阵雷声从天空滚到地底。就像我当年上学迟到，远远听到学校的上课铃声惊悚响起，眼前浮现一万张语文老师板结冰冷的面孔，“站黑板！”“轰——”心底一阵雷。

终于出土长大了，再也不用上学了，再也不用担心睡觉睡过头站黑板了。

现在，我常常充当春雷阵阵，每天清晨去轰醒我那蛰伏在被窝里的儿子。

有一天，儿子嬉笑着说：妈妈，读书太累了，做人太累了，我不如出家做和尚吧？

我说：好啊，从明天起，你是小和尚，我是师太，咱们都出家，庙就是咱家。

第二天早晨，天色微明，师太起床弄好无荤的早餐，然后锅铲敲门：小和尚，小和尚，快起来用斋，然后去念经！

（四）春分

到了春分时节，面对春光就生了忧念。好像养了女儿的人家，眼看她快到了十七八，心里千万遍默念：慢些啊，慢些啊，一快，女儿就是人家的人了呀！

是啊，慢些啊！慢些啊！

风你慢慢地吹，花你慢慢地开，叶子你慢慢地长，小蜜蜂你慢慢地飞来……一快，春天就没了。春色三分，二分尘土，一分流水了呀。

晚上散步去植物园，一路春风，柔情蜜意。植物园多的是柳，朦胧的路灯光里，看见柳线垂垂，摇漾在水边。细看去，那柳早不是我雨水之后所见的窈窕的柳了，而是已经出嫁的柳，儿女缤纷绕膝。

还记得当年村子里有一人善制柳叶茶。春天，柳树爆芽，他挎了篮子去河边田头捋柳芽，回去焙茶。用稻草烧火，在铁锅里焙。后来，村子里有许多女人也跟着他捋柳芽，还请他做师傅来家里焙茶，于是一个春天，家家都有了一铁筒的柳叶茶。闻起来清香缭绕，泡在杯子里好像热带雨林，只是吃起来清苦。

柳到了春分时节，已经做不了茶了。叶子繁茂，它有了母性。

（五）清明

桃花开到垂死挣扎一般艳烈。

在无为，在春天，必要到太平去看趟桃花，才算得是完整地度过一个春天。

桃花林的对面是一片公墓，于是许多人在清明前后就同时做了两件事：扫墓，踏青赏花。

墓地和花林，像是生命的两极。

扫墓的时候，想念先人，哀感生命须臾，可是忽然一转身：瞧，桃花正开着呢！

人在桃花丛中走，浮花浪蕊落满头，痴痴以为好景天长地久，一转身，看到了墓地，才知道长久的是寂静。花开应如梦。

我是午后去看桃花，单是为了花。一路上只想着花，便觉得自己痴情。

桃花开在山坡上，一片一片，一坡一坡，比水墨画里的桃花要务实得多。

我站在盛大的花海对面，无端忧戚。这样盛大的春色，这样浓烈的开放，捧给谁，谁能端得住端得稳？

没有谁。

当一种生命足够粗壮、一种心灵足够壮阔的时候，也许它同时也就失去了能接应它的另一方。所以，它的命运就是自己盛开，自己凋落，雌雄同体，独自芬芳。

雌雄同体的生命，一定丰盈又孤独。

桃花好像是雌雄同株的吧。

（六）谷雨

谷雨前后看牡丹。牡丹是银屏的千年牡丹，长在悬崖绝壁上，白色。银屏周边的老百姓，像我父亲那样的老农民，习惯数牡丹的朵数来预测一年的雨水多寡。悬崖绝壁上的这丛千年白牡丹，每年花开数目不一样，据说花多那年就发水，花少那年就干旱。

我站在悬崖下，举着望远镜看那丛白花，忽然想起武侠小说里的李莫愁。那么美，那么处境孤绝，拒人千里，真是高冷的传奇。

悬崖之下的江北大地，丘陵和平原，雨水下过，土膏松软，种子窝睡在泥土里一日日发胖，生出胚芽。萌生，长叶，开花，结实，演绎热热闹闹的一生。

我在谷雨前就下了种，种了一畦毛豆，只等豆苗出土。

红尘之洼，种的是生死荣枯、烟火庸常。无传奇。

桃花不静

桃花难画，因要画得它静。《今生今世》里，胡兰成这样说。

桃花其实不静。

春天开的花里，玉兰有些静气，一瓣瓣端然的，在风里不招摇。

“红杏枝头春意闹”，虽是“闹”了，但相比桃花，杏花还是未出阁的妹妹，多了那么几层含羞贞静的意思。

真正“闹”的是桃花。一开就收不住，性子烈，又艳，艳得赤裸裸。

“竹外桃花三两枝，春江水暖鸭先知。”苏轼的这两句诗里，是桃花和江水先得春讯。晨晓还是三两枝，到午后想必已经是一树又一树，桃花性子急，春风春日里，哪里坐得住！

从前，少年时，我还是有村庄的人。春日里，儿童放学归来早，行走在田野之上，遥看家的方向，村落，农舍，疏林，还有隐约如雾的一树树红花。那时的乡村，真是村前村后有桃花，舍南舍北皆春色。

我家的桃花开在庭前，傍水而开。大妈家的桃花开在菜园的篱笆边，花后人影走动。姑妈家的桃花正对着窗子，人站在屋里，眼前是一窗满满当当的红花。我们那个村子的人家，都依水而居。长长的河堤像一根柔软的绳子，串起了一户户农家，还有一树树桃花。

我们村子的桃花，不是苏轼笔下野逸的“三两枝”。桃花一开，家家像有喜事，让人心里莫名激荡。那些桃花，张家的，李家的，刘家的，王家的，连一连，绕一绕，都是亲戚，所以我们村子的桃花都是结伴开，开得热闹，开得似乎整日都在笑。桃花那里，只有民间的闹哄哄的喜气，它从来不自带忧伤，不具疏离气质。

那时，妈妈们在桃花荫下纳鞋底，姑娘们在桃花边绣花鞋垫，我们小孩子就踮着脚折花枝来玩。东风徐徐经过，桃花纷纷扬扬飘落，落到大人们的发上，落到姐姐们的手心里，落到我们小孩子的脸上，落到公鸡的尾羽上，落到泥地上，落到涣涣春水上……

朴素的乡村，被桃花一照，竟像点了洋红的糕点，一下就生动起来，勾起人的欢喜来。我觉得自己像是住在一个桃花围成的花园里，桃花堆叠的梦境里。

曾有十多年的时间，我不喜欢桃花，觉得它冶艳，野性，开起来疯疯癫癫，一派终老民间多子多孙的俗世姿态。说到底，我是觉得，它的格不够。我像苏轼一样，看花也只看那竹外寂寥的三两枝，我不喜欢桃花排山倒海开放的热情。

不喜欢桃花的那些年头，我也是孤傲的，寂寥的，以为自己生来自带忧伤与疏离气质，所以睥睨俗世俗人。

去年秋天，晚上在护城河边散步，遇到一旧时同窗，她一见我，又意外又惊喜，拉着我在路灯下碎碎聊了有小半个钟头。道别后，我不觉想起她当年在学校读书的情形，那时她就像桃花，胆大，主动追男生，每每出入校门都是拉帮结派姐妹一大群。她其实长相普通，可是依旧活泼外向，好像一个学校就她最美似的。

如今回忆，我想，她的少女时代是动态的，我的是静态的。

这么多年，同窗在我近乎俯视的目光里，结婚，生子，工作，勤俭持家……她守着她小小的家庭，低姿态地结实地生活着。她像许多沦陷在烟火日常里的小妇人一样，忙碌，身份模糊，几乎找不到自己的标签。可是，她很幸福，她依旧很幸福。

现在，她是静态的了。静态的幸福。平凡，朴素，温暖……我被现在的她，仿佛打动。

无为有个太平乡，那里漫山遍野是桃树。去年春天，清明前后，我准备去看桃花，问朋友花讯，答说还没开。一周后，我盛装去看桃花，待到了那片桃花坞前，才知花已凋零。

桃花的花期真短！即使漫山遍野是桃花，花期也还是就那么几天。叹息之余，我忽然原谅了桃花，原谅它开起来泼辣、冶艳、声势张扬。也接受了人群中那些野性、泼辣、妖娆、媚行的生存姿态。

桃花不静。它静不了。它要赶着盛开，风时也开雨时也开春日正好时也开，因为花期就那么几天。那几天里，它倾其所有，用色彩和阵势制造出最大的动静，让人觉得，大地都载不动端不稳。让人觉得，桃花一开，山斜了，风斜了，雨也斜了。

桃花本是纯良

——读《桃夭》

桃之夭夭，灼灼其华。之子于归，宜其室家。

桃之夭夭，有蕡其实。之子于归，宜其家室。

桃之夭夭，其叶蓁蓁。之子于归，宜其家人。

——《诗经·周南·桃夭》

如果不是读了崔护的《题都城南庄》，不是读了那句“人面桃花相映红”，也许我会一直被现代汉语里的诸多“桃花”引申义带偏，会以为桃花只是关乎男女情事。

现代汉语里，像“桃花”一样，本是出身纯良洁净，奈何被后人笔墨言辞一再偏离的词语还有“红杏”等等——一提起“红杏”，人家立马会联想到“红杏出墙”。

好在还可以回望，长长一回首，看见桃花们在唐诗宋词里，还依旧那么清新着。是的，桃花，在古诗文里也端庄也热烈着，也恣意绽放也朴实结果着。

“西塞山前白鹭飞，桃花流水鳜鱼肥”，是唐人张志和的《渔歌子》。在春天的大视角远镜头下，青山飞白鸟，碧水浮红花，生机勃勃的大自然面前，风雨中忘归的渔人成为多少代文人精神上追求的另一个自己。不论唐宋，乃至元清，直到当下，那么多的水墨文人画里，文人们画山水，画小舟，常会淡墨点上几笔，点出一个渔人来——精神上终于挣脱名利羁绊的人，回归山水大地之间，他是渔人，也是神仙。

渔人的岸边，一定是有桃花的。桃花在野。桃花无关风月。有桃花的地方，才算得真正意义上的自由天地。

再往上回溯，读晋人陶渊明的《桃花源记》，读到“忽逢桃花林，夹岸数百步，中无杂树，芳草鲜美，落英缤纷”，我似乎能感受到自己的脸红，为自己曾经对桃花想入非非的理解。在桃花源里，在那样一个露水清甜空气洁净的处女般的土地上，每一朵桃花都像小妹妹稚气无邪的笑脸，而你带着成人蒙灰的目光初见，只觉自惭形秽。

陶渊明的桃花，是一处不被人世战乱世事更迭所惊扰的永生花，它宁静、纯粹、无忧，自开自落，不知日月流淌流年偷换。

这桃花是芸芸众生的家园，是历代文人的精神原乡。也许我们辛苦一辈子，到最后，所求不过是，在攘攘人世有屋两三间可庇肉身，屋边种几竿修竹，栽几棵梨桃，养养肉眼。再在精神层面上追求广大一些，也不过是求天下处处是这样的屋舍和桃花相依的和平安宁与富足。

有人说，《诗经》里的这首《桃夭》了不起，就在于它是文学作品里第一篇用花来喻女子的作品，深具开先河的意义。

有了这一篇《桃夭》做底子，从此看女子如花，看她是桃花、海棠、芙蓉、牡丹、梅、菊……于是有了花朝节，敬百花之神。十二花神里，女孩子们根据自己出生的农历月份，去敬自己的花神——出生三月的，敬桃花神。

但是在最初，关于桃花的叙事终究是简洁的，不过是借桃花起兴，来祝福一位姑娘出嫁。也许那是一个春天，庭前桃花盛开，姑娘且喜且羞，面色绯红也如桃花。出嫁的姑娘路过花枝，花面交相映，就是一千多年后崔护写的“人面桃花相映红”。在祝福的歌声里，姑娘美如桃花，姑娘今天出嫁。桃花千朵万朵，姑娘一定幸福。当绯红谢去，又圆又大的果实累累坐上枝头，想必这位出嫁的姑娘也一定如桃花一般生儿育女，籽实满枝。而她也一定会在新的家庭里，以她的朴实勤劳的美德，赢得婆家人的爱护，建设出一种像桃叶舒展、满树生机的和谐兴旺的家庭气象。

在古老的《诗经》里，在先民的颂辞里，桃花是姑娘，桃花结实、桃叶蓁蓁描述一个美丽纯朴的乡下姑娘完成了生育儿女建设家园的生命职责。

这里，桃花不轻浮、不妖艳，也不虚妄。桃花开在民间，开在寻常日月里，开成一个乡下姑娘质地纯良的人生。

所以，春日看桃花，就去乡下看桃花。或者去古人那里读桃花。这些地方的桃花，还未被脂粉所染，未被世事所伤。

清　贵

看人画牡丹，最喜欢的是用墨画出来的牡丹，只用墨，和水。

这样的牡丹，只一丛，或者一朵，就可以底气十足地压住一整个春天。就像张若虚的《春江花月夜》，一首就够了，一首就站到了唐诗之巅。

这么美，这么雍容，却是墨色，这是一种无意于以颜色悦人的骨气和贵气。明明可以姹紫嫣红，明明可以千娇百媚。可是，却只寄身于或浓或淡的墨色里，深情婉转而不言。

有一回，黄曙光老师在微信里发过来三张墨色牡丹，我说这牡丹有仙气。那一回，他画牡丹的墨，是亲手慢慢研出来的。扇面上，一朵硕大牡丹层层叠叠地开，开得酣然，开得半低了头，仿佛垂眉凝神思索，又仿佛孤绝地扭头不去承欢，很有一种深沉静穆之态。黄老师喜欢给他的墨色牡丹题名“清贵”，我深喜这两个字。清贵，是骨子里散发出来的贵气，无意于张扬。

贵气而不张扬，那贵气就有了一种深厚博大的气象。

有一回，读文章，文中作者直言自己是富贵命，读得我眼皮一跳，有些不适应。在世间，真正担得起富贵的，又有几人？家财万贯，富了未必就贵。贵是内在的东西。从前有海派画家画牡丹，朵朵花开富贵，可是画着画着，心底有犹疑，有冷冷的自知。于是，花丛里给补上一两根寒枝，心里就稳妥了。即使洛阳纸贵的画家，也不敢满满当当地画上雍容牡丹。

世俗意义上的富贵，是稀世珍品，多数时候，我们还是可以做一个有清贵之气的人，即使靠近了一点贵气，但是清和圆润，不隔不硬，像一朵墨色牡丹，低眉开在民间。

我书房的墙上挂着一幅墨色牡丹，花朵沉沉，垂到枝下，像是雨后的牡丹，又像是淡月笼罩下的牡丹含着露水盛开，一派自在从容娴静低调之态。是的，那是一种低调的雍容。纵然开得倾国倾城，却也不曾扰了春天花园里的同类，也不招引蜂蝶。

越是盛大的美，越是克制着，不弄出一点的动静。或者是，不屑于弄出动静。

在聊天类的真人秀节目《圆桌派》上，见到了身着黑衣沉静美丽的徐静蕾，是又智慧又美丽又有姿态，真好，真叫人喜欢。在时年28岁的蒋方舟的对面，43岁的徐静蕾，就像墨色牡丹，更有一种强大的魅力，一朵就能压住一个春天。这么多年，她无意于取悦男人和这个世界，只是低头，去过着自己别样美好的小日子。她缝纫、读书、写字、拍电影，她把自己从炫目的奢华世界里拎出来，放到别处，放到灯影寂寂处，清凉度春秋。淡定，从容，我是我，我做我，这才是真正的雍容度日啊，这样的女子，心灵有贵气。

有一回，黄曙光老师画画，画牡丹，我站在案边看，不禁脱口道：我所理解的清贵，就是在寻常俗世里，做一个心灵有贵气的人。

不盲从，不逢迎讨好，不献媚，不卖弄青春。

始终，你有你的姿态，你按照自己的姿态，活在这个世间，活成独一无二的自己。

活成一朵墨色牡丹。滤尽繁华，灵魂巍然挺拔。

花开如笑

节气到了雨水之后，日日都是看花天。

看花天，就是看花们在笑，在风里笑，在斜斜的细雨里笑，在阳光与蜜蜂的翅膀下笑。

好吧，陌上看花去。

脚边的那些小野花，淡蓝色的，黄色的，浅紫色的，小门小户人家出来的模样，最易被目光省略。春暮的蒲公英，满地开黄花，依然不成阵势。江堤上更多的野花，我都叫不出名字，它们在牛羊的蹄子缝隙里悠悠吐露清香，这香气素淡到很快混入青草的清气里不见踪影。

野花似乎不是花，没人当它们是花。春阳好的时候，我躺在草坡上，手指轻轻一拨弄，裙子底下小花小朵遮遮掩掩地开。它们像杜丽娘的丫鬟春香，小姐笑了，她就笑了；小姐叹气，她就叹气。它们更像我童年时所熟识的那些小村姑，人生没有宏大壮阔的场面，一点点小猫小狗的事情，也能让她们欢喜半天。你瞧，草地上，风一吹，野花就舞蹈；风没吹，小野花也在笑。春天么，除了开花，找不到第二桩事情可磨光阴。

桃花、杏花是正当好年华的女子，结伴出来，垄上踏青。她们裙袂翻飞，笑声清脆，逗得路人纷纷驻足。在春天，在乡村人家的庭前院后，在城市的公园里河畔边，甚至在幽幽深山里，随便一走，到处都能遇见桃花盛开。它们不开则已，一开，就是大动静。那么烈，像火燃烧。那么艳，像吹吹打打洞房花烛的新娘子，可是不娇羞。

梨花盛开，玉一般白，雪一般轻盈，它有书香女子的贞静。它即使打开了所有的花朵，即使所有的花朵缀满枝头，依旧是那种安静淡然的浅笑。它不像桃花，桃花一笑就不留底，梨花呢，再怎么开，都节制，都低调，都想着留白。桃花开得像胸口的朱砂痣，梨花开得像窗前的白月光。

春天里，玉兰花开得也不迟，花瓣质地如缎。玉兰个高，花朵又大，开起来奢华隆重，像大家闺秀，需仰见其美。它端庄，雍容，开花时从不扭扭捏捏。春风一敲门，它啪的就打开花朵，从不闹小情绪。小情绪是要关着门在家里闹的，出场了，就要笑得敞亮，就要美得大气。

泡桐花我有许多年都不喜欢。它盛开在高枝上，大手大脚，不遮不掩，香气浓烈到熏人。像大婶，是大嗓门的大婶。大婶站在高岗上，和男人理直气壮地说粗话，得胜，敞开嗓门大笑，笑声都能砸死一头猪。

迎春花开起来一串一串的，从枝根到枝梢，从一而终老老实实地开着黄花。迎春花的花朵平常，香味也不惊人，可是开得早，就让人记住了。老实人，一笑起来就不知道收口，这是迎春花。

樱花一簇一簇的，三五朵挤在一个枝节上，嘻嘻—嘻嘻—嘻嘻嘻。早前，我的老房子旁边有一棵樱花树，春暮才开花，花朵娇美如少女。我一看那团团簇簇的开放姿态，就想起当年读书时节，好几个女生共住一室，冬天里，学校熄灯后，我们就点着蜡烛读书和聊天。那时不觉时光之美，如今想起，已是怅然。择枝而栖的我们，再不可能回到当初团团簇簇茂密生长的光阴里。

牡丹气场太强大，它一开，六宫粉黛无颜色。有一年春天，去菏泽看牡丹，好几个牡丹园，各色的牡丹，开起来倾国倾城。我流连花边，心有戚戚，觉得自己太单薄太苍白太暗淡无光了。牡丹是花王，纵然它那里开得深情款款，我这里，依旧觉得与它隔了千山万水。

芍药不比牡丹。芍药一岁一枯，是草本植物，可是开起花来，姿态婆娑，花朵有贵气。春暮天，枝繁叶茂的绿叶里，一朵朵硕大圆润的芍药花喜喳喳地盛开。芍药花开有憨态，又酣然，像《红楼梦》里的史湘云，一边喝酒，一边朗声大笑。

那一日，黄昏回家，路过人家的门前，见廊檐外一个十来岁的小女孩在打羽毛球。她穿着粉红花裙子，跟她的父亲正激烈战斗，咯咯咯咯—咯咯咯咯——她的笑声随着羽毛球起伏跌宕，在我的耳朵里画着一条又一条优美的弧线。我看着，内心小荡漾，不禁一叹：花儿呀，好美！

桐花如常

不喜欢桐花多年。

觉得它肥俗，香气浓烈到撞人。落花时，样子邋遢。

在我们江北，谷雨之后，桐花最盛。

少年时居住的老宅西边，有一棵桐树，是白桐，也叫泡桐，粗壮，高大，枝叶覆满头顶天空，指手画脚。我放学回家，穿过开着无边无际紫云英的田野，老远看见我家屋西的桐花，白发苍苍地开上云天。桐花下，炊烟升起，猜想母亲一定正手忙脚乱地做饭。桐花粉紫色。浅浅的粉紫，隔着春暮的天光烟霭看去，竟像是颜料在水里化掉了，化成一团不干不净的灰白色。这样的灰白色，是薄凉的，像日子，不过节也不做喜事的乡下日子。寻常的日子。

有一回，朋友跟我描述她在乡间看到的桐花有多美，我心里想笑。桐花能有多美？匆匆一见，如旅途上的艳遇，没熬过漫长的相看生厌的时光，那情感自然是轻吐芬芳。

我想起从前我家的那棵桐树，春暮的雨愁愁长长地下，屋外的墙角处，腐烂的树根边，都生了一簇簇的野蘑菇，肥厚的桐花花瓣铿然坠落，砸在滑腻的湿地上，混进潮腥的野蘑菇丛里，然后一起腐烂。空气里，桐花的味道又湿又重，缠绕不散，像玄奥难解的命运。夏天，算命先生坐在村口的桐树荫下，一卦一卦地算。他说人在命运里走，也逃不掉。命运如网，缠绕不散。

母亲喜欢请人算命，给家里每个人都算。一回是抽牌，母亲让我抽，我抽出一张，展开看，是一个女子，骑一匹白马，又矫健又威风。图边说的是什么，已经不记得。只记得，我是喜欢那匹马的。其实我也想骑上那匹马，逃。逃离乡村，逃离我妈妈我奶奶那样的生活和命运。我不想自己就像一朵桐花，开得那样粗陋，那样没有花的样子。花的样子应该是轻盈的、鲜丽的，香气袅袅像细细的柳丝，或者像下下停停的春暮的细雨。

如果做花，我不想做一朵桐花。

像逃离一场指腹为婚的旧式婚姻一样，我试图以自己的不甘和倔强来逃离古旧乡村，逃离古旧的生活方式。我追随理想，试图走一条和别人不一样的路。出门读书，风花雪月地写席慕蓉体的情诗……我以为我成功逃离。

暮春的一个黄昏，散步，路过一户人家的院前，竟是久久流连不去。那是极普通的一户农家，两层半旧的小楼，门前用竹篱笆围出一小块菜园，里面种瓜种豆。房子东边，立一株高大桐树，紫色的桐花累累簇簇盛开，远看去，花开灼灼，如蒸如煮，花气熏天。房子无人，静悄悄锁了门，只有那一树桐花火辣辣地开，繁花照眼明，也庇护着小楼和院子。

一块园，一树花，一户人家。静谧，安稳，寻常。寻常中透着人间烟火的亲切，和盈盈的美意。

桐花到底还是美的！

回想少年时，偌大的桐花荫下，坐着三小间覆有青灰瓦片的房子，我踩着满地的潮湿桐花去上学。那画面，隔着二三十年的光阴，现在回头看去，才看出了一种人间的简静与清美。

寻常朴素的物事中所包含的美，要过完小半生，才能懂得。就像过完小半生，才懂得，平常心的可贵。

我在单位大院里开荒种菜，种没有农药没有生长激素的蔬菜。十指纤纤，不弄墨，弄泥土：希望儿子在我身边成长的年月里，可以吃到最健康的菜；是想，一慰自己初进中年渐生的求田问舍之心。

一次跟文友说起，说起种菜，说起农事。他说他从前什么样的农活都干过，每年割稻子，最后一镰，他会割在自己手上，提醒自己逃离。我听了，内心有急雨经过，一阵潮湿。是的，我们曾经都是逃离者。可是，如今我们说起油菜花，说起三四月的秧田，内心止不住地觉得亲切；看见庄稼，总觉是如遇故人。回头看人生，还是认同挖一口塘种几亩地生养两个孩子的日子，是庄严安稳的。

寻常是美，朴素是美，这样的美，又极庄严。

原来一直不曾逃离：对抗了小半生，最后，还是喜欢桐花。逃了小半生，最后还是愿意俯身低眉，做一个母亲和妻子，做得不需要名字。

如果是花，自己还是一树桐花。在尘世之间，一花，一园，一人家。

桐花如常。一切如常。

美　人

春来雨潺潺，黄昏上街，过街口，无红灯，却见一轿车缓缓停住，摇下玻璃窗，一男子探头向外。顺他目光看去，一女子雨中过街，执杏黄大伞，着宝蓝长裙。不由也停步，细看去：穿得层层叠叠，姿态婆娑摇摆，好似一面花落，一面花开。

是美人。有闲情看，美人处处在。

美人的美，粗略划分，大抵可分两类，静态美和动态美。

具有动态美的美人，适宜亲眼看见，不宜入画。朋友跟我聊天，她说她猜测王昭君出塞，可能不能怪上毛延寿。汉元帝是在昭君出塞那天才第一次见到她真身，想必那天的昭君盛装出行，一步一步出深宫，风吹裙袂，姿态袅娜。是那风神飘逸的姿和顾盼传情的态拨动了元帝的心。也许昭君的美，不好画，那神和态，只有动起来，才美得揪人心。若是这样，就不能责备是毛延寿故意将她画丑了。

林黛玉就是一个深具动态美的美人。越剧《红楼梦》里，《天上掉下个林妹妹》那个唱段，宝玉且喜且赞“行动好似风拂柳”，这唱的便是黛玉的动态美。读《红楼梦》，最喜把玩这一句：“林黛玉已摇摇地走了进来。”瞧这“摇摇”二字，看客也被摇得心驰神往了，这就是黛玉的风流袅娜。所以大观园里的那帮女孩子，我以为林黛玉走路的样子最耐看，撩人心，有模特范儿。看林黛玉要远看，不要画她。宝钗就不一样，穿家常衣服，半旧打扮，唇红腮粉的，坐在炕上做针线活，端庄贞静得如静物一般，就适宜画下来，画成一幅淡雅的仕女图。

某日喝茶，跟一漂亮的女友聊起女人的美，她慨叹，上天对每个女人都是公平的。她说她在澡堂子里见到一个半熟的女人，那女人平时看去，五官普通得要命，没想到站在莲蓬头下再看去，皮肤竟是那么白，线条竟是那么优美。看来，有人美在面孔上，有人藏着美。

活在男人思念中的那个女人，是他永远的美人。这样的美人，也不适合去见，不适合约到茶楼里，让她坐在自己对面。太近了，她就不是美人了，是菩萨的塑像斑驳，让人望不见神性，只望见了塑像里的草茎和黄泥。隔着时空，隔着疼痛和相思，美人隐约，只可长相忆。

《浮生六记》里的芸娘，似乎是个美人，因为好像每个男人都羡慕沈复，讨得那样的老婆。其实芸娘长相如何，今人如何见到！男人喜欢她，是因为她的性情。温和贤淑，善解人意，又不失小女人的伶俐和情趣，难怪林语堂说她是“中国文学史上最可爱的女人”。性情之美，在情，在智，在趣。性情之美，也成就一个美人。兰花一样的美人。可养。

花木兰的故事里，如果只有关山度若飞，只有寒光照铁衣，那多苍白单调，还好，还有壮士十年归，回家著旧裳，对镜贴花黄。阳刚美和阴柔美的组合，让花木兰的形象格外明媚可人。看电影《花木兰》，最难忘那一镜头：月色迷蒙，她脱了战袍，在月下沐浴，披着长发……自此，她成为魏国皇子文泰心中的美人，在他的心中，她跟他的江山并重。

这个世上的美人，大约是因为有了他人那双欣赏的眼睛，才格外光华难掩。而我想，若能穿过长长短短的男人行列，回头在女人这里再受追捧，便是美人做到又一重境界了。一念至此，想到多年的闺密们，打算从此改口称呼她们。不呼大名了，改呼：嗨，张美人！嗨，李美人……

人间月，西塘桥

有水的地方就有月，有河的地方就有桥，这是西塘。

不能去天上的月亮上小坐，却可以去西塘的桥上走走。西塘的桥，那是荡漾在人间的月。

五福桥、卧龙桥、送子来凤桥、永宁桥、环秀桥……在西塘，人步桥上，影落水中，怎么都觉得自己像是嫦娥，或者是来访嫦娥的后羿。西塘的桥，就这样让人平添了几分仙气。

春晓时分，桃花将绽未绽，卧睡在晨气水汽里的西塘恬静而羞涩，那朦胧隐约在薄雾和柳色之后的小桥好像淡墨勾染出来的美人眉。一个人，不背包，不提相机，不邀友人，只脚步轻轻去踏那些古老的小石桥。明代的桥，清代的桥，千年百年在露水与晨霜里迎送行人的桥，它们真是苍老！

我喜欢这早春晓色里的小石桥们，走过卧龙桥，去访环秀桥……游人还未盛，古镇还没醒，淡墨色的石桥连接着小河两岸层层叠叠的灰瓦房子，静美得像一幅明代的水墨。人走桥上，觉得空气是微凉的，古镇是微凉的，是墨的微凉。觉得自己也是微凉的了，跌进了千百年前的时空里，成了一个古意的女子。晓月弯弯，悬挂天边，我看看脚下的环秀桥，觉得桥和月真像一对姐妹，或者是一个女子的双眉。

桃花杏花一开，柳色浓碧如染，西塘仿佛一下从千年的沉睡里醒来。醒来，西塘还是一个妩媚的少女，适宜怀春，适宜被温柔地惦念，适宜来与她晤面欢喜。春日晴和，春装薄薄，坐一只瘦削的小木船，船从桥下过。一个人坐在船头，船夫在后面摇橹，哼着江南的民歌小调。柔风徐徐，碧波粼粼，恍惚中，以为自己是一片落花，漂在水上，过了桥，过了枕水人家的窗台外，随春水到了远方。“要过桥了，妹子坐稳哦！”船夫在后面小声提醒。“什么桥啊？”“永宁桥！”说着，船已经过了桥洞。回头看桥上游人渐如织，一张张笑脸对着镜头，也像桃花盛开。也有人举着相机，对着水面，对着对岸挂着串串红灯笼的白墙黑瓦的老民居，我转身向前，知道我的背影连同小船与河水，都是风景。而前方，还有小桥，还有风景……我喜欢“永宁”两个字。

在五福桥上走，特意走得慢些。好像走得慢一些，福气就会多一些。福，德，寿，禄，善终，一生的追求原是这样庄严。方方的桥洞，朴素的桥栏，让我想起，也许做人简朴方正，自有福气可庇荫。

在秋天，在黄昏，到廊桥上坐坐，一定要携着爱人。他走台阶，我走斜坡，像从前的那些男人和女人，相伴过廊桥。和他在美人靠式的木长椅上坐着，彼此很近，彼此很静，一起看落日。看落日辉煌，然后又一点点降温，融化进了暮色与河水里。和他一起在廊桥上感受黄昏的寂静，像时间，像人生，最后万物沉寂，只有我还在你的身边，我的脸倚着你的肩，我的手还握在你的手心里。廊桥就这样，总让人无端想起爱情，想起执子之手，与子偕老。难怪国际影星、《廊桥遗梦》的女主角梅利尔来到西塘走了这座廊桥后开玩笑说：如果我先走了这里的廊桥，也许就不会有美国的“廊桥遗梦”了。

想来冬日薄雪覆盖下的西塘的桥隐身在天地一片大白里，一定贞静得像一位妇人，依门等候良人归，等候春色归。我未见，很想见。

雨不知什么时候来

那时，我们的房子顶上有许多补丁。赶上台风落雨天，家里家外，热闹得像赶集。

和那时的衣服容易破一样，我们的房子也总是容易破出小洞或裂出缝隙。大人们要常常给房子加补丁，稻草覆盖，胶布覆盖，异色的碎瓦拼接，各种补丁皆有。房顶上有多少补丁，可能鸟比大人们还要清楚，因为补丁处常常潮湿，有通畅的小空间可容纳大风送来的种子落脚，于是小鸟便可以在那里啄食幼芽。而我们小孩子只有到房子漏雨的时候，才知道哪些补丁又破了，哪些部位又出了窟窿。

南方雨多。漏雨是大人们的忧愁，但也只限于大人。大人们在湿答答的空气里锁着眉头，可是，我们小孩子却是欢呼雀跃的。

我们不知道雨什么时候来。雨来前常常刮风，我们喜欢刮风。

"起风了……"奶奶拿着蒲扇的手垂下来，垂在灌了风鼓起来的裤管边。圆圆的扇子和胖乎乎的裤管相互扑打，啪啪的响。一同垂下来的，还有奶奶的嘴角——奶奶的脸色和天色一样，开始转阴。

"起风啦！"堂哥奔到门前的场地上欢呼着，像个山大王。树枝在飞，地上的树叶草屑在飞，大黄狗和小花猫也奔到场地上，追着树叶和草屑玩。

乡村的世界难得这样动起来！

平时的乡村总是懒洋洋的，门前门后的河水静静地流着，木船静静地驶过，小鸟静静地在场地上偷稻子吃，猪在圈里打着均匀的呼噜，檐顶上的仙人掌花和篱笆上的喇叭花悄悄地开了又悄悄地败了，像是醒来又睡着了……我们喜欢刮风的世界，一切都像长了腿，长了翅膀，在跑，在飞。

我们小孩子最想要飞了。趁着大风，我和弟弟赶紧从父母的床上扯来薄薄的毯子，然后系在脖子上，背后摊下一大片牡丹凤凰的图案——我们有了侠客英雄们常常披的披风。我们披着还散发着汗味的毯子披风，站在门前的场地上，张开双臂，让大风从我们身上刮过，再鼓起我们的披风。我们手执鸡毛掸子为刀剑，一手牵着毯子披风，迎着大风在场地上奔跑。我们很想有一匹马，但也只能想想而已。我和弟弟披着大风鼓荡的毯子，奔跑到堂哥身边，跟着堂哥，结成浩荡队伍沿着长长的河堤继续奔跑，仿佛去开疆拓土。

我们不知道雨什么时候来。我们快活地奔跑。我们喜欢做大风里旌旗猎猎的英雄。

雨喂养草木庄稼。大风喂养我们，大风把我们喂养出了翅膀，我们架着毯子被风吹动，仿佛正在直上苍穹。

我们张开毯子做的羽翼，在大风里且跑且飞，欢呼叫嚣。雨不知什么就下了，起初雨点稀疏，带着尘土味，弹在我们的额头上，像风的鞭梢甩在我们的额头上，我们伸手一摸，湿湿的有泥沙感。水珠弹在波纹迭起的水面上，吧嗒吧嗒响，像我们玩过家家的游戏，抱着对方柔软的脸蛋亲了一口又一口。

奶奶站在门前门后喊：“丫头小子们，快回来，要下大雨了！”我们假装听不到。

公鸡母鸡躲在柳树荫下避雨，一群黑羽毛的鸭子嘎嘎叫着，也躲在菖蒲丛里。它们都不回家，我们为什么要回家呢？我们也学着它们避雨。我们解下我们的“翅膀”——这个已经被雨打湿了的毯子，一人牵一头，撑开了，在树荫下，滴答滴答地接着大树枝叶缝隙间滚下来的雨滴——我们搭了一座布房子了呀！我们像大人一样了！

公鸡母鸡也跑到了我们的布房子下避雨，大黄狗淋着雨也朝我们投奔而来，哪怕它的尾巴还挤不进布房子里它也不去。四处的雨水漫过来，我们脚下的泥土渐渐就软了，褐色的软泥从我们的脚趾缝里挤挤出来，涌堆到脚背上，像一只土蛤蟆在蹲着。我们脚底湿热，脚背痒酥酥的。

浸透了雨水的毯子越来越重，我们双臂举得摇摇晃晃。有避雨的路人站在伯母家的屋檐下，看着我们一帮小孩子叽叽喳喳擎着布房子，宁愿摇摇欲坠也不回家，都咧着嘴巴笑。我们站在布房子下面，站在烂泥里，隔着雨幕，也望着他们笑。在这样的对望中，我们觉得自己和大人一样了，是平起平坐的那种“平站”了。

雨下着下着小起来，我们收了布房子，快活地奔向路面低洼处，在那一碗深的水凼里踩水来玩。浑浊的水花四溅，溅得满身满脸，我们哈哈笑着，比鸭子还像鸭子。在外干活避雨回来的父亲，扛着还在滴水的锄头，老远做出凶神恶煞的样子。母亲却半怒半嬉笑着，奔到水凼边捉我们小孩子，她总是先捉了弟弟，拎给父亲，再去捉我。

刮风下雨，是如此令人快活，大人们却不懂。我们垂头丧气地被大人拎回家，被按进大木盆里洗澡。奶奶烧好的热水倒进澡盆里，母亲用毛巾蘸了热水擦我们泥鳅一样的小身子。我们只觉得毛巾里漏下来的热水太听话了，只会乖乖地贴着皮肤流淌，哪有雨水那样顽皮可爱，在我们皮肤上弹跳，带点凉，带点土腥味，像是野生的，叫人欢喜。

偶有时候，还能碰到房子漏雨，那就热闹了。尤其是台风天，大风把房前房后的大树吹得树枝横扫，这时候会有几片瓦被树枝扫得偏离了原来位置，雨水不一会儿就从屋瓦的缝隙处落下来，此时家里的脸盆、脚盆、铝制小锅和大号的汤碗全摆出来了，桌子上，墙角处，房门边，大珠小珠落玉盘的声音满屋子响起，走路都要小心，唯恐一抬脚就会踢翻一只。奶奶举着盆在接漏雨，我和弟弟总是抢着去帮奶奶干这美差，我们常常一人捧一只盆站在漏雨处，仰望屋顶的水珠直直掉下来，砸在盆子里，溅得我们一脸的细密小水珠。此时捧盆接水，总有一种丰收感，好像不是在接水，而是秋天打枣时节在树下接枣子。我和弟弟总是暗暗比赛，各自悄悄瞅着对方的水盆深浅，心里盼望着雨珠再大一点多一点落得急一点。

遗憾的是，我家是砖瓦房，接到的漏雨在盆子里水色单一，只是一点不出奇的清澈，偶尔在盆底晃动一小撮细碎的干苔藓或泥沙。我那时最喜欢在外婆家接漏雨，外婆家是草屋顶，接到的漏雨是酱油色的。还有酱油色的雨水，这真是草屋顶创造的新奇。我常常捧着这样的雨水，总是不舍得泼到屋外去，真想向外婆进献我天才般的发现：下次不要叫我去江堤上的小店里打酱油了，就存下我接的这酱油雨吧，慢慢用，可省钱了。

雨不知什么时候来，有时候是半夜来。大风裹挟着雨，屋顶上树枝扫动屋瓦的声音唰唰的响，母亲起床在点灯，父亲在屋子里找盆盆罐罐接漏雨。我睡眼惺忪，看看我们的屋子，一时有了异样的新鲜，心里一阵快活。好几件家具的排列组合都有了新的安排，原来贴在窗台边的红长桌退后一两步，那桌子上的梳妆镜上还滚动着水珠子。原来靠墙的几只大衣箱连同箱架子一起被挪到了床边，哇，我终于可以站在床上直接去爬到箱子顶上了，箱子顶一直是我神往的地盘。哇，我们睡觉的大床也要挪位置了，父亲和母亲两个在抬床，我坐在床上，摇摇晃晃，像是坐轿子。我早就厌烦我们的大床一直靠着后窗太紧，我玩捉迷藏时几次想挤到大床后面都未能成功，这下好了，大床和后窗之间终于开辟出一条新通道了。原来，我们小小的卧室还藏着被各种创造的潜能，它还拥有着完全异于我平时见惯的各种新景象。

在风声雨声里，在重新排列组合的家具之间，在滴答滴答的雨珠落盆的小夜曲里，我慢慢合了眼，清凉睡去。睡梦里，我们的枕头边放着一个接水的盆子，我和弟弟争抢着要抱这个盆子睡觉。早晨醒来，我常常分不清抱盆睡觉的情景到底是真实发生还是梦境，我只依稀记得有苔藓一样清凉的水珠落在我合起的睫毛上，颤颤的，我像是睡在水边的捶衣石上，用脚丫子垂钓性子毛躁的小鱼小虾。

翌日天晴，一切又恢复了原貌，红长桌回到窗台边，大木床回到后窗边，盆盆罐罐回到厨房里……没有风，毯子做不了我的翅膀。我心里黯然忧伤，于是默默期盼，期盼下一场雨在不知道什么时候的时候忽然下到头顶。

我像期盼长大一样，期盼着一场雨来。只是很遗憾，长大后才发现，那些雨全变成了大人的雨，忧愁的、慌乱的、天光黯淡的雨。

那快乐的雨季，原来只属于孩子。

墙外的春天

母亲和大妈在窗外的廊檐下晒太阳，她们边织毛衣边聊天。我在窗内，在床上，生着病。这是三十年前的事情了，至今忆起那情景，仿佛只是昨天。

那时，窗外已经是春天。透过半掩的窗户，风软软的身子游进来，微凉的。若是爬到窗沿边，能看到远处的田野，绿色厚起来，我猜那是紫云英们从旧年的稻茬间抬起了身子。

我翻个身，继续躺着，目光烙着屋顶，仿佛从远古洪荒年代一直凝望到今，屋顶始终没有变化。有变化的是窗外，于是我拼命竖起耳朵，听着窗外的一切动静，然后在脑子里，将这些声音转换成画面。我感觉我的耳朵像一只无限伸长的手，伸到窗外，这里抓一把，那里抓一把，唯恐自己在疾驰的春天里摇摇欲坠一般脱落，就像努力爬到岩石上的一粒螺蛳，却在一个凶狠浪头的摇撼下又坠入淤泥。

在妈妈絮絮的说话声里，我似乎还听到匍匐在低声部的花猫的呼噜声——花猫一定是依偎在母亲的脚边或者母亲坐的椅子腿边眯缝着眼睛。猫也喜欢赶热闹场子，它晚上总是悄悄蹿上我的床，在我的脚边伏下，我都一直不告诉妈妈。可是现在，它不陪我啦，它也在窗外晒太阳睡大觉。

我也听到大妈家的黑狗偶尔的一两声轻吠，像是它的自言自语。门前门后的大路上，此刻应该没有陌生的路人，所以它不必拿出凶恶的架势来。我猜想，那黑狗也许是看见门前池塘里自己的倒影，翘起的尾巴上绒毛被风吹拂，像擎着一束芦花。黑狗轻吠，没有回应，于是它怅怅然离去，跟着小孩子们的屁股转悠。

簌簌咯咯的声音，很有质感，似乎有人在翻动什么，那声音是从篾质的器具上发出来的。大约是草垛上晾晒着一筛子豆腐干，春天，奶奶喜欢这么干。春天太阳又白又稠，奶奶端下筛子来，环在腰间，给筛子上的豆腐干们翻身。

所有能晒的，大约都在外面晒。

我的棉袄也被母亲放在外面晒，我猜要么晒在草垛上，要么搭在椅子背上晒。棉布的经纬之间织满阳光。

母鸡偶尔发出咯咯的叫声，似乎呼唤它的同类，也许是奶奶的筛子里漏下的碎豆腐干成了它们的下午茶点心。躲过年劫的母鸡侥幸生存下来，叫声有了浑浊的沧桑感，不似小鸡仔的叫声那般清脆稚嫩。它们安然吃食、下蛋，就快要蹲窝孵小鸡。

廊檐下传来板凳椅子轻轻移动的声音，似乎有人在伸懒腰，有人在揭身上的袄子，坐得腰背酸了，晒得人出春汗了。我扫眼看了看我的房间，没有被阳光直射到的那些角落，好像还沉淀在旧年的光阴里，隐约有阴冷意。墙里墙外，真是两个世界啊！我感觉生病的自己也是这样尴尬地卡在残冬和初春之间，我的腿上没有力气，像陷在冰冷的淤泥里，迈步不得，困守残冬。可是，我的脖子，我的眼睛，已经拼命迎向春天的阳光，像石缝里探身出来的一截孱弱的蔓儿。

我听到弟弟和堂姐的笑声，有六七张床那么远的距离。他们肯定在玩！

“妈妈，我要喝水。”我隔着一堵墙，隔着半掩的窗子，对廊檐下的母亲喊。

一阵窸窸窣窣的声音，母亲推开半掩的房门，端着一杯水，扶我坐起来喝。我半依着母亲，感受到风和阳光的味道随母亲一道进了房间，这味道又亲切，又像家中忽来的客人一般明媚又尊贵。我喝过水，躺下，母亲给我掖好被子，依旧半掩上房门离去。

弟弟和堂姐的笑声依旧不时传来，他们像是一直在稳步推进着那个好玩的游戏。他们的笑声经过我的耳朵，辗转到我的心上，化作一只只惊蛰之后翻身蠕动的虫子，在我心里四面八方地乱爬，然后又爬回来，几乎要掀起我软绵绵的身体。

咚咚咚咚——咚咚——父亲的脚步声，我老远就听出来。他走起路来，总像是用脚掌砸地，铿锵如鼓点。父亲停在了门前的场地上，因为他的说话声在我听来方向不变，距离不变。“油菜起薹了；年前追的那一趟肥，现在得劲了！”父亲说，语气里有明朗的欢喜。我在墙里，似乎看见父亲沐着阳光，像一棵粗壮的庄稼；他的布鞋沿上大约沾染了油菜叶子的绿汁，他一定是穿过油菜地回家来的。他的略显凌乱的头发里，大约还残有田野上的风和庄稼生长发散出来的清气。

“妈妈，我想起来！”我在床上又喊。

母亲站在房门口，没有进来，像个剪影。

“妈妈，我要起来。”我望着母亲恳求道。

母亲转身出去，捧来我的毛衣和棉袄之类，然后帮我穿。我的头发没有梳，辫子落魄歪倒在一边，待我出了屋子站在门外时，母亲复又进屋取来梳子。

屋外到处都是阳光，刺得我几乎睁不开眼，泪都渗出来了。我摇摇摆摆晃着身子，在大门前艰难站住了。

大妈似乎在看我，问，还烧吗？

母亲用握梳子的那只手的手背贴了贴我的额头，仿佛心里在捞什么东西似的，半晌说，还有点热。

我的眼睛依旧不大能完全睁开，泪也没干，只好摸索着跟着母亲走，在她腿边蹲下，她坐在椅子上给我梳头。我被屋外这明亮暖和的世界照耀着，心里反生出无限委屈，觉得自己像是从幽暗冰凉的地底下爬出来的，又丑陋又疲惫，孤孤单单没有同类。桃花在枝上打着蕾，水渠里的春水在脉脉流动，这些景致他们看得比我要清楚明白，他们眼里的春天比我眼里的肯定要鲜活，要鲜艳，要广大邈远。

我的辫子梳好了，我偷偷出力，攥了攥拳头，想把手臂上的力气都统统集中挤向腿脚，我想要快快地走起来，甚至还可以轻松地跑动。我心怀壮阔理想，想要像大妈家的黑狗一样动作敏捷，动辄纵身跳跃。

弟弟和堂姐站在大妈家的廊檐下面壁躬身，小心谨慎的样子，不时爆出笑声。我走到他们身后，探头看，一只胖胖的野蜜蜂被弟弟从墙缝里掏出来。野蜜蜂嗡嗡地叫，似乎在睡觉却被弟弟强行拖起来，很不情愿的样子，一转身，滚进了弟弟左手上的小玻璃瓶里，翻身打滚之后，开始扑扇翅膀。

他们在掏蜜蜂，年年春天玩的游戏。油菜花还没开，野蜜蜂们还都在墙缝里晒太阳。

我便也找来一根小棍，顺着墙沿走，一个一个墙缝地趴着窥探找蜜蜂。我握着小棍的手虚弱得想发抖，可是，我努力坚持着，掏着一只睡思懵懂的蜜蜂，像是在掏着恹恹无力的自己。

肥胖的野蜜蜂，在我的瓶子里嗡嗡了一下午，黄昏我上床时，打开瓶子放走了它。过几天油菜花就要开了，我心里想，那时我上学时路过花丛，大约能遇上它。

惊蛰雷

惊蛰未到，春雷已鸣。

但到底过了雨水节气，这雷该归于惊蛰的了。几通破天的春雷响过，春天就有了堂皇立起来的气象。

春到人间。不只是花开得无收无管，不只是雨下得连天连地，不只是风柔得无骨无底线，春天还有雷，雄浑的撼天动地的雷。

惊蛰，惊蛰，是雷来惊了这些蛰伏的昆虫、蛰伏的鸟兽，还有冥冥然蛰伏的人心。春天的首场秀是属于春雷的。

春雷一响，万物起身。

甲虫，蚂蚁，青蛙……它们在泥土里翻身、揉眼，伸胳膊伸脚，相互呱啦呱啦地提醒：起来啦！起来啦！多像我们当年读书时节，住学校的集体宿舍，被半军事化管理。沉实而甜香的晓梦中，忽然“嘀——”，嘀上十几秒不歇气，起床铃就这样悍然凿破晨晓清凉寂静的空气。十个丫头，大呼小叫地起床，刷牙，洗脸，梳拢头发，都是八分之一拍的节奏，转眼齐刷刷坐在教室里晨读。刚刚还像软塌塌的面粉团，从被窝里拖出来，现在已然是撂进了油锅里，炸成了硬挺挺的大油条，齐齐插进竹篮里。

惊蛰的雷，就是这样的起床铃吧。

想象春雷抵达的大山深处草原尽头，一夜轰轰然，翌日天气晴好，一头黑熊踱到涧边喝水。春水清甜，隔岸有狮子也在深饮。春水荡气回肠地在体内一番折转流淌，于是，野兽有了奔跑的力气。一抖擞，骨骼高耸清奇，重振捕获猎物的雄心。

在细雨江南，柳芽早已爆得丰硕，好像即将临盆的孕妇，就等惊蛰的那声雷来催生。轰隆——轰隆，明早的河岸边，那些垂柳已经解衣分娩，生出一片片的细叶子。

舅舅家门前的牡丹，花蕾打在含羞拘谨的叶子里，喧宾夺主地一副要盛开的架势。雷壮花的胆，叶子们格局还没打开。

好吧，开花就泱泱无际地开，桃花李花海棠花，萝卜茼蒿白菜花……一城风雨一城花，一场春雷一场花。花开有期，花跟着春雷的脚步，花开无疆。

雷声伴着雨声，轰轰然里是滴滴答答的和声，好像上古时候祭天地求五谷的仪式。春天真庄严。我坐在羊年的春夜里，坐在雨夜的窗台边，听春雷声声又声声，觉得这雷声又像是盘古在开天，辟地。

轰然一声巨响，破空砸来。古城，旧塔；旷野，庄稼，林木，河塘；城里城外千门万户的灯光……都在这千钧一砸里。但它不是破坏，不是攻城略地的侵扰，它是为了立，为了生发，种子生出胚芽的生发，老根抽出新枝的生发。它是父亲在震怒催程，带着雄性的力量，令人内心亦惧亦服。

雷声雨声里，无端就起了抱负，觉得必要做些方正久长之事，方不负了这庄严神圣的时节。春雷滚过天宇和头顶的那刻，我决意要收起疏懒，收起踌躇，奋力去搏……是春雷陡添了人的胆气硬气。

惊蛰了，不再低眉敛目，不再垂首思旧。惊蛰了，潜龙抬头，众神归位，各司其职。

惊蛰了，被春雷夯实的大地，长风浩荡，万物生长。繁华亦丰富，蓬勃亦有序。

流水将蜿蜒清澈地流淌，一路向前，一路汇聚，在大海里永生。

花朵将浩瀚盛开，用熬得熟透的色彩，描画山川的同时，也伏笔一个盛大的秋天。

泥土将愈加忠诚和深情，它紧紧地拥抱草木花朵和庄稼的根，像祖母看护一群儿孙。

蝴蝶翩跹花丛，蜜蜂振翅采蜜，牛羊啮噬青草，春燕衔泥育雏……

这个世界，在惊蛰的雷声之后，繁忙而清平。万物怀着使命，生发，壮大。踩着惊蛰雷的鼓点，向上，向广袤处生长。

春天，将在这惊蛰雷声里，获得一种来自父亲的姓氏和胆识。

有了惊蛰雷，春天是父系的春天。

花开得意

春天，坐火车，去一座相邻的城市。不为到达，不为找一个人。只为，看沿途的花开。

火车是老式的火车，绿皮，K字开头，走一城停一城，好慢。就为了这慢。

日暖暖的中午，坐在火车窗边，恹恹的。车厢里弥漫古旧的寂寞气息，大家都不说话，或伏案瞌睡，或低头沉思。那神情，像是在这趟列车里坐了三十年，不曾下来过。火车出站，穿过半个城市，楼丛隐去，城郊近了。看见田地、池塘、村庄、树林，还有嵌在其中的油菜田，大片小片。旅客渐渐从瞌睡和沉思里醒来：转过一个山坳，便全是油菜花了。

油菜花开，金黄，是干净的金黄，纯粹的金黄。远山清秀，只有油菜花在阳光照拂下大气磅礴地绵延，鲜艳、明亮、热烈，仿佛还冒着热气。列车向前，油菜花在窗外的天地之间燃烧，随丘陵起伏，奔腾向远方，吞掉了村郭，吞掉了野林，舔上了远方的天空。心里想起四个字：花开得意。

犹记前年的春天，坐动车，从北京到山西，好快，来不及在车上恍惚一会子。到太原，游晋祠，桃花杏花盛开，一树树燃烧的火。在花下合影，跟女同学合影，也跟男同学合影，勾肩搭背。花开烂漫，蛊惑人心。

只是，至今仍有憾事，未与人提。那一次，在晋祠里，看见一块牡丹的花圃。花苞已经打出来，犹现粉红色，只是未开。一朵都未开，我来得早了。花卉里，大约只有牡丹，开起来最见隆重和得意，像状元及第，打马游街。看牡丹，不看花蕾的羞涩和矜持，就要看它们大朵大朵盛开的气势，看它们花朵欺掉绿叶的得意劲儿。

跨进蛇年，自己祝福自己：花开得意。朋友看见我的QQ个性签名里有“花开得意”四字，好奇问我，有何喜事。哪有多少喜事呢？寻常生活，难有多少大红大绿的快意。更多的是一件又一件不值一提的琐事，琐事连起来，就连成了日子。可是，我不想淹没在琐事里。我希望自己还有一股劲头，像花开一样的劲头，能把每一个平凡的日子都过出情趣来，过出意思来，过出不一般的生动来，过得有一点点的响声和光芒。我不想恹恹欲睡，把一辈子就那么睡掉了。

买一段布，自己动手，将它裁成一件不听话的裙子，穿上身，过长街，心里得意。前年养一株海棠，木本的贴梗海棠，在家里过了两个冬天，今春看它们再挂新蕾，人花两得意。朋友说他的文字被人阅读之后模仿，乃至抄袭，生气之余心有得意……为看一场铁轨旁边的油菜花开，买票，一个人坐一趟火车，之后想想，自己掩饰不住得意。

其实，每个人的日子都平凡、都平淡，都芝麻绿豆的琐碎。可是，我们要有一种倔强的劲儿，要让每段日子都有花开一般的新。不做木炭，低烧成灰；要做木柴，在成为灰烬之前，有热量也有光芒。身为小女人，不仅要男人欣赏，还要自己欣赏自己，自己用成就感宠自己，哪怕这成就感极小极短。

人生，也就是坐在一辆老式火车上，到达并不陌生的远方。在这趟列车里，长的是琐碎、沉闷、无聊，还有寂寞，但在这恒久的忍耐与温情里，坐下来，记得打开自己，记得看看窗外，终能相遇一片花开的风光。有的一树，朵朵灿烂，不依附，不怯懦。有的一片，千里万里，大气辉煌。都好。花开，便得意。

舍南舍北皆春水

春雨潺潺时，总会想起从前，想起少年时候居住的老瓦屋，和房前房后的澹澹春水。

“舍南舍北皆春水，但见群鸥日日来。花径不曾缘客扫，蓬门今始为君开。”杜甫诗里，难得一回小清新，说的似乎就是我从前的家。

房前的那个大池塘，名叫许家塘。许家塘那边，是一片平阔田野，金黄的油菜花田和紫红的紫云英田错杂相间，辉煌壮阔。田野中间有水渠直通到许家塘，夜雨下起来，水渠里的水哗哗淌进许家塘里，一整个春夜，耳朵里都是扯不断的水声。

那样的水声里，似乎能闻到油菜花的味道，紫云英花的味道，青草和野蒿的清气，泥土的潮气，蚯蚓翻身拱动爬出泥穴的腥味……一个人的嗅觉、味觉、视觉都被那样的水声喂养得特别粗壮发达。

翌日晨起，推窗，许家塘的水面上漂满了油菜花的花瓣，还有零落的桃花、杏花。雨住了，水渠的淌水声渐渐小起来，只剩一口肥胖的大池塘，倒映着树影、花影、草垛的影子、天空的影子，还有塘埂上走动的人影和奔跑在后的小狗的影子。

早晨上学，穿着胶靴，走过蜿蜒田埂，一路都是大大小小的水流伴随左右。池塘，河沟，水渠，田畦之间的逼仄小沟，到处都在淌水。我的胶靴被春水洗得盈盈发亮，上面又粘了许多的落花，有油菜花、紫云英花、蒲公英花，还有婆婆纳的碎小蓝花。

屋后是一条河，名叫长林河，袅袅婷婷的，迤逦走向长江。春日里，河水又满又绿。河边有一丛一丛的芦苇，或者是一丛一丛的菖蒲。柳树发芽，杨树发芽，榆树发芽，个个枝头都是毛茸茸的绿色。这些绿色倒映在河水里，河水就像被绿色酿酒一般酿了一遭，何止是春水碧于天！

早晨，女人们在河边浣衣，棒槌的声音此起彼伏，在河水上回荡着，成为多声部的合唱。鸭子们拖家带口，终日在水上欢畅，脚掌划动，裁出一片片扇形的水纹，绵延不绝地荡开去。

柳枝披拂里，探出牛的前半截身子，牛来河边喝水了。水是绿的，柳枝是绿的，褐色的水牛像是被无处不流淌的绿色给洇湿了身子，也是绿的了。

黄昏，杜鹃鸟飞过林梢，且飞且鸣，长长的尾音震颤在河水之上，让人觉得，春天一直是唐诗里的那个春天，我们行走千年百年，还没走出过杜鹃的春啼里。杜鹃声里斜阳暮，斜阳也是旧时斜阳，一半在天上，一半在水里。

到春暮，油菜花落了，桃花、杏花、梨花也落了，河边的野蔷薇花却开到好处。刚开的深红，开老了的粉红到淡白，深深浅浅的红花点缀在叶子已然茂盛的花架上。水里也有一架野蔷薇花，和岸上的同开同落。

水底的水草隐隐约约有了消息，偶尔有机帆船经过，静静的水面像睡醒的婴孩，在摇篮里翻身，水底初生的水草也跟着水波摇摆着袅袅的身子。菱角秧浮出了水面，小小的，无风无波的时候，它们光亮的浅紫的嫩叶像是用丝线绣在绿缎子上。菱角叶子在水面上一日日地铺，平阔的河面一日日窄了，春天也一日日窄下去。

夜里，闻着花香入睡，屋子西边一棵棠梨树正开花，花香随着夜气漫进窗子里，人就在这样潮润的花香里。想象窗外，白色的棠梨花纷纷扬扬，屋顶白了，河堤白了，房前房后的春水也白了。夜里做梦，常常梦见自己穿着胶靴站在河边的石板上，洗靴子上的软泥，还有粘在靴子上的花瓣。醒来，屋瓦上是平平仄仄的雨声。

春天若论五行，一定是属水吧。水滋养出了万物生长，也滋养出了诗意绵长。

相遇少年时

是梳着长长刘海儿的少年时候，听人提他，只当是天边的人，不问底细。某日好奇，路过，推一推他的木窗，瞅他。他穿白底子上印着淡蓝细纹的的确良短袖衫，伏在桌上，低头翻书。九月的石榴风从书页间穿过，戴着眼镜的那人，在窗里，在书里，像一只泊岸的船，与我是隔着海的。

到底照过面，一周总有三四次。听他说话，声音像午夜的电波。见众女孩绕他左右，红衣绿裙像妖娆的一群蜜蜂，目光架着目光，将他狠命地往高处抬。自己扭扭头，不与众人同路，只肯做人群里一个安静的听者。

是过了一个冬天，又过了一个春天，槐花就开了。黝黑嶙峋的枝干上，槐树的叶一寸寸地厚起来，像一片正涨潮的海。白的槐花起先是有点淡绿以至鹅黄的，含着苞，紧紧地收着。像小绿袄襟上的浅色盘扣，羞涩而矜持，锁着春色。锁不住的。暗合着天地的节拍，一朵朵在初夏的柔风里开了，像粉蝶，在枝头敛翅俏立。几回暖阳，开始像白帆，在绿的海上远航。

我在花下走，那是每天必经的路口。良辰，美景。他就那样地来了，在我身后。是放晚学，我嫌人多，吵。等着众人散尽，一个人迎着挂在树腰上的夕阳回家。听见铿锵的脚步声，一扭头，他已走进我的影子里。金色的夕阳下，两个人的影子一前一后叠在一起，像一片洇开的墨。年少，未及言语，人已惊心动魄。多想快快变成一朵小槐花，捂着胸口，躲到树从里去。待他走远了，再攀上枝头，远远地看他。

他走近了，近到似乎我抬一抬睫毛，都会撞上他的肩膀。于是心潮翻滚，像暗夜里一片倾斜的海。悄悄回头看他，也是一身的夕阳披下来，西装上的扣子反射着温暖的暮光，随着他轻捷的步子，烁烁地动着。那一刻，仿佛一个青春的宝匣徐徐打开，珠光一缕缕射出来，灼着人的眼。想要伸手，却诚惶诚恐，只有兀自心动着。他是认识我的，我知道。槐花下，他看着我淡淡地笑，我也笑笑，然后低头。这是我所没想到的。

他说：回家？

我说：是。你也回家？

……

我说：这花开得太盛了！真舍不得它再开下去了！

他若有所思。还未说话，路就分出岔口了。他左拐，我右拐。

明天还能遇见吗？怕。可是，也盼。

雨后的晨，上学赶早，心里着急那一树的槐花。那时新读了红楼不久，里里外外，浸染的都是黛玉的忧伤。一夜的雨，残花拂了一地，又溅了几点泥，眼前一片伤心地。

人世间一定有奇巧难解的缘分，不然，那落英缤纷的时节，怎会重新与他相遇？

那样的清晨，过雨的落花将空气氤氲出一片芬芳的凉意，像是我手中正捧的一首唐诗，正沉吟恍惚间，冷不丁，他从插图里走出来。过了小桥，穿了竹林，径直来了。似乎意外，却又觉得就是这样的下文，冥冥中，早就写好了的。

我说：花都落了一地了！

然后，难过得不能言语。那是多年前的一个少女的忧伤啊！隐隐知道，命运里有些是无可把握的，就像眼前的槐花。纵然纯洁，也终究难免凋零，终究要付了流水时光的。

他伸手接住一朵正在飘落的湿槐花，送到鼻子前，深情地嗅。轻轻问：你写诗，我可以看你的诗歌吗？

心惊。他是如何知道的呢？他看透了我？

原来，私下里，他是在别人面前悄悄打听着我的！在我扭头的孤清姿态面前，他的目光穿过众人，在我的背影上有过探询……

是的，我当然愿意，在纸上静静地流泻我的忧伤，而他，就是那唯一的一个读者。我的心底有那么一串串的谜，我只愿命运安排他来告诉我谜底。如果爱情还是一场苦劫，那么就由他给我的心划一道浅浅的口子，再由他给我缝上。痛也缘他，欢也缘他。

……

相遇少年时，是绕过了岁月里的暗礁险滩、峰回路转，于无涯荒野把一个对的人早早从人海里捞起，认定。一个少女的忧伤，从此以分行文字的形式，被那个人温暖地接在手心里了。

如今，每逢五月，槐花似雪，我会拉上一个人，看花去。不只是因为，我们曾经相遇花开时。还因为，他承载了，我一辈子的悲喜。

麦苗芊芊

春风十里，荠麦青青。

当微软微凉的风，自江水之上而来，最先吹拂的，是我们江北平原上的小麦、油菜和红花草。它们一一伸展嫩叶，从旧年的薄雪里抬起身子，春阳里一层层脱掉斑驳残雪，开始一门心思往叶脉里灌溉绿的汁液——泥土之上，绿色墙似的高起来。其间，最好看的是小麦，剑形的叶子，柔柔薄薄的质地，它们步履一致似的拔节生长，姿态又挺拔又摇曳。

在江边的沙洲上，在平坦的泛着银光的沙地上，一畦畦的麦苗，是长长的一道道碧波，仿佛一口气荡下去，从沙地这头荡到河沟，荡到村庄……而彼时，田野和沙地之外，万木萧条。

童年时，对于油菜和红花草易识，但是对于冬小麦，却常感迷惑。

是野草？不对，谁会这样工整地种着成片的野草，种得千军万马一般绿色奔涌？何况还是残冬刚去的日子，人间草木多半还没醒转过来。是水稻？水稻也有这样长长的叶片，也是这样透透地绿着。可是水稻是长在浅浅的水里，夏日的微风吹拂，稻叶之下的水面一闪一闪的，其间可见倒映的月白天光。

这是南方早春的麦苗，那一畦畦整齐生长的姿态比野草要乖，仿佛怀着某种使命。它们不似稻禾那样平平仄仄地立于水田，可是剑似的叶子一样青嫩多汁。

那时，我常将小麦当成韭菜。在薄雪初融的长江中下游平原上，在早春的柔风里，我随着父母亲一道，去江洲上的外婆家拜年，常常会遇见麦苗。对于那三四寸长的一畦畦“芊芊绿草”，每次被父亲指问名称时，我回答的“韭菜”总招来父亲的大笑。待我自己成家有了小孩之后，偶尔带孩子自乡间田畴经过，早春的风日里遇见麦苗，我也常常像父亲当年问我一样问我的儿子，而儿子的答案也像我当年一样，认为那是韭菜。

其实，不止儿童识不准麦苗和韭菜，便是大人，如果不事稼禾，也难分清。所以才会有石崇的“韭菜泥”这一美食发明。据说西晋富豪石崇爱和当时的皇亲国戚王恺斗富，石崇家的厕所布置奢华，有锦缎香膏，以至于曾被来客误以为是主人卧室。但特别令石崇自得的恐怕是他家的两道美味，一道是顷刻之间就能做好端出的豆粥，一道是在冬天还能吃到色味俱佳的韭菜泥，而这两道美味，王恺家都做不出。在还没有塑料大棚可以进行温室种植反季节蔬菜的西晋，冬天能吃到新鲜的韭菜实在奇妙。王恺自然想要探明诀窍，于是买通石崇身边的人，原来那韭菜泥的食材原料是麦苗和韭菜根。将麦苗和韭菜根捣碎，取麦苗之嫩和绿，取韭菜根之韭香，如此组合，便成了一道西晋时代的冬日稀世美味。

想想，石崇的这道“韭菜泥”里所取的麦苗只能是华北或江淮地区的麦苗，彼时彼地的麦苗嫩小，剁碎之后，再混入韭菜碎根，容易被错认身份。到了长江中下游乃至岭南地区，此时麦苗芊芊，已经有了明显的纤维粗粝感，吃起来口感一定不佳。话说回来，即使在冬日，在我国南方地区，依然有众多品种的绿色蔬菜可供餐桌，所以一钵翠绿的韭菜泥的影响力也不会太大。

麦苗形态确如韭菜，但它缺少韭菜那诱人的、带有点辛辣味道的芳香。麦苗到底是禾本科植物，像玉米、水稻等大多数禾本科植物一样，有着微带泥土味的天然清凉的芬芳。嗅觉里的麦苗，是朴素的，它仿佛怀着深长的使命，不急于展示自己。是呀，麦苗确实是怀着使命的，它最终是要捧出一颗颗沉实的籽粒去填充一个个空旷的胃，它要做食物里的主角，所以不急于在深冬或早春就抵达人们的味蕾。

形容麦苗的诗文里，我最喜欢的是袁宏道的《满井游记》里的那句："麦田浅鬣寸许。"文字干净形象，毛茸茸的细细麦苗，又柔又直，立在燕地犹寒的早春里。

有麦苗的地方，大地是安妥的。看麦苗芊芊，便觉岁月实可期待。

充满温情的事

冬天，太阳好的日子，母亲在廊檐下织毛衣，体态丰硕的猫卧在她的脚边，打着呼噜，或者慵懒地伸腰伸爪子。胖猫晚上就跃到我的床上，蜷睡在我的脚边，我不跟妈妈说。

下雪天，一向严厉的父亲忽然放下姿态来，领着我和弟弟围着小小的火钵子炸豆子来吃。

夏天，奶奶坐在凉床上，给我们讲《白蛇传》的故事，讲到白娘子报恩嫁给许仙，我心里微波荡漾。

也是夏天，我和弟弟并排躺在凉床上，母亲就坐在我们头边，用大大的蒲扇给我们扇风。父亲坐在我们脚边，唱那个年代的老歌《大海航行靠舵手》。母亲也唱歌，和父亲比赛着唱。

冬天陪外婆睡觉，我睡在另一头，外婆伸手在被窝里摩挲着我疯长的大脚。

幼时走路摔一跤，手掌着地生疼，爬起来到大人面前诉委屈，大人托着我的手掌，噘起嘴巴来吹气，手掌痒酥酥，盖掉了疼。

有一年，和弟弟、堂姐一起捉迷藏，我躲到了床底下，发现一个大陶钵子里盛了许多菱角种。这些菱角种，在春天都要被母亲取出撒进门后小河里。那一天，我躲在床底下偷吃了许多菱角种，弟弟和堂姐在廊檐下叫我也不应。母亲春日撒菱角种，也不问为何少了许多。但我心里到底惭愧，何况菱角壳还留在陶钵子里。

幼时冬天起床，母亲来给我穿衣，棉裤棉袄都被她用炭火烘得很热，还散发着一股柴火的焦香味。

上中学，有同学家远，中午不回家，在食堂蒸饭吃。用铝制长方形饭盒，里面也有菜，与米同蒸。我家离得近，日日回家吃午饭。我很羡慕蒸饭吃的同学，也想吃。有一位名叫徐玉林的女同学，经常多蒸些饭菜，邀我和她同吃。春天的菜经常是炒菜薹和红烧咸豆腐棍子，很香。毕业已经二十多年，再没见过徐玉林，很想她。

孩子两三岁，在被窝里，他肉乎乎的双手捧着我的脸，央我讲故事给他听。

早上起来，趿着拖鞋去楼下，打开白色的牛奶箱，为儿子取回一袋鲜奶。

微冷的天，和爱人一起在晚上散步，我的右手在他温暖的左手掌里，像笋衣包着笋衣。

爱人早上向我借了几百块钱，晚上我催他还。他一边玩手机一边答说“马上”，我说就“现在”。他问为什么。我说：我担心到了“马上”，你就会清醒过来。通常，他清醒理智正常状态下，会恃宠卖娇不认欠账。

邮递员骑着摩托车“突突突”到楼下，然后熄火停车，举头朝着楼上喊“许老师”。我下楼，从他的手里接过报刊、信件和稿费单。

朋友坐高铁经过我的地盘，发来一个信息，告知车子经过无为了，想到我了。

酒桌上惶惶不安，因为不喝酒。忽然对面一人举杯站起，请我喝酒，我张口结舌，恨不得立刻石化。这时，身边一位男士款款站起，举杯干掉，替我接了一招。真有江湖豪杰的做派！

有远方未见过面的同性朋友，忽然寄来一件裙子，刚好是自己喜欢的风格。

老母亲和弟弟生气，我弄清原因后批评她，她索性也连我一道气，一两天不接我电话。几日后，再见我，她又笑语盈盈，说贴心话，无事一般。

看老母亲和老父亲穿着新衣服，相携着，一道走亲访友欢喜回来。

老母亲养了一只秃尾巴猫。猫不自知其丑遭人嫌，依旧上桌子偷菜吃。终于招来母亲彻底厌弃，上菜市时顺便带上，在十字路口丢了它。一周后，母亲在菜市买菜，脚边跑来一只猫，贴着她脚脖子蹭，是秃尾巴猫。母亲买菜回家，怀里抱着猫。

去年养的一盆仙客来，花开之后结籽，结籽之后枯萎死去，只剩下花盆弃在墙角。秋天之后，忽然发现花盆里出了小苗。

听朋友说，中秋月圆之夜，他和几个书友自驾小舟，去了江中间那个寂寞无人也无草木的沙洲。那个沙洲我也想去多年。觉得他们替我遂了心愿。

看到读者朋友把我的文字抄在纸质笔记本上，工工整整，像无数个我，在纸上微笑。

当我写下上面这些小情景小细节小瞬间时，我发现自己还没有被时间和人事完全风化。我依然，如此柔软，伸着我的小舌头，在人间舔，那一丝丝的甜。

麦　绿

南方也种麦。记忆中，少年时故乡的田野上，麦田都是小块小块的，杂在油菜田和紫云英田之间。油菜花开落，紫云英花开落，田野被彻底的绿色一统江山。

一牛，一农人，一前一后，将紫云英花田犁过，然后灌了水，插了秧苗。微风拂过鹧鸪鸟的羽翼，拂过稻秧下的水面，也拂过麦田里那一垄垄的青绿小麦——水田里微微荡起的水波里，倒映着近处微微起伏的麦浪，向着弯弯的田埂，一路绵延。微风在南方的田野上，就这样画下一道道长长短短的弧线，那是青麦写在白水里的弧线。

南方田野里的麦浪，它们是小格局的绿，荡着荡着，收束在弯曲的田埂下。仿佛一湖碧水的景致，被安置在一个青褐斑驳的相框里。

第一次见到碧绿无际的麦浪，是在淮北大平原上。那是10年前的一个春末夏初时节，我和同事去安徽淮北看柳孜隋唐大运河遗址。那天风日清和，我们的车子在一片广袤的麦田之间的水泥路上驰行，穿过车窗的柔风里，尽是麦叶好闻的清新气息。我贪婪地启动深长的呼吸，觉得我的呼吸接上了麦子的呼吸，麦子生长所散发的清香古老柔长，将我周身软软披拂。

站在阳光下，站在这样一片青绿的麦田之间，不论往前走还是往后走，都像是在跟着麦子走。淮北大平原上的麦田太辽阔了，人在其中，看不到田埂，看不到边际，仿佛整个淮北大平原，只是一块麦田。

看着这样平坦而辽阔的麦田，真让人心安，脑海里一下蹦出四个字：天下粮仓。可不是？这成千上万亩的麦田，仿佛一片麦子的海洋，在春末夏初的暖风里微微起伏荡漾，它们把村庄荡得远远的，远在朦胧的杨树下；它们把太阳落在泥土和麦叶上的银光，也荡成了飞沫。

与淮北大平原上的麦田比，南方那卧在一截截田埂下的小块麦田，只成了麦绿的边角料，只成了田野上的一道绿色的点心。

在柳孜隋唐大运河故道边，我看见了一只被发掘的唐代沉船，也登上了一截宋代的石建筑码头，仿佛看到一千多年前的流水又从大海深处流回来，沿着古运河，汤汤流到我的脚边。在这样的流水之上，也必然会有船只来往，那货船也必然会在这座石头码头停靠，然后装载着淮北大平原出产的小麦，再沿着河流一路北上……而我在这个春末夏初的淮北大平原上所遥望的那无边的麦绿，仿佛是正在排队上船的麦粒。只是，它赶不上唐朝的那拨漕运船只了，也赶不上宋朝的了，于是这无边无际的麦子索性心平气和地生长，慢慢等着扬花，等着灌浆，等着机械化收割，等着磨麦成粉，等着小麦食品的千百种制作方法。

北方的麦绿，是千军万马的绿，是奔腾不息的绿，是壮观大气的绿，是填实天下粮仓的绿。

但我的南方麦田，也有小令一般生动可人的绿。每到四五月的春暮鹧鸪天，坐高铁经过南方的田野，遥看那窗格子似的一截截田埂裁剪出一块块的油菜田和小麦田，我就会想起少年时候早晨上学的情景。那时春暮，薄薄的雾气轻纱似的弥漫在田野之上，我们背着书包走在露水漫漶的田埂上。彼时，小麦已抽穗，嫩嫩的麦芒不时擦过我们挥动的手臂。我们走过田埂，走过麦田，常常会遇上正在田埂上吃草的褐色水牛。水牛的牛角和我们的手臂一样，上面落满湿漉漉的细小白花，那是小麦的花。

花　荡

每日上下班时会路过一个园子，园子里有一雕像，是个古代的将军骑着战马挥舞着兵器正在冲锋陷阵。春天时，会经常进园子看花，顺带着看一身戎装的将军雕像，看着看着，慢慢看得心惊。

似乎花开里，也有金戈铁马的动荡之气。

素白的梨花，娇媚的海棠，端庄的玉兰，以及小家碧玉似的粉色李花……那些累累簇簇的花儿，千军万马呼啸盛开。在我仰视的目光里，那么多的花蕾都张开了花冠，仿佛重门次第打开，迎接阳光的加冕和蜂蝶的朝贺。在春日，走在花荫下，便是走进了花的浩荡大军里，走进了花的奢华国度里。它们把所有的家底都兜出来，呈现盛开。开得真是盛，盛得让人担心。那么蓬勃盛大的开放，总有撑不住的时候。

不论桃还是李，不论海棠还是玉兰，这些树，在春天，开放得天真烂漫，也开放得烽烟四起。那些花瓣，饱含汁液，散发芳香，像是盛世霓裳，也像是前仆后继举起的战旗，向着更高更远处的树枝发起冲锋。

花朵内部似乎也有战争，它们彼此推搡排挤，都在追赶阳光，都在抢夺最好的向阳位置。它们相互追赶着盛开，一些开不动了，蔫下来，被新的花朵踩踏掩盖。在繁丽的花海之下，此消彼长，此生彼灭，倾轧和斗争一刻未停。坐在花荫下，听见蜂蝶飞舞的热闹之声，这些蜂蝶之声掩盖了花朵的喘息、呐喊、呻吟、叹息抑或唱诵。

在落雨的早晨，横穿一整个公园去上班，我像是晚明西湖边的那几个文人，横穿了一段改朝换代的历史。夜来风雨声，花落知多少。一夜风和雨，带着草莽英雄扫荡而来似的钝力，加快花事涤荡。不论它们昨天是相互挤对着开，还是齐心协力地开，现在，它们都败给了风雨。风雨清洗高处和低处的树枝，重新安排花朵及其他一些事物的命运。低处的灌木丛上、假山上、湿漉漉的林荫道上、草地上、小河上，到处都是流落无主的花瓣。红的、紫的、粉的、白的，数不清的碎花零落在地，在尘泥，在流水。昨日那奢华盛开的花花世界，已经四分五裂，已经七零八落。抬头看树顶，树顶已然空荡冷清，寥寥的几朵还没零落的花儿，像个落寞哀伤的送行者。

生命的轨迹是一根抛物线。在抛物线的顶点处，空气只需微微动点手脚，一点小小的空气的浪，那些堆积高耸的花朵便开始坍塌、瓦解，随风飘荡。是的，即使没有雨，花朵一样会坠落。它们会被自身的重量所诅咒，坠毁到低处。没有雨，它们可能会被微风吹送着，把流徙的旅程走得更远一些。微风会把这些被命运诅咒过的破碎花瓣送到游园人的头顶上，送到熙熙攘攘的街巷里，送到停在地铁口的共享单车的车筐里……它们最后被环卫工人收纳进垃圾桶里，运到城外去。它们再美、再盛，终归寂寂无名。

坐在公园的长椅上，坐在夏初的宁静里，我抬眼看那些绿得近乎黛色的树枝，暗自感喟。回首它们的花开时节，多像养肥了的欲望。它们用颜色做姓氏，红最煊赫，黄是尊贵，紫和蓝暗藏凛然兵气，白做书香世家姿态……这些颜色，各寻高枝驻扎，俯视低处幼草、苔藓、菌类和奔忙的昆虫。这些花儿，在三春的阳光里，曾经开得张灯结彩锣鼓喧天，曾经开成高门望族赚尽世人的仰视。

三春之后，风雨过后，花朵被拆解，花朵回到泥土，比草更低，比苔藓、菌类和昆虫更低。比平民还平民。花朵终于安静，生出无限善意。它们与泥土交融，供养比它们高的植物和动物。

当绿叶在枝头膨胀，青涩的果子怯怯又欣欣然在枝叶缝隙间隐现，一棵树至此完成一个季节的更替，开始新一程的追赶和新旧交换。

每一回上下班，路过花事阑珊的公园，像路过销烟已歇的战场。那些曾经汁液奔涌的花儿，现在弃甲倒下，战袍遍地。隐约的花香像是还没干透的血液，像是还没被风吹散的呐喊，像是它们挂在胸前的姓名牌。它们被暂时辨认，它们很快被尘泥掩盖。

第二辑

在夏夜，携着月光和你一起走到天明

夏夜正好。月光这样薄，女孩子也这样薄。可以近近地看她，如看花开，直看到她游鱼细石历历可数的心底。

十指，若离若扣

（一）

吃香瓜。

发现香瓜是养得越老的口感越嫩，也越香。

我吃了一个香瓜，留了一个想等他回家一起分享。可是，睡了一个没有睡着的午觉后，我又开了剩下的那个香瓜，只吃一半，留一半给他。可是可是，过会儿，我把剩下的那一半又吃掉了。吃完之后，我就开悟了。

以前我老怪嫦娥偷吃仙丹，撇了后羿一个人上了天。无数次我在月亮下，带着愤愤的不平心笑她：小样，你就偷吃吧，爬到月亮这大箱子顶上下不来了吧！

现在我理解嫦娥了。她没想要抛弃后羿的，她只是吃了一颗名叫仙丹的糖豆子，吃得不香不臭的，味蕾被挑动起来收不回，忍不住，又吃了一颗。

晚上他回来，就动用平日驯养的词语吧，向他描述两个香瓜的美味。好在，我的后羿在人间，而我，也在。

（二）

黄昏回家，雨已停，空气净凉。路过水泥路，特意寻看：我种的绿豆，有几根豆荚黑了，是成熟笃定的老黑。

去楼上换了鞋下来。我穿绿条纹的裹裙，和一双不好看的胶鞋，去摘绿豆。觉得裙子好，摘绿豆这事也好，就是鞋子灰头土脸的不好，所以很有一种戏弄了一双鞋子的坏坏的喜。

翻叶子，寻到七八根细眉样的古旧绿豆。一位路过的大婶笑我，道：要等豆荚上的雨水晾干，才能摘。她的意思是，我起码要等到明天。

哎哟，我哪里能捱到明天呢？我翻土浇水地辛苦，无非贪恋有这一天：伸手，有豆可摘。

天再高晴几日，摘摘攒攒，我便可以熬出一钵绿豆好汤来。浩浩荡荡的汤啊，像才华，婉转遮蔽后，终得大现。然后，盛出来端着，嘬起口来，一步一吹，呈给我爱，我爱的人。

（三）

一日早晨，醒在满窗雨声里。

雨天不出门，于是赖床不起。两个人在白色的帐子里，看窗外垂挂的雨线，像牵拉罩起的一床更大的帐子。两个人对望着，彼此并不年轻的早晨的容颜，像白色茧子里抱在一起的两只老蚕。

一个问：两只蚕在茧子里寂寞吗？

一个答：不寂寞，因为在躲着恋爱，呵。

一个提议：那我们也来恋爱吧！

一个坏笑：好啊！

说起少年时候，那一年，彼此暗恋。放学后一起走落满槐花的沙路，怕人指点，在前方岔口又分开，然后拐到更前方的河堤，隔河偷望彼此走路的样子。

十几年前，恋爱是两个人心里暗暗惦记，却装模作样地分开，然后又渴盼相遇。

十几年后，恋爱是在落雨的早晨，挤在一个枕头上，两个人一起把从前的那些细节，一一复习，回忆。

（四）

过了个别致的七夕节，因为游泳了。想想，织女就是因为下河游泳，才被牛郎娶回了家。事后想起误撞七夕的这次游泳，很有些小得意。

看来，以后过七夕，男人们就不必不洋不土地送玫瑰了。还是纯粹些吧，拎着爱人的衣服包包，等在游泳池边，就可以啦。

选择仰泳，因为是露天的游泳池，可以看星星看月亮。一看才知，这上旬的月亮已经滑到西天去了，像桌角一小片被吃剩的红富士苹果。哦，我赶了残宴。于是猜想，古老的从前，织女一定是早吃了晚饭来人间游泳的，牛郎的晚饭也不迟，因为据说那晚的月光大好，迟了月亮下山了就不会找见织女穿的那件粉红的衣裳。年轻人总是急的。不像我们现在，做事情总是，姗姗，来迟。

爱人在外应酬，来得比我还迟，他来时我已上了岸。他没看见我游泳。他坐在外面大厅里等，我在换衣间里用干毛巾揉又湿又长的头发，慢慢揉。出来时，彼此不责备也不觉得抱歉，虽然一个迟，一个慢。

走在回家的路上，月亮已经隐去，只有慢腾腾的凉风懒懒地吹。我们并肩走，说起七夕，手臂碰在一起。似乎牵了手，十指，若离若扣。

路上遇到阵雨，小避店家门前。雨小了又行，到家门口时，雨已收，星光隐约。

若织女在人间，还住上一两千年，大约和牛郎也是这样：不慌不忙，不远不近，不怨不艾。

哪一段青春不荒唐

青春的那一页宣纸上，初时急匆匆高提了笔，摆开架势来弄风云，常常一不留神间，滴下几滴墨迹子来，以至于多年后，羞赧到总想绕开。

闲来在网上逛，看见自己的旧文《寻你，然后不见》的音频，好奇点开来听，复又撞见那个青涩倔强的自己。旧文里记的是更旧的一桩情事，那时候，人生锦年，心高气傲，满城男儿瞧不上，独独于千万人之中最后喜欢上他。这喜欢，荒草一样地长，以至于有点穿户越墙的张狂。有一天，忽然一个人，在极冷的冬天，起了兴去找他。是迢迢地过了曲曲折折的长堤，过了瘦瘦细细的小桥……然后一个人回来了。锦绣年华里，有的是无果的爱情。可是，却能在一个人的内心里演绎得烽烟四起。

人生最好的时光里，总会犯上一些痴，或者傻。总会无视规矩方圆，我行我素，一条道走到黑尽头，直至撞墙。好好的书不读，好好的路不走，偏要拐了一个人，心慌心慌的，到荒僻的郊外，或者无人的楼顶，喝酒，抽烟，谈艺术，谈离爱情或远或近的话题。放着身后一大群亲人的心焦不顾，以为自己是仙了，从一群泥人里超脱出来，其实，多像一个逃到苦寒边塞举旗的叛军。

看电影新版《画皮》，又看见另一个女子的荒唐的青春。她叫小唯，是沙漠里的九霄美狐，披了人皮幻做一个绝代小美人，因为爱着勇猛英俊的王生，随他来到江都城。然后杀人取心来吃，来养她披的那张美丽的人皮，以致满城人心惶惶。都是年轻啊，初行世，自己的爱情已经伤及他人，也不懂收手。还要不管不顾地走下去，温柔贤惠的王夫人待她如姐妹，她竟还想取代王夫人，成为王生的妻。直到最后众叛亲离，深爱她的飞天蜥蜴离去，自己丑陋的妖的身份在王生面前败露，那么多无辜的王家军在这场人妖之战里死去……好在，最后的最后，她懂得了爱的真谛，懂得了放手，懂得了牺牲，用自己的千年修炼换来所有人的生。终于懂得找准自己的位置，回到沙漠里安静地做回一只九霄美狐，多少光阴在纵容与爱情中流失了啊，现在，修炼，从头开始。电影讲述的是那只痴情的妖，我看见的，却是一段懵懂无知的青春，爱情沾着血腥！

都是这样吧，总要绕过那么长的路、那么多的桥，到最后，才有了释然，才有了这内心的清朗自在。回头想想，也不为过吧，青春，毕竟是人生才开场，刚开场，自然紧张，自然做不到张弛有度，自然是拿得起却还未放得下。那些一意孤行的欢啊，那些惊雷一样的爱情，绝对，突兀。像初学绘画的小学生，桃红，草绿，用得太过纯粹，红就红到明艳灼人，绿就绿到漫漶无边，不留白，不后退，只会一笔又一笔地添。到后来，才惊觉，是白辛苦一场。

或长或短，在那些美好的时光里，我们，一意孤行痴傻了多少回，寂寞地寻找，盲目地执着，问结果，或不问结果。哪一段青春不荒唐！哪一场爱情不受伤！好在，还有后来；好在，还会长大，还会放下。那一团莽撞的重墨，终于懂得兑些水，浓淡深浅之间，见出了节制和理性。那些惊天动地的荒唐岁月，都可以化作后来，素淡绵长的回忆罢。

夏 晚

夏天的傍晚，风舔过大泡桐那么高的江堤，就到了外婆的竹床上。

竹床上放着几样小咸菜，是咸豆角、腌雪里蕻、酱瓜。搪瓷的大脸盆里盛着白粥。小舅只比我大两岁，我们围着竹床追打着玩。外婆在端碗筷，三舅帮着端板凳椅子，大舅长兄如父，家长一般已经坐在竹床边。二舅还没来，所以外婆的步子缓缓的。

屋子西边，有水声披披洒洒，二舅在洗澡。他在杏树底下洗澡。外婆家三面都被庄稼地和池塘包围，只东面一条羊肠小路通向邻家和大路，所以天渐黑时，屋子西边洗澡还是很安全的，没有外人会经过那里。而我们，听着水声，自然不去那里。

啪——我们听到一盆水被响亮泼掉，猜到二舅的澡洗好了。二舅那时是学徒，每天跟着师傅干活，到晚回家一身臭汗，所以他都是饭前洗澡。

二舅穿着短裤走到竹床边，身上散发着香皂的好闻味道。他光着膀子，胸腹长有一畦护胸毛，黑黝黝的。

泡桐树上的蝉已经歇了嗓子，萤火虫从沙地上飞过来，在我们身后的篱笆上高高低低地绕飞，然后又飞远了。一会又有几只萤火虫飞来，相似的飞行轨迹，也不知道是否有回头客混在其间。

二舅刚订婚不久的未婚妻也来了，蓝色短袖衬衫下面是半身裙，微胖。她亲昵地坐到二舅身边，似乎心里盛开了许多花儿，满脸笑容。我们看出她是无限喜欢二舅的。外婆问她有没有吃过，她答说吃过。外婆让她再添一点，她果真就拿起二舅吃过的碗盛粥来吃。我看她吃粥，感受到她深深的欢喜，深过夜色。

吃过，她抢着帮外婆收碗。二舅去屋子里摸了件背心，边走边套。然后，未过门的二舅母甜蜜傍着二舅，穿过东边“之”字形的羊肠小路，散步去了。我猜到，他们肯定要去江边，江堤上风大好乘凉。

外婆用抹布仔细抹竹床，竹床干净后，我和弟弟就爬上去了，或坐或躺。弟弟坐不住，很快就被小舅给吸走了，他那时崇拜小舅，整日做小舅的尾巴。三舅不知什么时候也遁去。大舅也和大舅母回了自己的新家。

就剩下了我和外婆。我躺在竹床上，外婆坐在我脚边，摇着大扇子，说着三四十年前的旧事。三四十年前，她和躺在竹床上的我一般大。日本鬼子经过她的村子，抓鸡杀来烧吃，叫她来添柴烧火……她中年丧夫，日子艰难，她从来没跟我哀叹过。

我躺在竹床上，听着遥远的旧事，仰面看天顶的星星，挤着挨着亮着，也是一幅大家庭的图景。夏虫在木槿篱笆的脚下千头万绪地叫起来，虫声让我觉得耳朵凉酥酥的。

三舅回来了，进了屋子。一同来的，还有三四个黑影子。屋子里灯亮了。我爬起来，跟着外婆进了屋。桌子上一个大西瓜，胖得像土匪。外婆赶紧问哪来的，屋子里一阵窃笑后，不知道是谁答说是偷来的。外婆就要责打三舅，三舅一让，辩解道，不是我。

有人已经到厨房摸到菜刀，在桌上切瓜，咔嚓一声，红色的汁水随着裂口淌出来，淌到桌子上，在桌子上蜿蜒流着，滴答滴答地滴到地下。我们围着西瓜，围着切瓜的人，寂静无声，如对远古祭祀礼仪。

门被推开，吓我们一大跳，是小舅和弟弟。有人摆手示意不要大声。他们也很快看到了桌子上的瓜，面露惊喜。

那一晚，每人一两片西瓜，我和弟弟因为小，比他们吃得又要多些。

瓜是外婆家屋西边的一片西瓜地里的，地头有瓜棚，日夜有人看守。不知道他们是怎么偷来的。

我吃过西瓜，待人散了，继续回竹床上躺着。我的肚子甜蜜蜜的，水汪汪的，可我的心里隐约有害怕。好像西瓜在我肚子里不断巡逻，我下意识将双手盖在肚皮上。

后来，舅舅们渐渐各自成家，我也大了，外婆也走了。那夜的瓜，后来再也没有吃过。那晚的江风那么柔那么凉啊！

芭蕉过雨绿生凉

少年时候，逢节日，同学之间流行互赠卡片。学校门口的杂货店里有各种明信片可卖，他们喜欢选有明星头像的，翁美玲啦，苗侨伟啦，汤镇业、赵雅芝什么的。面孔漂亮的明星选完了，到后来，连光头的唐三藏和一把胡子的沙和尚也要。

我至今不忘的是同桌送我一张风景明信片，画面是一丛芭蕉，翠色欲滴，上面有水珠滚动，扑面的凉意。记得画面一角还印有诗句，最后一句叫“芭蕉过雨绿生凉”。我喜欢得紧，后来一直收藏着，直到离家读书后才弄丢。

多年后才知道这诗句是白石老人的。齐白石画过一幅水墨芭蕉，叫《雨后》，上面题了诗句：“安居花草要商量，可肯移根傍短墙。心静闲看物亦静，芭蕉过雨绿生凉。”

我欣赏过白石老人的一幅芭蕉图。是好大的一片芭蕉叶，墨色浓郁，湿意透纸。叶柄处一只小蚱蜢爬来，翘起一对触角，好像在喝芭蕉叶上的凉水，又好像是坐在叶面上临风纳凉。用笔有静有动，墨染处，既横阔又细致，真是生动有趣。一看，就想起童年，想起故乡，想起旧时物事。

童年时，外婆家门后也有一丛芭蕉，长得高过屋顶，远看是一片丰硕壮阔的绿。外婆家住在濒临长江的一个沙洲上，我那时每到假日就去。穿过一片平坦开阔的沙地，远远看见外婆家屋后的芭蕉叶围得像座绿色古堡，心里就沁出喜悦来。葱绿的芭蕉丛后面，是一扇木门，上面方方一副红对联还没有完全褪色。红绿映衬之下，觉得日子也是斑斓多彩的。那时候，还没完全体会到贫穷的哀戚，只是以为，在尘世之间，有那样的一户人家，跟我永远亲密，便觉得满足。

外婆家屋西边还有一棵高大的杏树，树下堆着柴垛。五月里，杏子黄黄熟透，三舅喜欢爬到柴垛上，然后由柴垛再爬上杏树枝丫间，在那里摇，外婆张开藏青色的大围裙在下面兜着落下的杏子。初夏的午后，还没有瞌睡，就在那芭蕉荫下洗杏剥杏，吃过不舍得扔核，沿着篱笆一圈圈地埋核，希望来年有更多的杏可吃。

外婆的晚饭总是很早，太阳还悬挂在远处的沙丘上就开饭，于是就把桌子也端放在芭蕉叶下，好躲掉夕阳。后来看电视剧《西游记》，看到《三借芭蕉扇》那一集，竟是痛恨起孙悟空来，且还替芭蕉公主感到委屈和不公。芭蕉公主的扇子用嘴一吹，就大起来，扇起来忽忽有风，那就是我外婆家的芭蕉叶呀。外婆就像个芭蕉公主，一个人带着舅舅和姨娘一群孩子，日子过得清贫寂寞，却也闲淡安静。在那样一个濒江的沙洲上，我融进了外婆一家的日子里，觉得我们过得也像一丛芭蕉，在风雨里摇摆，也在露水里寂静。这日子不够浓墨重彩，可是素静的、清凉的。多年以后，我已经长大，成为一个妇人，为人处世，我依旧秉持着这种清凉的气息。觉得清凉里，才有情意久长。

工作调整之后，上班路上会路过一个小区，小区里栽有一丛芭蕉。因了那丛芭蕉，竟一下子喜欢上那个小区，觉得里面的空气也一定清凉静谧。希望那个小区里会住着一个朋友或某个熟人，这样可以借故去他家而顺便路过那丛芭蕉。游苏州园林时，在那些亭台轩榭之间，会看见夏荷修竹，还有角落里的蔷薇和芭蕉。我喜欢那些百年园林里的芭蕉，回家翻相机，一相机的绿叶子。竹子是江南旧式的文人士大夫，荷花是杜丽娘那样的大户人家的闺秀，蔷薇很有丫鬟的泼皮喜相，只有芭蕉，总是寂静含蓄的。芭蕉懂得守静，可是也洒然，也婆娑摇曳。芭蕉更像是一个情怀深深的古意的女子，安然在市井烟火里。

黄昏时，抚镜看自己，俨然岁月已深，而心也静。如果安居可以商量，我想要一所带庭院的房子，要种一丛芭蕉。深秋的凉夜里，在枕畔，听窗外风雨萧然，听雨打芭蕉点点滴滴。在中年之后，伴一丛芭蕉度流年，也横阔也细腻地度过。将过往的红紫芳菲的岁月在内心过一遍，在芭蕉的绿里过一遍，过到往事也有了芭蕉的绿意。人生就这样清凉寂静，不悲戚，也不念念。

孤而美

人世间，有许多际遇，许多人事，是只此一回，只此一个。再美好，也无法重复。这样的际遇和人事，在我们的一生中，成为孤绝的风景。他们孤而美，像孤品。

王羲之写《兰亭序》，不论是文章辞采，还是书法气象，都绝美到令人叹恨。但是，《兰亭序》那样的文章和书法，在王羲之的人生里，也无法重复。三月三年年都有，文人雅集也有，好风好日的好天气也有，但文章和书法不会再来一个姊妹篇什么的，《兰亭序》就永远是独一无二的《兰亭序》。

看大漠胡杨，尤其是深秋天，那些胡杨像站在世外一般，有一种庄严凛冽的美。沙漠是金色的，夕阳是金色的，胡杨也是金色的，让人想起苦难和孤独也可以像金色的胡杨一样辉煌。

我在朋友拍的胡杨照片里流连，每一棵胡杨，都是几百年，独自在风沙里。每一棵胡杨，都是枝干苍老遒劲，满布沧桑，与众不同。每一棵胡杨，都是植物世界里的一个古老国度，苍老树色和斑驳伤痕成为荣耀。

江南的烟柳在二月的细雨里吐露幼芽时，塞外还是苦寒。江南的竹树在多雨之夏里绿树荫浓时，沙漠地带还是干旱。但是，胡杨还是生存下来了，一年一发。即使，它们枝干断折，残余的根和干依然是一道风景，让人惊叹生命的粗壮粗粝。因为，它们永远独一无二，不可复制，不是随便就能相遇。

看大漠胡杨，常常被一种绝世而去的孤美惊倒。

到安徽淮北去，在无垠的麦地尽头，有一处文化遗址，叫柳孜隋唐大运河遗址。我站在发掘的古大运河的河床边，看到一只沉船，泥沙沉积于船舱，旁边，一根桅杆将折未折。船舱外的淤泥里，破碎的蓝花瓷片这里一片，那里一片，仿佛守望的眼神。我在古运河边，静穆肃立，久久无语，只觉得千百年的时光仿佛又化作了运河流水，从心上湍湍流过。

当一种已经流逝的文明，以碎片的形式存于文物保护的玻璃之下时，我们依然会为它惊艳到眼底有泪。它们也是，无法再生，不可复制，成为孤绝之美。

许多人，路经我们的生命，像旅客。我们和他们相处的时候，以为会一直肩挨着肩在花木葱茏的世界里走下去，走下去，春天不会老，我们也不会老。我们以为，即使离别，转身就会又彼此看见，欣然而笑。可是，慢慢，慢慢，我们发现，有些人一转身，就是再也不见。有些人，也是生命里的孤品。

十几年前，我在南方学舞蹈，结识了一帮爱好舞蹈的朋友。离别时，我们互留了地址，当时以为还有后话。十几年过去，我早和他们音信杳然。不只未见，连联系方式也在几次的辗转搬家中丢失。现在，即使重逢，我怕连他们的名字也叫不出来了。

我整个的童年几乎都是在姨娘的怀里度过的，她不是母亲，却给了我比母爱还要丰厚广大的爱意和温暖。二十世纪八十年代，她给我买大红的方形丝巾，让我在春天花开欲燃。她教我唱歌，唱《回娘家》《小草》之类的那个年代的流行歌曲。她牵着我去照相馆，我们一起拍合影照，很亲昵的样子。

后来，我们家的相框里，我和她的合影照，只露出有我的那半张，有姨娘的那半张被母亲遮起来了。姨娘在我童年刚刚结束时就离开了我，永远永远离开。外婆去世入土时，我们送葬，经过姨娘的坟前，坟上青草萋萋。我看着那些青草，记忆忽一闪，全是跟姨娘在一起的十来年的迤逦风光。可是，细细一想姨娘的模样，已经想不真切，记忆里她已模糊成一个年轻美丽的背影。

《红楼梦》里，妙玉称得上是孤而美的。栊翠庵里，她读诗、烹茶，过着不与人同的生活。她挑剔着泡茶用的水，认为自天而落的水一旦沾了地便是污浊。她煮茶待客，给贾母那些人用的水是旧年的雨水，给黛玉她们姊妹用的是梅花上的雪化成的水。对于刘姥姥那样的粗俗之人，喝过的杯盏她也嫌脏不想要。她是世间最洁净的人，把洁癖玩得极致。没有人能与她重复，就连黛玉这样孤僻洁净的人，在她那里也显得俗了。

妙玉这样的人，连茶具、茶水都挑剔得如此，可想而知，她对往来的朋友能看上眼的、入得心的又有几个？有时想，宝钗不嫁宝玉，她依然可以从容选择其他的结婚对象，一样可以幸福。黛玉嫁不成宝玉，可以悲恨而死。但是，妙玉不一样。妙玉是恨都没有，只能是漫漫度光阴，死了也像玻璃盒子里的蝴蝶标本，不改羽翼的颜色。

喜欢妙玉，因为她，我知道在世间还有一种怎样的干净和纯粹。洁就洁得彻底，洁得不怕遭世人嫉恨。洁就洁得，这世上只有我一个人如此，没有同类。

妙玉美，也美在《红楼梦》里只有她一个人，用梅花雪煮茶，形而上地活着，永远像雨水但没有落地，像雪覆在梅花上还没有融化。假如《红楼梦》里有一个戏班子那么多人的妙玉，好玩吗？一点都不好玩。我们的精神世界里，只要一个妙玉就够了。

许多事情，并不是越热闹越好。精神上能对话的人，只要一个就好。

日本作家川端康成的小说，有一种孤而美的气质。我喜欢《雪国》，就觉得，在冰冷清冽的世界里，一个人往远方去，大地上留下脚印，又被雪抹掉。也很好。

世界太热闹了，我要留一点忧伤给自己，留一点落寞给自己。我要一个人孤零零地凋零一会儿，不要快乐来修饰。保持一种孤而美的状态，像老井，不溢，也不枯，清浅地晃着后半夜的月光。

赴约宜夏

赴约宜夏。是夏夜。

待日头落下，落在一湖碧水中，胭脂似的晕开，收了工，心思甜蜜地回家。路上经过丁香花盛开的院落，心里想了一下她的模样，也像丁香。

女孩子沐浴换了衣，将残有花露水和香皂的水，泼到了院子里的花边，穿白裙子出门。临出门，采撷一朵才放的栀子花，花瓣犹有青色，像她羞涩的心。去会他，在村头的榆树荫下，石桥边。

夏夜相见，空气芳醇而清凉，萤火虫在前头引路，彼此携手，路好长，可以走到天明才松手。丁香花和栀子花酝酿过的晚风拂面，也拂了裙袂，她的腰身细细，在裙子里躲闪隐约。月光晒出她洁白的脖颈、脚踝，和长长的手臂。月光为媒。

夏夜正好。月光这样薄，女孩子也这样薄。可以近近地看她，如看花开，直看到她游鱼细石历历可数的心底。

虫声蛙鸣四起，声线繁密如骤雨，帮他掩饰绵绵情话，不让外人听到。挨在一块石头上，两个人，唧唧复唧唧，像坐在莲叶下避雨的两只绿蛙。月渐西，人声渐稀，小路长长，送她回家。不舍得离去。邻家早开的朝颜开上了墙头，在晨光里朦胧摇晃。

在城市的夏夜，或者会下一场滂沱的雨，两个人倚在茶楼，不能回去。同看落地玻璃窗外的雨线。雨线那么长，扯不尽，跟想念一样。坐在她对面，还想她。这样近地看她，看她微青的眉，桃红的唇，薄薄的刘海儿，弯弯的嘴角……还想她。未分别，已经想念。希望一辈子都下雨。就有了理由困在一起。

人渐少，茶楼里的冷气还在开着，怕她冷，借故把她收进怀里，此刻仿佛才完整。把整晚的情话换个语调再说一遍，用更潮更甜的语气。说到无声，无声胜有声。

茶楼打烊，牵她出来，携手过长街，积水淹没脚面，两个人变成一条鱼，她在他背上。

行道树在灯影里越发高大，汽车零星的街道，衬得楼丛也越发高耸。万物在雨水里成长。爱情也是，在夏夜，潜滋暗长。长成一株枝叶繁盛的树，只有一个愿望：开花！开花！

“去年元夜时，花市灯如昼。月上柳梢头，人约黄昏后。”赴那样的约，也别有风情，只是，元宵佳节，春寒犹在，想来见面说话可供逗留的时间太短。

日本平安时代，男女幽会，别有情味。年轻的男子，梳妆打扮好，薄暮时披衣出门，去女子的住处，在那里留宿。晨晓时分离去，夏天，露水瀼瀼，披覆于庭中和路上的草木花卉，所过处，男子的裳袖皆被露水打湿。暮会晓别，夜晚那么短，一个叹息不舍，一个规劝催促，风流多情的时光最磨人也最甜蜜。男子回去后，来不及换掉被露水濡湿的直衣和外套，便要伏案写信，情书一封，纸上缠绵，托人送给那个已经起床梳洗完毕的女子。末了，静等那送信的人，再捎回一封信。

今夜约，莫迟迟：句句里有郑重。

青黄时节

小满芒种之间，乡村青黄相接。

黄在枝头上的，是枇杷。我一位画家朋友，经常画枇杷，水墨枝叶，当中几颗黄而圆的果子相叠，画边题字“黄金果”。如此，寻常的枇杷，也有了金玉人家的贵气。

在我的家乡小镇，几乎家家户户门前院后都植有枇杷树。初夏时节，布谷鸟在田野上边飞边叫着“布谷布谷，割麦插禾”，乡人也不急，午饭后悠闲地在树下摘枇杷，一摘一大篮，伴着农具一起，拎到田边地头去。一下午，他们割麦、割油菜，累了就坐在田埂上剥枇杷吃。枇杷黄澄澄的，小麦黄澄澄的，油菜也黄澄澄的。

我虽多年不事稼禾，可是每到初夏季节，在城里就待不住，就想回老家去。就像旧时乡下做喜事的人家，大人们满面红光地忙，小孩子也欢天喜地在人丛里挤，狗也快活地跟在小孩子后面摇着尾巴。到底是那块江北水乡的土地上走出来的人，想到庄稼成熟，想到果子成熟，心里也跟着生起了五谷丰登的丰收之喜。这样的季节，天晚得迟，下班后坐上回老家的高铁，看着窗外青黄相接的田野铺在金黄的夕阳下，我觉得我的鼻子瞬间长成了大象的鼻子，穿过玻璃长长地伸到田野上去，伸到村庄深处去，那里有油菜小麦刚被收割秸秆上散发的草木清香，那里有毛茸茸的枇杷、杏子剥去表皮后散发的果肉甜香。

这样的青黄时节，乡村悄悄熟着。一回老家，舅舅喊我去摘枇杷，姑妈喊我去摘枇杷……晚上在乡间散步，一路遇到的枇杷树比人还多，我就边走边摘那些人家的枇杷，然后边走边吃。即使被主人撞见了，就算不认识，人家也不责怪，还会笑嘻嘻地过来帮我摘，叫我多吃些。

杏子也在这时黄。我父亲栽的杏树，年年花开得好，但是果子结得稀，不知道是不是栽在水边的原因，它过得太滋润了，反倒忘记了自己的主业。尽管如此，那杏我还是常能吃到。“不知道大丫头哪天回来”，杏一黄，父亲就在杏树下念叨，盼我回家吃杏。珍贵的几颗杏，鸟也吃，散步的人路过也摘了吃，父亲总怕那杏等不上我。我在小镇的路边地摊上，常常能买到乡人们自家树上摘的杏，果子极新鲜，价格极便宜，差不多是半卖半送。“阿晴也买杏啊，你爸爸的杏树上还不够你吃吗？哈哈——”有时买杏子的当儿，忽听得一声招呼，是旧时乡邻叫我的乳名，就算我人到中年，他们看我还当我是当年的孩童。那一句还带着我乳名的招呼声，在我听来，也有杏的绵软和香甜了。

乡村像一列长长列车，开到初夏这一站，下来了金黄的枇杷、杏子、小麦、油菜，又上来了绿色的秧苗。如此青黄相接，大地在短暂的斑斓之后，又复归于安静、蓬勃的绿色大一统中。

小麦割过，油菜割过，土地很快被翻过，平整，然后灌了水，不到三五日，那遍地金黄的田野又全成了平平仄仄一样整齐的绿色世界。田里的水也沉淀下来，绿色的稻禾之间，水光一漾一漾的，倒映着蓝天、云朵和正在生长的稻禾的淡墨色影子。

此时，牛儿在田埂上吃草。牛儿有一搭没一搭地甩着尾巴，“双抢”已过，它闲了。牛吃饱了，走到河边喝水，或者躺在河滩上的草地上睡觉，没人扰它。只有碧绿的野草野蒿和远处近处的芦苇在阳光下绿得越来越厚，似乎要把牛儿卷饼似的卷进绿色里。

在村庄里，陪着稻禾一起绿的，还有棉花、玉米、大豆，还有菜园里的各种果蔬，还有门前门后的梨、桃，还有窗前院后的芭蕉竹子……它们的旅程比枇杷杏子要长。

小满之后，一场黄梅雨下过，清甜多汁的乡间空气里，栀子花的香味里缠绕着麦芒开始腐烂的潮霉气息，是多少年不能忘去的故乡的味道。

湖边走走

湖是巢湖。住在湖边，像睡在清凉的梦里。每日晚饭后，去湖边走走，成为像呼吸一样自然又必须的事。

特别是黄昏，沿着包河大道或者庐州大道，一直向南，向南，抵达合肥之南，抵达城市的边缘。那白茫茫的一片大湖碧波荡漾，在视线末端一点点贴近。然后，闻到柳树和芦苇的清香，闻到水的潮润之气，感觉从城市中心奔逃出来的那个滚烫尖叫的自己在湖边的微风里慢慢降温，慢慢寂静，慢慢和水天一色相融在暮霭里，成为大自然的一部分，晶莹清透的那一部分。

去湖边走走。是的，去湖边走走。每一个夜晚来临之时，总有一个声音在心里响起，是我跟我自己说。

借着融创茂那边的灯火闪耀，我走在湖畔草坪之间的水泥路上，是沿湖而走，一个人，向东，脚下的路渐渐暗下来。如果向东一直走下去，走到黎明，就可以踩到草坪上的朝阳初升。晚风吹动湖边湿地上的芦苇，发出簌簌之声，那是叶子在跟叶子对话，那是叶子们在跟湖水对话，大自然的一草一木里，总像是暗暗流淌着各自懂得的深情。如此，草木不孤独。孤独的是人。

在夜色尚明之时，我喜欢沿湖快走，胳膊甩出风来，身上、额头上覆一层细汗，然后又被夜风一层层吹干。这种大量出汗又被风尽数吹干的感觉特别爽朗利索，有种在北地走路的感觉。我从前不喜欢北方，在北京读书时总认为那里空气太干，皮肤再怎样补水，一眨眼又干得像茶叶。后来消除了容貌焦虑后，反倒喜欢起北方来，喜欢它的走路身上不存汗，是汗水一出就被干燥的空气蒸发了。所以，课余时间到鲁院附近的红领巾公园漫步，便成为一段美妙的记忆。

我在巢湖边的散步几乎都是黄昏和晚上，有时向东走，能一路经过不远处的安徽省美术馆、渡江战役纪念馆、安徽名人馆、安徽创新馆。脚步两边，一边是夜色巢湖的自然风光，一边是几家展馆外霓虹闪烁的人文景观。走在这样的风景里，真像是走在梦幻般的琉璃世界里。我快步在夜风里穿行，在远远映照过来的迷离灯光里穿行，感觉自己的步伐也变得轻捷起来，很有一种少年感。我喜欢这种感觉，我像是在这种行走里啜取了青春般的能量，以供应我在白日里再向城市的腹地，向热火朝天的劳动现场，奔赴。

心情低落的时候，也去巢湖边走走。夜色是黑的，柳树和芦苇是黑的，草坪是黑的，我的影子也是黑的。我的黑色的影子在慢慢的行走中像是被朦胧的星月光芒给滤去魂魄，我踽踽独行，像是一路在草坪上，在树影里，寻找我的魂魄。

我常常把湖水那样浩瀚的忧伤在夜晚的湖边边走边泼洒。我白日在城市的腹地隐藏自己，我隐藏我的眼泪，隐藏我的叹息，我骨骼高耸，像一只威武的兽，所向披靡。夜晚是我的，夜晚的湖是我的，夜晚的脚步是我的，我为自己慢走，在风里，我为自己剥去带血的羽毛。我在湖风徐徐吹拂中，告诉自己，就像此刻在湖边的独行一样，人世间的白日里，有许多路，我要握紧自己的影子，咬牙含泪走下去。走一走，走远了，我的脚步就成了风景。

许多年前，遇见一幅古画，好像叫“孤往”来着，一个古人，抱着一把琴，往树林深处去。我不知道，在树林深深处，是否有一个等着听他琴声的人。

也许没有吧。灵魂深处，我们都是孤往者，寻寻觅觅的孤独漫步者。

好在还有这静夜，还有这浩茫的一片水，陪着我在城市边缘漫步。

日夕凉风至

孟浩然的《秦中感秋寄远上人》中有一句："日夕凉风至。"如果不看上下文，只端详这孤零零的一句，就觉得有些随意欢喜的意思。

想想，一天的时光悠悠度到夕暮之时，坐到檐下庭前，吹吹凉风，看木叶飘落，明月初升，秋菊新绽蓓蕾，炊烟从林间升起。时光舒缓，摇漾，像草原尽头飘过来的民歌余音。

可是，看看诗句"日夕凉风至"的上句和下句，上句是"壮志逐年衰"，下句是"闻蝉但益悲"，就觉得沉重起来。一想到岁月渐老，而壮志未酬，纵然凉风拂面，仿佛也是薄情人了。说到底，是作者内心有孤峰突起，无法逾越。

有时会问自己：为什么写作？是为挣稿费吗？是为炫才华吗？是为展示自己道心不凡吗？其实，这些都是表象。写作，说到底，是因为我的内心，豢养着一支叛军，千军万马，日夜嘶鸣。唯有写作，可以抚慰，可以招安，可以稍稍熨平内心荒原上的起伏褶皱，来艰难维持这月光下的疆域暂时肃严工整。

以文字为马，在自己的世界里来回奔突，一边释放自己，一边囚禁自己。

慢慢发现，写作也有它不可靠的一面。记得一位作家说过，不写的时候，内心焦虑痛苦，惶惶不可终日，唯有拿起笔来写着，才会心安。可是，写的时候，身体和心灵又在文字里经受涅槃之苦。以写作疗治虚度时光漠然人事的不安，其实就像给泥沙持续沉积的黄河不断加筑抬高堤岸，直到它的河床高过开封城，让一条大河日夜滔滔自人们的头顶流过——多么安全，又多么危险。

魔术总有被破解机关的一天，杂技演员也有走下钢丝绳的一刻，我们，最终还是要将自己从壮志未酬的悲愤里放归。回归寻常，回归成无名氏。

不提壮志，不提年衰，人生就这样删繁就简，活到真正的“日夕凉风至”的境界。我是我，我是秋风大地上一株最卑微的蒿草。只有日夕，只有凉风。享受日夕光阴，享受凉风吹拂。

半生已经过去，人生到这时节，不是放大痛苦，而是举重若轻。是穿越混沌沉重，穿越烈火煎熬，最后安静成一件案上的瓷器。

我是我，是破碎之后的重组，是毁灭之后的转世，是冰雪之下的泥土里昆虫翻身，是秦砖汉瓦的废墟上亭亭开出的碎白花朵。是哪吒割肉还母剔骨还父之后，绝处里幸得法力无边的莲花身。

前半生，忙忙碌碌，忧忧戚戚，现在终于日夕，终于凉风至。手握一把安静而低温的时光，像聆听一首古老民歌，不问歌者尊卑，但喜这旋律婉转低迷。

爱看夕阳了，也无悲意。在书房，看熏黄的光束，一绺绺，像渔网在寸寸束紧收回，掳走了那些热烈的、灿烂的、欢腾跳跃的光影，只余下满屋寂静的空气，在夕光里缓缓潮退。我看见，书房里层层叠叠堆积的书籍，静如尘埃。我就这样了，人与书俱老，在民间。

阳台边的蔷薇缄默在晚风里，蝴蝶归去，浓香收敛。此刻，不比怒放，不比千朵万朵。比清凉。

有风的日子，我喜欢在檐下挂一个风铃，风铃下置一把老式竹摇椅。黄昏时，躺进清凉的竹摇椅，一起摇晃，像是人在新月上，吱呀，吱呀，天地起薄霜。

晚风起时，风铃摇响，一声一声，像道别，又像遥远的召唤。这时可以不被打扰地做一个长梦，直梦到前世的渡口上，那时我是过客。我，一直是，过客。

吾来看汝，汝自开落

上班的路上，会路过一丛木槿，开花的木槿。一边开，一边落。枝上繁花明艳照人，树下草间落英缤纷。

路过开花的木槿时，会悠然想起王维的诗《辛夷坞》：

木末芙蓉花，山中发红萼。涧户寂无人，纷纷开且落。

说的是枝梢上的辛夷花，在幽幽深山里开放。山中空寂无人，辛夷花自开自落。它开放时的美好，只有它自己知道；它凋零时的哀戚，也只有它自己来领受。它是它自己的导演，也是自己唯一的观众。

有人说，《辛夷坞》是借山花开落于无人山涧的可悲命运，来抒发文人怀才不遇的感伤。可是，我却是喜欢这首诗里的幽独，幽独里慢慢沁出来的清芬，好像沉香在古庙里缭绕。

我也喜欢这山涧里自开自落的辛夷花，在我们没有到达的时间和空间里，它们依旧踩着季节的节拍独自出场，从容自在地呈现生命，生命的繁华生动与衰颓静寂。

而我最欣赏的，正是这自开自落的状态。

我去过许多个江南江北的古镇，去看那里水边桥边的桃杏盛开。我穿越过许多场浩瀚的春天，沉浸在酒旗春风草绿花红的中国画里。可是，这么辽阔的江山，这么无垠的时间，我念念不忘的常常是那些隐逸的花儿，隐逸在村野深山处，幽幽散发芬芳。

一个春日的黄昏，驾车经过镇二环，蓦然瞥见菜地尽头一棵杏树正开花。杏花开在一座老房子的窗前；房子已经破旧不堪，春雨蒙蒙中，越发透出垂暮萧条之气来。好在有那一树花，让人觉得春天到底是春天，春天到底还是新的，新得像天堂。我忍不住停了车，静静遥看那粉白粉白的一树杏花婆娑盛开，盛开中透出一种薄薄的喜气，是一种民间的喜气。

主人走了，花还在。还在陪一座老房子，度着风雨，度着春阳，度着时间。主人走了，花还在，还在一年一年地开，不负春天。

是啊，这样的开放，表达的正是一种不负的信念。不负春天，不负自己。

还记得，老家的河堤旁有一棵棠梨树，一到春天，白团团的花儿开得像烛光照耀的宫殿，华美壮观。如今，住在河堤边的人家一户户相继搬到街道边的新建小区里，只剩了一个老人还住在棠梨树边。老人也渐渐更老了，已经直不起腰身出来看一眼门前的春天，只剩了长长的流水与长长的河堤。只剩了，那棵寂寞的棠梨树。可是，即使寂寞，惊蛰一过，白色的棠梨花依旧如约立在苍老的枝丫上，春风里开，春风里落。朵朵簇簇，玲珑剔透。

这些幽独的花们，不论自己住得多么遥远，不论自己的境遇是怎样的寒微，它们，从不错过一个春天。

春天，属于漫山遍野的花们。春天，也属于蓬门前的一树杏花，属于幽壑里的一棵辛夷。

一个人的时候，尤其是一个人路过一棵孤独的花树的时候，我会轻轻跟自己说：你也是一朵幽独的花儿，你要努力，努力地开放！不负了春天！不负了时间！

灯光闪耀的舞台只是属于少数人的。大多数人，都和我一样，淹没在人海里，孤独着。像旷野上的一棵树，独木为林。可是，只要有春天，就依然要开放。开放给自己看。一枝一朵，也可以成为春天。

自开，也自落。不奢求谁人的垂怜。

一朵花的凋零，对于一个浩繁的春天而言，只是一片小小的忧伤。可是，对于一个孤独和唯一的生命个体而言，却是一场有去无返的悲壮。这样的悲壮，孤独的花儿，默然，背负——以最轻盈的姿态，以最优美的弧线，飘落，飘，落……

尘世喧嚣中，常常会看见一些年轻的女孩子，她们得意张狂，甚至轻浮浅薄。我不嫉妒，也不嘲笑。我知道，此刻，她们正盛放。有一天，她们也凋落了，容颜和激情一瓣一瓣地凋落着，落得生疼却咬牙不喊疼的时候，可能就贞静端然了。

一个人，经历了盛大的开放之后，又经历了悲壮的退场，这时候，也许才能做到真正的从容自在。

在屏幕上，偶尔看见六十多岁的赵雅芝登台，惹得观众惊呼，女神不老！可是，怎么可能不老呢！脸上的皮肤修饰得再怎么无瑕，脖子上的皱纹依旧影影绰绰，像说漏了嘴的谎言。衰老是必然的，凋落是必然的。

可是，我依旧喜欢老着的赵雅芝。喜欢她在镁光灯下从容淡然的言笑，多年不露面，露面不惊慌，好像一朵闲花开在晚风里，幽香也迷人。

这个世界，有许多美丽的花朵和花朵一样的女子。她们，在我们视线不及之处，自开自落。我们感动，是因为我们偶尔看见了。我们没有看见她们时，却看见了我们自己，在时光里，开放过后，一瓣一瓣地凋落，慢慢剩下一颗坚果一般结实的内心。

一首外国诗，我深喜其中几句，翻译过来便是：吾来看汝，汝自开落，缘起同一。

茂 密

上班路上，有一家早点店，供应米粥面条之类，还外带小炒。锅灶放在店铺外面，掌勺的大哥圆脸矮胖，一脸憨厚相。我经过他的锅灶边，掌勺大哥经常会在热气腾腾中迅速抬脸，向我点头微笑。有时他来不及递上笑脸，他的高个子的妻子会站在旁边望着我笑。不炒菜时，他会站在锅灶边跟我招呼，日日都是原话“上班去啊”。他大约不知道我姓什么，所以省略称呼。我也不知道他姓什么，所以每次回的也是原话“做生意哈”，也省略对他的称呼。

他先前的店面就在我单位的后门口，生意很好，后来忽然关了门。有一回，偶然问起，有人说是掌勺大哥的母亲得癌症了，住院治疗，他夫妻俩关了店去侍候他母亲。大约是他母亲治疗时间太长，店面又是租来的，即使关门租金还是照样要付，所以，那店后来换了主人，我猜是被他转租掉了。

是一年多以后，在我上班路上，我看见他夫妻俩又重起炉灶地做起小生意。我心里希望他们生意好，看到店里人多时，会情不自禁心里暗喜。每次路过他店门口，迎接那最平凡朴素的一对夫妻的笑脸，想着他们一天所挣不多依旧知足欢喜的样子，我总会有些莫名感动。大地之上，这样勤劳朴素的人很多，像灌木，风起时低下身子，风过之后又抬起头来，继续生长，结实而饶有韧性地生长。

有一段时间，我常去一个理发店洗头。理发店离我家不太远，店主是一个三十几岁的离婚女子，独自一人守着一个店。有一回，我去店里，不见她，就喊了一声，她很快从里间出来迎接我。后来，我们到了里间洗头，洗头池边的方桌子上，一张宣纸展开，上面的字墨迹未干，毛笔正搁在笔架上。

我看了，心里好奇，问："字是你写的？"

她笑起来，有些不好意思地说："写得不好。没事做的时候，就写写，打发时间。"

我鼓励道："慢慢写，会越写越好的。我有不少朋友也是搞书法的，以后我介绍你们认识。"

去她店里次数多了，便也相熟起来。她跟我说，她还想找一份兼职，贴补贴补，因为附近理发店多，她的生意也就不是特别好。她说的兼职是指在校车公司上班，只需要早上跟车跑一趟把学生接到学校，晚上再跟车跑一趟把学生送回家，一月工资一千元，其余时间她可以照样做生意。她说的时候，语气里似乎有神往和幸福，因为她朋友答应下学期可以把她引荐到校车公司，只要有人不干，她就可以填空补上。

她的女儿有先天性疾病，每年的治疗费都有几万块。说起她女儿，她又兴奋起来，放下吹风机，掏出手机，翻照片，让我看她女儿的模样。她的女儿在前夫那里生活，学校一放假，她就接女儿到自己身边。

有时候，晚上散步，路过她的理发店，我总会扭头看看店里的情景。想着店里的女子，是一个坚强的母亲，是一个即使生活萧瑟依旧努力工作的女子，是一个能为一年多上一万块收入就激动不已的职业女性。

我像一只蝴蝶，偶然经过一片林子，我看见了她的寂静花开，也看见了她的黯然垂眉。好久没去她的理发店了，常常会想起她，像想起秋天车窗外一行挺立的白杨。

有一个老婆婆，住在单位附近的一处民房里，我上班时会经常路过她门口。她很老了，大约什么活也干不动，所以整日坐在门口看路人。每次见我，不论我的脚步有多匆忙，她都会赶着与我打声招呼。我某天若是穿了艳色衣服，她就会说：“你今天穿得好洋货啊！”意思是衣服漂亮。

我中途离开单位两年，某日回单位处理事务，被她撞见，她忙忙上前，像个小孩子忽然看见久别的大人，问我：“我怎么好久没看见你了？”我边走边答：“我搬家了。”后来她见我，还是问：“怎么不常看见你了？”我又笑答：“搬家了。”她那么老，走起路来姿势摇摆，让人担心随时会跌倒，可她似乎不觉其苦。她依然记得我曾从她视线里消失，当我一旦出现，她有惊喜和好奇。

每日里，上班下班，两点一线之间，还会遇到这么些普通平凡的小人物。有时候，是他们身上微小的光芒感动了我；有时候，我也以微芒照耀他们。有一天，我看着路边花圃里蓬蓬生长的小灌木，想着这些不知姓名却也与我有温暖交集的人们，心底忽然冒出一个词“茂密”。在生活的低洼地带，我和他们，像灌木一样茂密生长在大地上。

因为他们的存在，我觉得我的生活也是茂密的。像一部戏，不是只有主角，而是还有无数群演。是这些不知姓名甚至没有台词的群演，填充了戏，让戏更饱满更真实更姿态摇曳。

优雅的女子

已经过了立秋，早凉晚凉，蝉声稀落。夜晚，颇为闲适地在枕上听院墙根下的虫声，有小散文的美，清越，婉转，悠扬。然后，想起记忆中那些优雅的女子。

一次在芜湖，临江的长街，一个卖花的中年女人，多少年不能忘去她。她推着自行车，后座上是一只红色的塑料桶子，很干净，里面满满的花。“香雪兰！香雪兰！”她吆喝着，不像生意人，倒像小院子的主妇在唤别人欣赏她种的花。那花有筷子粗的秆，秆上附有浓眉形的绿叶，顶端的穗上擎着一朵朵粉蝶一样的花。那花瓣是疏淡的四瓣，单薄，白，像小家碧玉，放学回来，白裙子在晚风里。有人还价，她不卖。她说，自己下了岗，白天在家里做家务，照顾老人和孩子，只黄昏才出来卖一次花，赚个家里的伙食开支。那花进来八毛一支，卖出一块，她每天卖完两百支香雪兰就回家。我打量她，她穿洗得发白的棉布褂子，款式简单；梳齐耳短发，发很贴，不是我们时常想象的下岗女工的沧桑与不堪。这样的夏日黄昏，这样清淡的女子在长长的石街上，那样娴静地拨弄着淡雅的花儿，叫人记得。

那一个秋天，坐在开往小镇的班车上，窗外的白桦树上掀动着碎金样的夕阳余晖。一个女孩子，穿碎花的裙子，靠在窗边，静静地翻着手中的书，晚风吹动她的刘海儿，留给外人的是一个安静的侧影。周遭的喧嚣，于她，仿佛皆已化作尘埃，安静地落在低处，只有风过书页的声响，仙乐一般，叫人细细地心动。心里惊叹，真是一个优雅的女子，如同浮世里一支安静的莲。还有一幅画，至今记得。是冬天，窗外积雪，一个满面皱纹的老太太，低头在窗台下剪窗花。整幅的画，晕染着老玉米黄的暖调子，叫人仿佛看见她炉火映红的脸，层层展开的笑颜，以及新年的玻璃窗上象征吉祥的红窗花。那真是一个优雅的老者，以一个无华的姿势诠释着：岁月如此安详！我同样想起我的《初心》里的她，人近中年，一个人喝茶，忆旧事，坦然咀嚼生命里那些过往的甜蜜和遗憾。

尘世间匆匆行走，名利场里上下转悠，常常，会惊艳于一些“十大女性”“四大才女”的光芒。如今，回头看这些寻常生活里清淡却也不失优雅的女子，便觉得，她们也有一种小散文的美。她们像秋虫，没有高枝上蝉的高调、张扬、沸腾，她们的姿态在低处，恬静，从容，是另类的优雅。像小散文，隽永，绵长，值得回味。

水墨清凉

在淡月笼罩的暑夜，凉风习习，沿一道历史久远的护城河散步，仿佛逶迤在宋时的纸上黑白里。

散步的时候，有时会遇见一位并不太老的先生，穿中式对襟上衣，齐齐一排布纽扣，沉静儒雅。这时，我会轻声跟身边的家人说，那是黄老师——画水墨的黄曙光先生。

黄老师的画作，我近些日子特别喜欢他的水墨芭蕉，还有荷花，意境清凉深远，又空灵生动。

黄老师居住的小区里也有一丛芭蕉，郁郁苍苍，繁衍生长足有十几棵，挤成一个芭蕉家族了。我第一次路过，心想：哦，这是在哪里见过呢！想想，是在黄老师的画里。黄老师的窗外，正对着这丛芭蕉。

黄老师的芭蕉图，水墨淋漓，枝叶浓淡相宜，婆娑摇曳中，总让人想起那是雨后的芭蕉。是在黄梅雨里沐浴之后的芭蕉，雨停了，天空明净，芭蕉的叶子垂垂在微风里，上面犹有水汽漫漶。

欣赏过他的一幅雨后芭蕉：也是黄梅天，雨后黄昏，芭蕉过雨之后枝叶蔚然成荫，左边旁逸出来的 片芭蕉叶上，停栖着两只小鸟。两只鸟，一只立起，一只半隐在微垂的蕉叶上。它们仿佛在这片绿叶的岛上临风纳凉，也不唧喳言语，只是随意欢喜。芭蕉荫下，还探过来几小丛竹叶，叫人想起晋代王子猷雪夜泛舟，去寻访好友戴安道，见与不见都不重要。重要的是，有情意在里面。

黄老师的芭蕉图，有时是瘦竹伴芭蕉，有时是梅花伴芭蕉，或者竹菊芭蕉相伴微雨里，清凉，却不寂寞，这是草木中的谦谦君子在相伴相惜。

在构图上，他追求作品里物与物之间的协调。正是这样的协调，使作品透露出一种深情，使画境别有一种深远的意味。

今年的伏天，算是在黄老师的墨荷下避暑乘凉过完的。我最喜欢的，是他笔下的荷。莲叶团团，高低层叠俯仰生姿。一茎含苞的新荷亭亭出水，又嫩又娇，好像薄薄的少女在水一方。也有怒放的红荷，低低地开在叶与叶之间，一派俏也不争的雍容和大气。这样的荷，墨色浓而不糊，淡而不水，意境澄澈空明，荷花的高洁清逸之气漫溢在黑白之间。

那样的墨荷，我以为都是清晓时分的荷，光明，洁净，挺拔，生机勃勃，不消极避世，不存怨气暮气。每每赏览这些墨色夏荷，就觉得有风透过宣纸徐徐而来，于是翠盖翻涌，露珠滚动从叶面坠落，一股清凉潮湿的荷香气息弥漫，弥漫……水泽莲荫之下，清宁洁净如庙宇。

这是墨荷。用墨清新高雅，用水用到极致。这是中国画，把一个黑，和一个白，用到无限。文气，清气，大气，最后达到虚和之气。

很少见人画墨色牡丹。牡丹是贵气的，墨色牡丹画得不好的话，会失了贵气，只落得潦倒落魄。

曾在黄老师的一个讲座上见他现场画牡丹，水墨牡丹。黄老师提笔蘸墨，浓淡点染之间，便见几朵墨色牡丹在一丛枝叶的簇拥下盛开来。我疑心这是开在晓月笼罩之下的牡丹，虫响停歇，花园寂寂，露水濡染着浓墨的叶子和浓淡相间的墨色花朵——富贵牡丹，如晨睡初醒的美人，雍容而清凉；窗纱隐约，她美得有种渺渺远意。

我欣赏墨色牡丹，欣赏这样一种低调的奢华。《红楼梦》里，生病的薛宝钗不着艳色绫罗，只寻常打扮，坐在床边做着针线活，让人看了，别有一种妩媚生动。墨色牡丹大约就有这样的情味，是明明出身富贵的美人，却意不在炫耀繁华。她秉持一颗清凉宁静心，隐逸民间，自在盛放，应对流年。

中国画里有哲学。哲学就在这深深浅浅的墨色里，画者在表现，而观者要靠自己去悟得。

要读经，戏剧，围棋，太极，中医，另外书法练习必不可少，这些都是中国画必备的要素。从围棋里去悟画面的构图，从太极里去悟画面的开张之势……一个画者，在水墨江山里清修，从始至终，原是这样一个悟道者。

听说黄老师喜收藏茶壶。他的收藏我没见，但是，却见他画过的许多墨色茶壶。他的壶，枯湿浓淡之间，朴拙而饶有古意。在画里，他的壶常与松竹菊荷相伴，端然在几，不入俗。所以，我常浮想，那样的壶里，盛的应是秦朝的明月，是晋代的雪，是唐朝的溪水，是宋时的荷花香……在幽幽古意里，一只壶，格外风雅地，透着时间浩渺无际的凉意。

……

想想，水墨画真是神奇，不过是一水一墨，一白一黑，就变幻出那么丰富而深远的世界。在五行里，墨属火，水火原本不容，可是在一张宣纸上，墨和水结合，不仅滋生出竹木花草山川人物，而且，还赋予它们和他们以风神姿态，这，全凭的是画者的一支笔和一颗心了。

在无为这座古老县城里，有人临水而居，与芭蕉为邻。在宋时风韵犹存的护城河边，他沐着清凉之风，画着清凉之物。在水墨浩浩的黑白世界里，有清凉事，更有衣冠简朴清凉人。

择一座小镇慢慢地老

老了，像刀剑入鞘一样，回到小镇。

年轻时，我们常常活得凌厉，披坚执锐，席卷人世，也许弄疼了世界，也弄伤了自己。老了，就择一座小镇，钝下来，静下来，慢慢地老。

老了，姿态是收的，像暮色轻笼之下的睡莲，一瓣一瓣地收回盛开的花瓣。拢起来，锁起来，还剩最后的这一脉余香，就留给自己了。

要选长江以南的一座小镇，买一座半旧的宅子，推窗可见远的近的山，云霭缭绕其间。要好好喂一喂我的视觉，在一座寂静的小镇。头一桩是看看蓝色的天，看看蓝天之下放牧的白云，是旧时的蓝天旧时的云朵。就躺在自己的院子里看，躺在老藤椅上看。江南的云走得慢，刚好合上这渐渐慢下来的话语，慢下来的步态，慢下来的生活节奏。

春夜雨潺潺，翌日的山前山后，雨水欢唱。多少年没这样真切地听听水声了呀！水从自家门前过，蛙鸣虫鸣就在屋檐下窗台下，这样的日子有唐诗的禅意，明朗而轻灵的禅意。小院门半掩，雨后执伞出门去，访幽幽深山，访莽莽林木，访溪畔的新草，访汀洲上的野禽……今后，与它们为友。

在那样僻静的小镇，去商店，去邮局，去菜市场，都是步行。在街头边的老茶馆里喝茶，粗瓷壶泡出来的粗茶，琥珀色的液体诚心实意地倒映着自己微霜的鬓。人不嫌茶，茶也不嫌人。一边呷茶，一边看邻桌的老者走着车马炮。就这样，一上午过去，一下午过去，时间无涯一般接纳着正老着的自己。

养上一两只懒猫，或者养上一条不取名字的土狗。让它们陪着自己在院子里读书，在春日花荫下打盹。在院子里养几盆花几盆草，在溪涧边的荒地上种点菜蔬种点梨桃。

风起的时候，闭户围炉，听听戏，听听诗朗诵，时光就这样千回百转地深情起来，心头湿润潮起，独自感动不言。

春日迟迟，跟着新识的邻人上山采茶去，采回来，学着制，制成茶叶供自己。跟着这些朴实的邻居一道迎送季节轮回，春天去河边钓鱼，夏天去采莲采菱，秋天去看秋波澹澹木叶下，冬天去看下雪。

如果能选择这样的一座小镇去迎接自己的衰老，那么衰老也真是一件欢喜可待的事情。那时，我大约也是不穿旗袍了，不穿高跟鞋了，它们都太冷眼挑人。我穿平底的棉布鞋，穿宽大飘逸的棉麻衣裙，悄然走在小镇的石板路上。沾着湿漉漉的露水，去看邻家竹篱下的菊花盛开。或者踏着薄霜，去古井边折梅回来，养在细颈的白瓷瓶子里，一室的幽香。那时，想必会更爱这些经过风霜的花木。

那时，也一定不化妆了罢，素颜对镜，无惧皱纹在脸上寸寸潮起。有一座苍老古旧的小镇做底子，再怎么老，都像水墨画里的一朵浅色杏花，透着清凉的芬芳。

择一座这样的小镇，再这样缓慢而淡然地老去，这个世界像是我的，又像不是我的。这个世界离我远了，与我无有什么关联了，因为我有小镇。

当我老时，亲爱的，你若来看我，必要渡一片浩茫空蒙的江水，因为我在深深的江南，在江南深深的小镇，这样缓慢而饶有深意地老着。

素色夜来香

夜来香是寂寞的。

在未识夜来香之前，想象中，觉得夜来香是妖艳媚人的，浓情蜜意的媚。是一株怎样的植物呢？它开出的花朵，该是血色罗裙一样罢，灼灼的，令男人们的目光纷纷跪拜下来。

我一直以为，那个在十里洋场的上海滩演戏唱歌的周璇，就是一枝夜来香。“夜上海，夜上海，你是个不夜城。华灯起，车声响，歌舞升平……”蚕茧一样紧紧包裹着长旗袍的她，在华灯与掌声之间，对着麦克风轻轻摇曳着袅娜腰身。她是晚霞映照的湖面下曼妙水草，五陵少年绅士贵族们，那目光游鱼一样围绕着她在来回穿梭。直到美酒污红裙，夜色阑珊，长街灯火暧昧如酒后情人的眼神，方才曲终人散。黄浦江畔的一座城市都为她夜夜魂销，她是一枝神奇的夜来香。

多年之前，在学校的文学社里混，结识一女友，她被多才而多情的男同学赠一别名“夜来香”，那时，我看她也是媚的。一袭不羁的红衣翻飞在身，笑起来，陷出两个深深的酒窝，像辽阔的湖，能栽进男人。周末，她跟男同学们在一起大碗喝酒，称兄道弟。我实在欣赏她，觉得她的人生，汪洋恣肆。

我想，那种名为夜来香的植物，一定也像她们一样吧，乱红缤纷，墙里墙外，香绕古老村落。

有一年夏天，舅舅来我家，闲聊中扫视我花草半零落的阳台，道：明天我送你一盆夜来香吧！舅舅爱侍弄花草，第二日，果然送来了，只是，实在令我大失所望。所谓夜来香，竟是这样貌不惊人！枝和叶，都近似于桃树，绿色的花骨朵，简直是一簇燃过已灭的火柴棒，何曾有桃花的娇羞妩媚。

与这样一株平凡的植物相对的时候，便又想起多年之前的那位女友。想起的时候，已经与她无往来有好几年了，这原因似乎不全在我。她忽然就很少出来与大家喝茶喝酒了，电话短信更是寥寥，她号码换了，地址换了。她像闲云野鹤一样，仿佛一下子就逸出了红尘。她有博客，偶尔打理，对外人不回复，不关注。她似乎连投稿的心意也早就没了，看她的文字，除非上她的博客。而去她的博客，似乎一年一两次就可以，比过节的次数还要少。原来，她真的就是一株夜来香，有着这样素淡安静的内核。

夏天的夜晚，夜来香如约花开，花香如沸。一朵朵淡绿的小花朵，挤着打开小小的花冠，像一窝刚出壳的鸟儿张开嫩喙来，千言万语的样子。那浓烈的花香似乎就是它们续续想要道来的情意，只是，这样的浓情厚意似乎找不到一对愿意倾听的耳朵。

听人说夜来香的花香是有毒的。因此，不敢将它放在室内。我把它放在阳台外，回头关上玻璃窗子，然后隔着窗子端详那一簇簇怒放的花朵，嗅着游进来的几丝花香，怀着贪婪又忧惧的心。

戒心重重又不无欣赏地隔窗看它，想着夜来香的花朵这小小的身体，在夜色下，竟爆发出这样气场强大的芳香。然后在露水初干的清晨，又倏然收拢花瓣，芳香隐逸。大开，开过，大合，收场冷峻决绝。热闹给别人看，不忘形；寂寞独自担，无怨艾。

有一日，偶然翻中药书，才知夜来香也是一味中药。它的叶、花、果，都可入药，有清肝、明目、祛翳、拔毒生肌的功效。中医里认为它性味甘、淡、平。读书至此，不禁为阳台外的那盆夜来香感到委屈。我把它远远置于阳台之外，还要关紧窗子，却不懂这散发醉人香气的夜来香却有着清淡平和的内在。

开在黑夜里，难有人眷顾回眸，夜来香是寂寞的；有着浓烈花香却境遇冷清的夜来香，是寂寞的。那个隐在文字之后、几乎很少露面的旧友，想必也是寂寞的。而唱着《夜上海》的周璇虽然周身璀璨，却也不过是想要一桩普通安稳的婚姻来安放浮萍样的身心，然而三次婚恋都是善始不能善终，最后竟是病死于39岁。她辉煌而短促的一生，那寂寞的基调，怕也只能用阿炳的那把二胡才能嘶哑着拉出来罢。

夜来香是素色的。寂寞是素色的。

素手把芙蓉

去山东微山湖，看荷花。荷花绵延百里，开得花天花地。在湖心岛上，等回程的船，却见身边一位姑娘，手捧一束红荷，静静立在柳荫下。

真是美！内心不禁一叹。别人在渡口边买成把的莲蓬，剥开来吃；她没有，她只抱花在怀，宛如仙子。

在北京画家村，我记得有一幅画，画的也是抱花的女子。是油画：碧绿的草坪，远处山峦隐约起伏，着粉色长裙的女子迎面走来，微笑着抱一束碎碎白白的花儿在胸前。风儿轻拂，她的长裙和长发微微在风里轻扬……她好像天外来者，沐着花香，初初莅临尘世；又好像一朵兰花转世而成的女子，施施然经过春天，转身就要离去。

抱花的女子，不论是在身边，还是在画里，都让人觉得美好。让人觉得，在布满褶皱的生活之上，会有那么一两处光明洁净的时光，值得期待，值得向往。

李白的《古风》诗里有一句："素手把芙蓉，虚步蹑太清。"说的是在白云深处的华山莲花峰上，仙女们素手持握洁白的芙蓉花，缓步徐行在太空之中。这是高处的仙子们的生活，不染尘俗。

其实，即使在红尘低处，我们，也可以，去过一种有仙气的生活。一个人，活在世间，也可以与俗世，这样若即若离。

有仙气的生活，轻盈，空灵，寂静，又有生机。不是没有悲伤，而是已经穿越悲伤，抵达内心的清明与平和。

有仙气的生活，就是从尘埃里破茧而出，素手把芙蓉。把日子过得繁花萦绕，过得绿草葱茏。

微信朋友圈里，流传着孔雀精灵杨丽萍的几张照片，仙气十足。

只见她，一身白衣，高绾发髻，在自己的家里，低眉小坐，插花逗鸟。红的粉的蔷薇与月季，累累簇簇地开。她在鲜花簇拥里，美得依旧像童话中的小女孩。这是舞蹈家杨丽萍的生活。羡煞无数女子。

其实，我们也可以，这样与花木栖居一处，这样活得随意欢喜一些。

重要的是，有没有心，愿不愿意，放缓自己，放低自己。

立秋前一天，去三舅家。三舅还住在江水环绕的那个沙洲上，种着一院子的花。牡丹芍药，栀子茉莉，芭蕉兰草……一院子的花木，郁郁葱葱，都像是三舅顾盼有神的女儿。木兰枝叶已经可以覆出一片阴凉，阴凉里睡着那条白毛的牧羊犬，见客不叫，和善得如同兄长。

在这个沙洲上，许多人都已经搬走，搬进城里的楼房里工工整整地过着小日子。但是三舅不搬，他买了辆轿车，开车出门去工作，早出晚归，为一院子的花木情意殷殷。我坐在三舅的院子里，想着三舅清秋晨晓起床后，流连在这些花边，看看晨星晓月，衣服上沾满露水，就觉得他是仙风道骨的隐者了。生活里多的是粗糙与暗淡，可是也有这洒然清朗的一刻。

我的第二套房子，依旧买在一个江边小镇。是的，是小镇，白日喧闹如蝉鸣，夜晚寂静如庙宇。我说我在装潢这个第二套房子，朋友表示不理解：啊？你还要在那里住下去？我莞尔，其实内心甜蜜。

房子前面横卧一条小河，东边一座小桥，西边又是一条南北走向的大河。想想，这么多的水，可以养出多少芙蓉花，多少斜晖脉脉，多少春草池塘处处蛙。我盘算着，在某个雨夜，或者雨后晨晓时，躺在床上，一定可以听到“哗哗——哗哗”的流水声，那是唐诗里的流水声。

有仙气的生活，是素手把芙蓉，与清风流水的小时光相拥。轻轻地活着，芬芳地活着。

养一缸荷，养一缸菱

从前，在院子前养了一缸荷花。春三月，荷钱出水，亭亭举起一个个卷轴，慢慢在风日里摊开，成了小小的荷叶。早早晚晚，我就喜欢在那缸新荷边转悠，忽一日，觉得应该给这一缸荷移来一个邻居呀，不然太孤单了。

一直觉得，在植物的世界里，水生植物是最有仙气，如菱，如荷，如芦苇，如菖蒲……

就想到了养一缸菱角。生活在水乡，寻菱不难，春末夏初，菱角秧浮出水面来，密了，会被农家扯上来，扎成一把，拎到菜市场卖，那菱角秧的根下常常还悬着一个牵肠挂肚的黑色老菱角。

我就买了一把菱角秧，又辗转寻来一口大陶缸，填了土，灌满水，种上菱角，让它陪在荷缸旁边，让荷与菱从此在对望中生长。

初夏的阳光肥硕辽阔，特别能喂养植物。荷缸里，荷叶一杆杆挺上来，仕女游春一般，风起时，翠色罗裙飘扬。菱缸里，菱角的叶子渐渐就要铺满水面，它的叶子表面仿佛滚了一层蜡，明晃晃地闪耀着光亮。

这是一对相宜的邻居，仿佛两个气息相近的女子，彼此皆不寂寞。下雨的时候，雨水打在荷叶上，点点滴滴，泼泼洒洒，我仿佛听到荷叶们在讲一个悠悠远远的故事，讲给菱角听。不起风也不下雨的时候，荷与菱就各自静静生长着，有时候，小蜻蜓从荷叶盘上飞起，又飞进了菱缸里，落在翘起的菱角叶上，仿佛殷勤信使。

夏末秋初，荷花凋零，荷叶丛中一只只阁楼似的小莲蓬躲躲闪闪。摘莲蓬，剥莲子，给小儿吃，自己也吃。莲子清甜细嫩，仿佛初心。菱缸里，碎碎小小的白色菱花开过，粉红紫红的大菱角也隐身不得了。原来，荷与菱，都不曾虚度光阴，都捧得出自己的果实。

既是风景，也有实用，两缸植物，在彼此的相伴里，让各自的生命呈现出最大的张力。

就这样，两口最朴拙的大陶缸之间，我的光阴，就像诗句里的江南，是莲也多，菱也多，水也多……小心思也多。

常常会恍惚，是一缸菱陪了一缸荷，还是一缸荷陪了一缸菱？是我陪着这两缸仙气袅绕的水生植物，还是这两缸水生植物陪着我度了寂寂光阴？

在看荷赏菱的时候，我的内心是饱满的，不觉得自己遥远，不觉得自己卑微，只觉得生之无限美好，是静静的欢悦，是不忧不惧地生长。

生命，许多时候需要一种对望，就像荷与菱，就像我与两缸水生植物。我们并不总是孑然，我们需要有一个气息相近的生命，不远不近，与自己默然对望，无须多言。在这样的对望中，我们深深感受到自己正独一无二地存在着，感受到时间的流动里充盈着芳香和深远的情意。

有一年冬天，是深夜，我开车三个多小时，穿过覆盖了深雪的柏油路，无限感动地回家。那一天，我和几个朋友在一起，是气息相近的朋友，窗外雪下了，窗外雪大了，路上雪深了，我都不急。我愿意大雪封路，把我困守在一壶水汽腾腾的茶前。

在时间的无涯的水泊之上，我和我的朋友，我们是菱，是荷，是芦苇，是菖蒲……我们默然对望，彼此珍重。我们珍惜一次偶然的小聚，即使大雪压境，也不愿轻易言散。

我大约是个两栖动物，水生陆生都好。有时候，我热爱我纯种的孤独，不愿意被人打扰；有时候，我希望自己是一缸婆娑葱翠的荷叶，身边有一缸默默无言的菱在陪着。

在最热闹的场合，我是一座最寂寞的岛屿，独自怀拥万千孤独，只与头顶的星光相望。

在最孤独的光阴里，我努力长成一缸茂盛的荷叶，静静地，静静地，等待着，相信着……

第三辑

虫声荡漾，夜夜在织谁人的旧乡

那么多小生命在月光下闪耀着鳞片的光泽！是啊，在这些茂密悠长的虫声里，我仿佛看到了这些山野小虫身上的光泽，那是生命稚嫩生长又蓬勃繁华的光泽。

贴秋膘，以壮胸怀

秋风起，就想起草原部落。草肥马壮，放眼望，江山格外辽阔。

人到中年，越发觉得体格健硕，决定了一个人的心胸眼量。许多时候，不只是靠有胆你就来，更是靠有一身好膘你就来。有气力了，才敢谋事，才敢谋划人生与将来。

或者说，吃好了，身体有了，胸怀就有了，就敢提笔勾画宏图了。

吃在秋，在秋之山野。

我喜欢春秋两季进山，春为食笋，秋为食栗。秋天，看罢才霜红的乌桕与枫叶，在莽莽大山之下的某个山野小店或农家乐，定要点一盘仔鸡烧板栗吧。坐在松木桌子边，面对店家端上来那盘红汪汪金灿灿的山肴野蔌，只觉大山和秋野如此敦厚待人。而才过完的那个漫长的苦夏，也被眼前的鸡肉与板栗香熏染得有了绵长的回甘之味。

有一年初秋，我们一帮老友去皖南，午饭在山中，主人杀鸡剥栗。那公鸡羽色鲜艳，站在树丫间引颈长鸣，自在得像个乡间的歌王，可是只两个钟头，便成了我们餐桌上的美味。那板栗也是在我们到来后，主人举竹竿新打下来的。我们站在板栗树下，举头望树顶，真是一棵老树，有三层小楼那么高，想来应是主人的爷爷种下的。我们在宽大的板栗树荫下帮主人剥板栗，第一回体验剥这种一身是刺的坚果，真是有趣。

万物生长，到了秋天，那肌理之间都透着实诚的意思。因为过了一春，又过了一夏，有漫长的时间参与其中，就少了轻薄浮躁，多了沉实静穆。

秋食山野乌桕枫叶的色之美，也食家禽果蔬的味之美，所以，在秋天因为吃而贴上的这层秋膘，也隐约透着山水壮阔的意思了。举目远望，季节一步步向萧瑟苦寒之境深入，雨雪霏霏的日子长得很，披上这层山水壮阔的秋膘，带着这温热柔软的脂肪，向风雪征伐，向春天挺进。这样，对于一切，都有了信心。是不惧，是静等。

如此，在秋天，开怀一吃，真是一件接地气的事。吃出一层秋膘来，可以是真理。所有的哺乳动物在越冬之前，都需要为自己在肌肤之下储存黄金般珍贵的脂肪。

吃在秋，也在水乡泽国。

一到秋天，我就喜欢频频回乡。成年人的所谓思乡，许多时候是思着念着故乡的美味。秋风一起，待合肥芜湖路的老梧桐开始落叶了，我便要回老家吃螃蟹了。老家是长江边一小镇，菜市场里，我最喜欢逛的是卖鱼虾螃蟹的区域。

鱼虾螃蟹都是活着来菜市场的，它们不能躺平，一躺平就掉价。它们不解人间忙碌，在塑料大桶里摇着尾吐着水，嬉戏中待售。到菜市场的水产品区看鱼虾潜跃，会觉得每一日都这样充满生气，最能治愈心情低落。

我喜欢买小杂鱼，一堆小鱼里有昂丁、鲫鱼、白鱼，甚至还有鳑鲏，有时还掺几尾河虾在其间。小杂鱼清洗滤水后，菜籽油、姜丝入锅，简单烙过鱼身后，便加热水煮，煮时筷头子再挑点猪油放入汤汁里。诸样小鱼，各有其味，放在一起混煮后，各种味道又相互成全，然后综合，成就一锅滋味丰富的小杂鱼——钙质丰富，蛋白质丰富，微量元素丰富，够鲜。吃这样的小杂鱼自然不会添膘，但鱼汤最能佐饭，有此鱼汤，一餐饭扛上两三碗米饭不在话下，到底还是让人添膘了。

买鱼时，我肯定还要买螃蟹，这真是贪吃了。一年当中，若没好好吃个秋天，便算是虚度一年。一秋当中，若不足足吃上几顿螃蟹，便算是虚度一秋。

吃螃蟹，我倒不喜欢清蒸。清蒸太文气了。我喜欢煮。螃蟹买回家，刷外壳，刷腿螯，清洗干净后入锅，放清水适量，放盐少许，放姜，放朝天椒，盖好，起火。

螃蟹性寒，加了姜和辣椒和水煮后，姜味和辣味深入蟹肉，去寒卓有成效。吃蟹时，剥开蟹盖，先吮吸蟹盖里的汤汁，美味无比。只有和水煮过的螃蟹才有这样情意绵绵的汤汁。然后，佐镇江醋食膏黄，食蟹肉。

一个人间的秋天，在食蟹里抵达最高光的时刻。

天地生万物，那么多美味的食物在秋天殊途同归，抵达我们身体这个小宇宙，最后转化成为我们身体的一部分。如此，我们在人间行走，像是奉着万物的嘱托了。

得胸怀点什么，把路走得长远一些。

浮云游子意

二十年前，还是中学生，在书本上读到李白的诗："浮云游子意，落日故人情。"那时不谙离别情，只是羡慕那游子。浮云悠悠，红日欲堕，游子在远方，放眼望，长路漫漫浩浩，无边无际……人生充满无数可能。

如今，以为自己成年了，懂得游子的索居之苦，能死心塌地扎根这循规蹈矩的日常烟火了，其实不然。《古诗十九首》里有"浮云蔽白日，游子不顾反"，我读时，依旧羡慕之心不死，想要做那游子，即使独自一人，即使古道西风瘦马，即使夕阳西下。

我所想要的，大约就是，远方。抵达远方，让生命呈现一种磅礴开阔的气象。即使在抵达的过程中，会有疼痛，会有别离苦。

还记得，童年时，睡在外婆家。外婆家在长江环绕的小沙洲上。冬夜漫长，半夜醒来，会听见江上轮船的汽笛声悠悠荡荡传来，在清寒夜气里盘旋缭绕，像招魂的古乐。我睡在这夜半的汽笛声里，觉得空气清洌颤抖，觉得自己仿佛睡在奔涌不定的水上，要到了那风烟迷漫的远方。远方，大江两岸，冰雪消融，芦苇出土翠色茫茫，我的心里装着一万颗豆子，一万颗豆子都在爆芽、出壳，跃跃欲试探看这大千世界。

还记得，夏天暑热，晚上洗过澡穿上橘色连衣裙，牵着姨娘的手去江边吹风看大轮船。行驶江上的大客轮，上面灯火层层叠叠，辉煌如隔世，徒增我的向往。我想，长大后，我一定是一个去往远方的人，轮船，火车，飞机，时光绵延，又动荡又新奇。

我害怕没有远方的人生。

在早年寂寞的乡居岁月里，我看见太多人过着没有远方的生活，他们不做浮云游子，他们一辈子安于乡土，固守田园，淹没在千年不变的烟火悲欢里。做女人的，成年而嫁，生儿育女，洗衣喂鸡鸭，忙忙碌碌中，一生像是种植收获的一季庄稼。那时，我想，我怎么办？我要逃到哪里才可以躲掉这样逼仄幽暗的命运？

曾经，我以为我躲过去了。二十年的时间倏忽过去，我成了一个四十岁的妇人，午夜梦醒，早年的江上汽笛声隐约在耳畔，我才惊讶看见自己，依旧在复制我当年的乡邻们的命运。我嫁人生子，朝九晚五地谋食，像蜗牛背负重壳行走在人世间。浮云白日呢？天涯苍茫呢？

也偶尔会出门旅游。第一次去三峡，站在游船的甲板上，御风而行，长发和丝巾飘在身后，我忽然觉得自己像是一个游子了。在长天和江水之间，在浮云和大地之间，是青山巍峨，林木苍苍，还有一个远行的我。血液一阵汹涌，我仿佛看见了自己的辽阔和苍茫。

可是游船一靠岸，随着蜂群一样的游客们下船、登岸，跟着导游的小三角旗迤逦入深山，我不由羞赧起来——闹闹嚷嚷，挤挤挨挨，小商小贩兜售旅游纪念品，导游热情推销当地土特产。一低头，才发现自己，像是一个赝品，依旧陷身在物欲汹涌的俗世里。我未能成为我所期望的浮云游子；而我的远方，应该是山川静穆，别有深意。

读日本作家德富芦花的散文时，心里像有清凉的泉水流过，流向远方，空明，悠远，散漫，以及若隐若现的忧伤。在深夜，循着那些长长短短的句子，我只身来到东太平洋上的一个岛国——异乡的落日绚烂融化于海水，紫色的云朵在雨后的天空里漫然舒卷，黄梅天的乡下庭院里蔚然生长着植物。还有泥巴路、木屐、村狗……

最后发现，是阅读让我体面地做着浮云游子，抵达星辰大海。

黄昏像个博物馆

这是一段没有命名的时光。比午后要迟，比黄昏要早，太阳斜挑在牛背上站立的那只白鹭的喙顶上。

许多年前，我是这样躺在一段未命名的时光里，躺在老房子的木床上，看着墙壁一点点暗下去，暗成一副病颜。

到处都是寂静。我听到一只鸡在门后啄食谷粒，是铝制的盆子盛放谷粒，它的喙每一次啄下去，都像是敲更，咚——咚——咚。房顶上偶有瓦片的咔嚓声移动，我仿佛看见一只猫，皇后一般迈步，从容，有大气度，向着邻家的墙头方向去。

我想，我该起床了。真该起床了。可是我的身体还在床上，意志拖不动身体。我翻了翻身，将被子从脖颈处剥到胸口下，袒露的半截身体好像老冰棍从蜡光的包装纸里剥出来，我努力让一点野游的风把我舔醒。

我的身体，这样蔫巴巴，好像酵母没有放足够的面团，总是发不好，可是也要从蒸笼里出来。

我无限慵懒，无限焦虑，知道门外有一整个黄昏等我去开场。

铁丝绳上晾着一家人的衣服，等我去收。收迟了，衣服上就少了阳光的味道，就软了。晚饭要煮，再不煮，父母从田地里回来，就捧不上一碗冷热相宜的稀饭了。猪圈里的大黑猪像个土匪，再喂迟了，就要嚎，嚎得一整个黄昏支离破碎如乱世……啊，还有我的作业，它们都还整齐躺在书包里。

天翻地覆，我终于诀别一般起身，下床，对付即将来临的黄昏。辫子胡乱扎起，纽扣匆匆扣上，揉揉眼睛拍拍脸，是上场了。收衣，做饭，喂猪喂鸡，迎接父母的笑脸和表扬。原来我这样勤快，这样乖巧。我的身体在高频率的忙碌中饱满起来，如同皱缩的方便袋里灌饱了风，成型了，有了标记。

黄昏，就这样被我打开，进入……

那个遥远的黄昏，如今回头看去，像个历史博物馆，我差点就被关在门外。

每一段时光，你进入了，填充了它，它就被你拥有。

杜甫如父

少年时不喜欢杜甫。

是真不喜欢。他总是很老的样子，一身秋色深重地，在诗句里沉郁。每一句都那么沉甸甸，是暗色的，土黄色接近赭黑色，要用半喑哑的嗓子吟咏。我总疑心古人抄写他的诗句时，要比抄李白的句子多费些墨。抄他的诗句，笔锋要沉下来，落笔有力，墨色透得深。

初中时读《石壕吏》，第一句“暮投石壕村，有吏夜捉人”就把我吓着了。我们那时在乡下野蛮生长，也是一路“捉”过来的——学业之余的娱乐，是捉猫捉狗捉鸡捉鸭捉鸟捉虫子，没想到还有夜晚“捉人”的。因为惊恐，所以读诗常常绕过杜甫，就像在乡下疯玩时，喜欢绕过一脸正色的父亲。

少年时的印象里，杜甫不仅严肃，还老。我们当然不喜欢老脸孔，谁不喜欢一掐能掐出汁水的小清新的嫩面孔呢，所以那时喜欢写小男女情深深雨濛濛的李商隐，什么“相见时难别亦难，东风无力百花残”，什么“锦瑟无端五十弦，一弦一柱思华年”……而杜甫呢？他在一句又一句地老病着。什么“白头搔更短，浑欲不胜簪”，什么“万里悲秋常作客，百年多病独登台”，什么“亲朋无一字，老病有孤舟”，什么“名岂文章著，官应老病休”……杜甫总像是在叹息或者是在发牢骚的父亲，他又穷又老又病又孤单又壮志未酬，他一副不走运的男人模样，让人想帮又帮不上，只好悄悄离他远点。

他自号“少陵野老”，我的语文老师在讲到杜甫时总喜欢称他“老杜”，就好像称呼一个老邻居似的。许多年后，才知道，杜甫并不老。他死时才60岁不到，放到现在，还没到退休年龄。他“白头搔更短”时，45岁；他“南村群童欺我老无力”时，50岁不到。可是他在诗句里，就那么很现实主义地老着病着愁着，好像他一直是低头的踽踽独行的愁苦姿势。以至于读到“会当凌绝顶，一览众山小”这样气势磅礴的句子，也以为是中老年的杜甫半佝偻着腰喊出来的，使出了洪荒之力。事实是，那是二十几岁的杜甫到洛阳进士考试落第后北游齐、赵之时所作。他在诗句里老得让人怀疑他年轻过豪情万丈过。

他还总端着伤时忧国的大架子。伤时忧国，那时我们稚嫩的小心灵真是不懂啊。

语文老师在讲台上深情讲解，“感时花溅泪，恨别鸟惊心”，花开花落，禽鸟啁啾，倒是在乡下习见，可是溅泪和恨别那样的精神境界和情感高度，我们就抵达不了了。我摇头晃脑地背诵名句“感时花溅泪，恨别鸟惊心”，心里是不服气的，总认为杜甫是个爱哭丧着脸的老男人，好端端的春天，恁是被他写得荒芜清冷。

可是，岁月里走着走着，慢慢发现自己喜欢起杜甫来。少年时绕过杜甫，没想到中年时忽然发现，怆然含泪、低头沉吟的杜甫站在我中年的路口，在等我。原来，杜甫隐匿在我的岁月里，隐匿在我心灵深处，只等我长到中年，只等我经历人间坎坷人世辗转后，杜甫就会现身，就会迎面走来，与我执手相看，默然懂得。

中年多奔波漂泊。“丛菊两开他日泪，孤舟一系故园心”“飘飘何所似，天地一沙鸥”“露从今夜白，月是故乡明”……在异乡的天地里，看枫叶飘零，看黄花盛开，看芒草萋萋，看大江东流，在那些思乡的清愁里，我们会相逢杜甫。李白是少年，是我们激情四射神采飞扬的青春年华，是我们曾经的理想主义；可是杜甫是中年，是我们正经历的辛苦辗转的当下，是我们不得不认领的现实主义。在中年的颠簸辛劳里，常常会慨然而叹：原来，我们离杜甫这样近！

半生过去，你已经切身切肤地感受过人事的疏离变幻，有时候，是一转身一眨眼便成沧海桑田。人间离散，是“有弟皆分散，无家问死生”，是“人生不相见，动如参与商”；人间重逢，是“今夕复何夕，共此灯烛光”，是“昔别君未婚，儿女忽成行”。

杜甫的感叹，是中年人的感叹，要用戏曲里老生那略显嘶哑的有一点风沙感的唱腔唱出来才得味。中年之后，读《牡丹亭》，最喜欢读的是杜丽娘的父亲杜平章出场的那几折，尤其是《移镇》和《御淮》，一个中年的封建社会知识分子的沉郁苍凉之心和家国江山之情，总令人感动不已。“砧声又报一年秋。江水去悠悠。塞草中原何处？一雁过淮楼。天下事，鬓边愁，付东流。”在杜平章身上，我能读到杜甫、辛弃疾、岳飞那一帮有家国情怀的知识分子的影子。

每一个苍老的父亲，都像是末路的英雄，有未酬的壮志，有独酌浊酒的无奈。每一回读杜甫，都像是面对苍老的父亲，面对外表冷峻而内心火热的沉默的父亲。所以，中年之后每一回读杜甫，都会暗自替他心疼，像不忍见父亲悲伤一样不忍见杜甫在诗歌里沉郁顿挫。

杜甫如父啊！

是在杜甫这样的“父亲”这里，发现“我”之外还有“你”，还有“他”，还有“我们”。还有泪眼蒙眬所见中“三吏三别”这样的悲惨世界。读到“牵衣顿足拦道哭，哭声直上甘云霄”，我会禁不住落泪；读到“朱门酒肉臭，路有冻死骨”，我会沉痛感慨到不能言……是杜甫，像父亲一样，以沉郁之语，告诉我，这个世界，除了“我”，还有苍生。

我的阅读和理解里，李白是抬头写诗的。这抬头的姿势里，45度向上仰望的，是悬挂的瀑布，是长风和高楼，是皇帝，是求仙的不羁心灵。而杜甫，是低头写诗的，这45度向下俯望和照拂的目光里，有苍生，有烽火连三月的家国。

中年以后，我和父亲聊天的次数越来越多，我们情感的交集点，或者说对生命体悟的交集点，越来越多。我向着父亲变老的方向也在变老。我们越来越像同盟。每回和父亲聊天，像和一个杜甫对话。俄乌冲突时，老父亲跟我沉痛感慨战争中普通老百姓的生离死别。我在他乡求学时，不善言辞的父亲会在某个夜晚给我打来电话，跟我细说日常。父亲年轻时也曾出远门谋生，坐船在江上，“星垂平野阔，月涌大江流”那样的旅途风景，父亲是习见的。我虽为女儿，却像是暗自继承了父亲的情志，我们都以匍匐的姿势努力行走，我们紧贴地面，不像李白那样高蹈飞升。我们每一步都是泥泞。虽然人世道路艰难，但我们一直壮心未已。

是在理解了父亲之后，读懂了杜甫；是在喜欢了杜甫之后，重新喜欢寡言的沉重的父亲。

就这样，在中年，我与杜甫在精神上相逢。喜欢杜甫，理解杜甫。原来他那么像父亲，像中年的自己。

喜欢杜甫，还喜欢他沉郁顿挫之间不时晒出的小清新。那是经历人世困顿之后，转身发现的寻常人间的清美宁和。又好像，是天地仁义，用美景来安慰他的老病，安慰他的忧时伤世，告诉他人间也有亲切。

在蜀地，在草堂，他欣赏“两个黄鹂鸣翠柳，一行白鹭上青天”，他喜见“舍南舍北皆春水，但见群鸥日日来”……每回读到“肯与邻翁相对饮，隔篱呼取尽余杯”，我就不胜感动。因为，和杜甫一起匍匐在民间的，还有一个邻翁，那么近，隔着篱笆喊一声，杜甫就有了陪饮的人。如此，孤独就减了一寸。

杜甫如父。邻翁也是父亲。

秋香色

秋香色，一种极具古典味的颜色。实则就是浅黄，有时在浅黄里还渗透隐约的一抹浅绿。深深浅浅喜欢这颜色已有多年，一直觉得这颜色里有一种别样的妖娆，一种低调的奢华。

《红楼梦》里，林黛玉初进贾府，老嬷嬷领着她去见二舅母王夫人。到得正室东边的耳房内，王夫人不在。阒寂房间里，林黛玉看到了那炕上正面设着大红靠背、石青引枕，还铺着一条秋香色金钱蟒大条褥。隐隐的贵气透过来，让人噤声不敢语。再折到东廊小正房，在这个王夫人日常起居的房间里，黛玉才看到了那些半旧的陈设。回头想，那东房间是奢华的，只是，是一种无声的奢华。这奢华虽是不撞眼刺目，虽是做给人看，却自有分量令人心头凛然。

第八回里宝玉探望病宝钗，宝钗坐在炕上做针线，一副家常打扮，穿戴都是些半新不旧的衣饰。宝钗是低调的人，即使是美貌，也不让那光芒咄咄逼人，而是软软敛下来。而宝玉就不一样了，事事过于隆重，恨不能把每一个日子都当作节日来过。那一天，宝玉头上戴了金冠，额上勒了金抹额，身上还穿了件秋香色立蟒白狐腋箭袖。如此奢华艳丽的装束。只是，这也是一个人的奢华。宝钗光是在衣饰色彩与打扮上就没能和他应和，让人忍不住替宝钗遗憾。如果宝玉不出家，关上门后，婚姻里那些山长水远的日子，两个人要怎样尴尬应对，才能走得完！

多年前的一个春末，心思寡淡，到一家女装店里转，挑了一件秋香色的薄羊毛线衫和搭配的细条纹裙子。买回来后，不几日，夏天响亮来到，那衣服便无从上身。衣橱里挂了一整个长夏，也不恼，偶尔在衣橱边流连，只是看看。不穿，只是看看，享受一个人的奢华。安静无声，与世无扰，一如想念。待到夏阑珊，秋风里穿着那秋香色的线衫自桂花荫下经过，竟如和相好多年复又分别的旧人重逢，欢喜都在深深浅浅的杯盏里，不与外人道，独享内心繁华。

如今，人到中年，心思渐淡渐薄，淡薄如一杯菊茶，香已逸散，只有菊瓣垂老卧杯底。是啊，一些人狠心忘去，一些人还沉在心底，水中明月似的。某日，忽做小儿女心，想出门去见一个人，一个人去见。衣橱里翻，弄妆迟迟，翻出一条秋香绿的丝巾。想起那时系它，人还很清瘦，还在小病中。独自浮想一番，也不出门了，煮水烹菊茶。就着往事，一腔儿女心，用一壶茶水和一个下午的时光，慢慢将之消解。

人到中年，庸庸碌碌，纷纷扰扰，想念是一件奢侈的事情。只能偶尔奢侈，轻轻地奢侈一下。想想，如果没有想念，那么人一定是彻底的老了旧了。何况，有的人到老了还在想念。想念就像痒和疼，应是一个人起码的知觉。想念的那一刻，世界荒芜衰老，而莲花，从心底亭亭出水盛开。心灵洁净，血液回流，青春重回宝座。这是一个人内心的奢华年代，但没有观众喝彩，就像秋香色。

所以，红喜绿怨的裙裳里，一定要有一件秋香色的，让身子住进去，低低奢华，独自摇曳。

或恐是同乡

雨后初醒，恹恹无言。想起睡前读的崔颢的诗《长干曲》。很有六朝民歌之风的那首《长干曲》，我喜欢了许多年：

君家何处住？妾住在横塘。停船暂借问，或恐是同乡。

应是两个旅人，在茫茫的水上，在各自的船上，忽然睹面相逢，心生欢悦，只觉得亲切。因为欢悦，因为亲切，便无由地觉得，他是自己的同乡。

也许，在漫长的孤旅之中，最想遇到的人，其实还是一个，同乡。

遇到了，一见倾心，止不住上前搭讪：你家住哪里呢？我家住在横塘。我看你，眼里熟悉，心里亲切，因此在这薄雾轻扬的水上，忍不住停船相问，想你或许是我那共饮一江水的同乡。

同乡，是有着相同的从前时光，莲花开十里，菱船摇荡；有着同样的吴侬软语，月夜笛声悠扬。同乡，也是今夕同样的江海漂泊，同样的风尘零落……

黄梅戏《卖油郎独占花魁》，唱的是卖油郎秦重与风尘女莘瑶琴的爱情故事，可是，我从戏里听到的却是他乡遇故知的感动。两个人，同为汴梁人，为避战乱离故乡，逃难中都失散了亲人，然后流落杭州。雪塘边再次重逢后，莘小姐向卖油郎诉说自己的辗转遭遇，卖油郎安慰她："劝小姐莫悲伤，暂且忍受心宽放，待等打退金寇贼，我们一道回故乡。"

我每听到这个唱段，就觉得内心开阔敞亮，也分外感动。感动是因为两个人是同乡，是同样的命运，同样命运里的相互珍重与懂得。想想，在尘世间，能有这么一个同乡，与自己相映照、相呼应，足可以不恨相逢萍水，不恨相见已迟迟。

而我们，在长路迢迢中，经历友谊，经历爱情，到后来才发现，上下求索，其实想要的，无非也是一个同乡——精神上的同乡。

能够成为精神同乡的两个人，一定有着相同或相似的生命底子。像蓝底印花布，那白色的花朵不论是缠枝莲还是篱边菊，都生长在一片幽深的靛蓝底子上。

这样的同乡，有着同样的精神方言。

犹记当年，心思昏沉地迷恋一个人，如今回头看，他仪表平平，家世平平。原来当年的心动，只是因为他和自己一样，喜欢宋词，喜欢童安格的歌，喜欢在落叶纷飞的秋风中徐行，喜欢在落日渡头惆怅地回家……那时，他是我的知音。

后来，借着文学活动的机缘，喧哗而骚动地认识了一帮子的男女老少。一起春日坐船去看山访岛，去古旧的师范学校里看樱花，去老街深巷里拍合影照……那时，他们是我的同道。

可是，慢慢，慢慢，相向而行的我们，渐渐擦肩，渐渐疏离。

时间和阅历在替我们大浪淘沙。有些人即使暂时走近，也难成为精神上的同乡。

“橘生淮南则为橘，生于淮北则为枳。叶徒相似，其实味不同。”叶子相似也没有用，也只是貌合神离。枳，只能和枳，成为同乡。因为，它们都生于淮北，同样的水土和风日。它们的成长历程，同样的式微。它们怀抱的，是同样的一颗清凉多汁而苦涩的心。

我要的同乡，也是和我一样，是落花一样的人。我们，好像是同一个方向的风刮来的落花，有着近乎同样的灵魂气息，芬芳，孤独，内敛，深具静气。我们彼此能够无碍地直达对方的精神高地，能够破译对方藏匿于内心深处的那些神秘字符。

但同时，我们又像柳树与河水里的倒影一样，很近很近，又保持着若有若无的距离。是一年不见一年不想，十年不见十年不忘。

这样的同乡，精神上的同乡，像中国画，追求的是神韵上的某种相似。

我相信，人世间还有一种情感，超越世俗男女的小格局，成为一种精神上的同乡。这样的同乡情，宽阔深厚，忠诚庄严，在遥问与抚慰中，打捞我们正一寸寸沉陷于岁月幽暗的暮心。

旧时天气

秋天是旧的。实实在在的旧。

躺在床上，听黄昏的雨，雨是旧的。不用推了窗去看，单凭这霏霏的雨声，便知道那雨是瘦细瘦细的。朦胧中，觉得那雨似乎是生了毛的液体。是黄梅天生了菌毛的液体，一直耗在阴暗的瓦罐里，终于待到深秋了，被高高端起，满空里洒下来。

七八岁时，父母在雨天里吵架，平日里攒下的怨和怒，终于在雨里像列车到达站点。二十八年前的那个小女孩，无处安放她的惶恐无助，躲在屋檐下，兀自看雨。那雨也是瘦的，飘摇着，一如此刻。十八年前，怀着早恋的忧伤，扛着一把花布伞走在铺满金色梧桐叶的沙路上，伞顶之上的天空，也飘飞着这样的细雨，无着无落地飘着。

岁月叠增，一层层，如同岩石的纹理，而秋雨，还是旧的。旧的瘦薄，旧的寒凉。

旧时天气旧时衣，是的，衣也是旧的。

这样微雨的天气，天光穿过窗外并不疏朗的南方的香樟叶，落在室内一架长长的挂衣架上。挂衣架上的衣服多半是去年置下的，中式的民族的为主，兼以挤几件今年新添的。年岁渐长，置衣的激情也是一年不如一年。半新不旧的那几十件小袄或旗袍，被心思沉重的天光晕染，竟也越发呈现出年代久远的古旧之色来。若要起身去闻，想必那纹理之间散发的，不是我的气息，而是明朝的残砖瓦砾的味道了。脂粉转身又凝做了富含碳酸钙的石头，胭脂盒子上生了厚厚青苔，一切都老旧老旧的了。

我也是旧的。一日一日地，凶猛旧下去。

习惯是旧的。在不上班的日子里，还是像从前，喜欢在秋天百无聊赖地睡觉，睡一下午，睡睡不着的觉。晴天里，喜欢躺在床上，看窗外的夕阳在西边一寸一寸沉下去，终于像一块橘子糖，慢慢溶化在灰蓝色的水里。雨天，就干脆和一床素衾、一架衣服纠结在灰蓝色的空气里。直到天已晚透，终于点了灯，这才开始活动。仿佛一头昼伏夜出的兽。晚上，散步，顺带购物，然后提灯，看书，或者网上看热闹。

日子也是。旧的多，新的少。记得从前，手中是有一大把的明天——少年时喜欢躺在春风浩荡的江堤上，一边嗅着马兰花的隐约清香，一边空自描画着二十岁三十岁的遥远自己，该是怎样的不凡模样。如今，那么多的明天都早被我过成了昨天。如今，一双蹄子终于沾了泥着了地，已经现实了，不再喜欢对镜空自许。知道明天永远是未知的，无数个明天还是未知的，只有昨天，一日日在行囊里沉淀下来，成为我们的尾巴。我们拖着长长的尾巴向中年和暮年缓缓走去，仿佛旧时乡下生殖力极其顽强的女人，身后是高高低低的一长排衣衫粗陋的孩子，扯着母亲的衣襟随行。

生活越来越慢，不喜欢赶了。能坐下来，一个人看阳台外的树与日影子，一看一个时辰过去。无谓的期盼也渐渐少了，更在意过好每一个今天，哪怕素色，哪怕无惊无险。人群之中，更习惯去做一个配角，做一片安静的树叶。生活的内容里，新意渐少，慢慢将柴米油盐奉为正道，成了十足良民……这舒缓与淡定，像从前父母终于安稳下来的中年。

旧时天气旧时衣，只有情怀，不似旧家时。这情怀，是中年情怀，无限情意拣拣叠叠缝缝起，旧上做文章。

新　凉

听雨。在深夜，在旧楼老宅。雨声苍老。

阳台外的晾衣竿上，有雨声，清越，历历可数。也许是因了与金属的碰撞，所以雨声里掺了金属之音。是壮年的雨声。

只是，听起来，那雨声步履迟缓，犹豫，像是怀着叹息。

是女儿家的叹息吗？为胭脂未抹匀，还是为新衣落水掉了色？还是，为了某一个人？才下眉头，却上心头。

这是初秋的雨。雨声在夜色里，一滴一滴，生起无限凉意。

玻璃窗上，铁皮质的遮阳棚上，楼外的香樟叶上，皆有雨声。但这雨声，总像是不常来往的友人，情意有种克制的淡。

躺在黑暗里，听雨声，点点滴滴，滴滴点点。像一个个逗号，不远不近，不急促，也不休止。只是孤寂而缓慢地延续，向前，向黑夜深处，一步一步，一步一点。这样的雨夜，多么像我正在行走的岁月，荒寂漫长的岁月。平平的旋律，微带叹息的旋律，在波西米亚长裙下，轻扬，轻扬。

风起时，雨声会倏然密集。像急急翻书的声音，又是一页，然后又是一个一个逗号缓慢隔开的句子。在淡淡的光影里，散发陈旧的气息。

雨声里，我是醒着的。窗外，街道悠长交错，路灯如眸。长街楼群也是醒着的，醒在微茫的秋雨里。这醒，染着清秋的凉，古意的凉。是的，这秋凉仿佛来自远古，而不是季节更替里。黄昏路过十字街口，陡然下意识卷紧了颔下的秋香色丝巾，之后恍然，原来还是旧年的凉，晤面来访。

我在雨声里，情怀缱绻，觉得自己就这样老了。是微老吧。

微老应该是凉的。像银杏叶子在秋风里刚刚泛黄，黄得还未透，还不厚，还没有在阳光下耀金。

熄灯上床前，我换了碎花的旧棉睡衣。站在镜子前换，我看见镜子里的女人，像一尾鳞片昏暗失去光彩的鱼。

这是我不喜欢的暗。

我曾经不懂得，时间的尘沙是怎样掩埋物事。我把一位画家送我的画装裱，挂在朝阳的房间里，时不时赏览，一个人，会心一笑。可是，某日翻出家里另一幅未装裱的画，两相比照，凛然一惊。橙红橘绿，那些颜色也在光阴里淡了，凉了，不那么丰硕饱满了，不那么野心勃勃了。

睡前的镜子里，一个女人，黯然成一幅旧画。

那些鲜明的、耀目的、翻腾跳跃的时光，离我将渐行渐远，像朝雾里的离人。

那些滚烫的、麻辣的、动辄轰然的心情，也一日日平静安妥下来，慢慢就生了听雨的闲心。

听雨，听得自己成了一块古老的磐石。听得自己成了一泓千尺的深潭，无声，无惊。

少年听雨歌楼上，
红烛昏罗帐。
壮年听雨客舟中，
江阔云低，
断雁叫西风。

而今听雨僧庐下，
鬓已星星也。

悲欢离合总无情，

一任阶前点滴到天明。

这是蒋捷的词，喜欢了许多年。从前喜欢时，唯觉得忧伤。如今喜欢，喜欢其中的淡然。人生处处听雨，少年壮年老年，好像那雨一拍子比一拍子慢，是下山的步伐，夕阳沉浸在远处的山脚下。其实，雨还是雨，是听雨的心慢了。慢了，慢得一任它点滴到天明，到午后，到黄昏。我的心，不深不浅，一半盛欢喜，一半盛清哀。

窗外，午夜的雨，静静走在空气里，走在街灯上，走在广场上的那些常绿灌木和草地上。雨的脚，走在城市和乡村，走在山川大地之间。

走在梦里。走在梦之外。

走在夜里，那声音像温柔的叹息，霏霏，霏霏。

它们在窗外，还有一夜的路要走，甚至更长，所以走得舒缓。

它们走在时间里。

像我一样。我的脚步也走在时间里。抬眼望望，还有半生的路要走，索性不急了，慢下来。

在这个初落秋雨的凉夜，自己跟自己说话，想想远的和近的。想想无关名利的虚无之物。想想不会再见面的那人。想想永不会开始的一场恋爱，想想……想想。

想想，我就能淡然接受时间赠予的这一捧凉。一捧新凉。

永远的寂寞

他在船上弹琴。彼时，明月千里，青山巍峨，白水浩荡。他山中砍木，提斧聆听，不禁大赞：善哉，峨峨兮若泰山……洋洋兮若江河。

他是精于操琴的伯牙，他是懂得听琴的子期。子期后来病故，伯牙知道世间再无知音，于是破琴绝弦，从此不再侍弄琴事。尘世茫茫无边，众生攘攘如荒草，而知己者永远寥寥。从此无友也无琴，也不奢望再有人能够抵达内心。伯牙是个孤绝的人，他像认下一笔永无可能偿还完尽的账，认下了生命的空阔与寂寞。

一部名为《知音》的老电影，演的是蔡锷和小凤仙间的事，我向来不喜欢把他们间的那一场看成是英雄与美人间的儿女情长。在老北京青楼里，他们间的那一场短暂交往，越过了脂粉气，代之以剑气，以英雄气。也正是在这个点上，他们达成呼应，终成知音。小凤仙身为烟花女子，识英雄，重英雄，托人买火车票帮蔡锷逃离京城，逃脱了袁世凯的软禁，使他得以重回云南发起护国运动。而蔡锷对小凤仙，有怜惜更有尊重与赞美，他赠她的两联中，其中一联是："不信美人终薄命，由来侠女出风尘。"是这样高昂响亮的句子。

只是这故事结局似乎凄凉了些，护国运动后蔡锷没来得及携上小凤仙便到日本看病去，并最终逝世于日本富冈医院。而小凤仙，依然在北京城里迎送流水客人，直到老大嫁作人妇，成为三个孩子的继母。繁华之后，人生是这样山长水阔的寂寞，要小凤仙独自担下了。我们作为看客，我们不忍。我们多希望，功业已成英雄尚在，而美人还未暮老。我们多希望能续上一个很励志的结尾，双双窗前共剪花烛。因为我们就是普通人，像灯光下撞得晕头转向的蛾子趋光一样，我们趋向欢喜与团圆，要繁花谢过果子缀满枝的圆满。

我们不愿认下寂寞。不肯承认生命的根子就是孤单与寂寞，一个人来，还要一个人去。所以我们喜欢制造欢喜，信仰激情，留恋两厢厮守的光阴。

黎明主演的《梅兰芳》里，梅的好友邱如白找到孟小冬处，彼时，孟小冬与梅兰芳正处于俗世男女两情相悦的阶段。他来劝说孟离开梅，放梅去美国演戏。他那么大声地对孟小冬吼道：谁要是毁了他这份孤单，谁就毁了梅兰芳。这话语实在振聋发聩，能惊得人连连倒退几大步。邱如白是懂得梅兰芳的，甚至懂得他的寂寞，但他明白，有些寂寞是不可疗治的。你只能站在桥这头看他形销骨立、孑然一人在桥那头，一个人走下去，霜都覆了肩，却不能上前给他搭件毯子。因为寂寞的存在，一个生命个体的颜色才那么赫然突兀出来，没有混淆于众人。

有一女友，她的情感履历要是认真填写起来，该能写出辞典一样厚的本子了。她不甘于生活的寡淡，受不得光阴里的清寒，于是桃花开过梨花开，意图通过一场又一场的爱情来稀释掉生命里的琐碎庸常与冷清。她每有新欢，便如蒙新生，殷勤拉我分享她的甜蜜。她以为，能一辈子坐在温柔乡里不起身，她的人生便贴上了一道与众不同的标签。

女人如果最后只会沦为这样：凭依一波又一波的男女激情来仓皇应对寂寞，来填充生命里那些辽阔无涯的黑洞。这样的方式，叫人如何甘心！

人生得一知己足矣。

但更多的人生是，知己还在路上，还未抵达。更多的人生，底色是万木萧瑟，各自为阵。子期走了，伯牙绝弦；英雄走了，美人孤老。我深深明白，人生要谋求突围，最终是要像林冲，在风雪里独自上路的，因此对浮云情事已不做指望。就这么对抗下去了，风雪在肩，永恒的寂寞在肩。

只是忧伤，无他

葬花的林黛玉是忧伤的。

要生着怎样的一颗玲珑心，才能在万丈春光面前早早窥出花落水流去的萧冷？才能在满宴繁华的灯影里静静坐下来独自忧伤？在宝玉的内心，宝钗输于黛玉，恐怕输的就是少了一种忧伤情怀，少了忧伤里生出的别样风流。读红楼，一直认定黛玉是高贵的，因为她懂得忧伤。

是的，忧伤是高贵的。

爱情往往让人欢喜而忧伤。

在新疆的那片浩渺沙漠里，狂风之后，沙丘移走，裸露的昏黄沙地上，赫然现出楼兰古国的废墟。那废墟散发的是忧伤的气息。庙宇坍塌，佛像残损，木柱断折。这不是深山旧时茅店能有的气息。因为，忧伤里是有贵气的。

忧伤是纯净的。

整日陷身在烟火琐事里，麻木而平庸，想不起来忧伤。汲汲奔走于名利场中，做尽犬马相，也无从忧伤起。只是某一个午后，薄醉中醒来，半杯茶在几边，已经凉了，屋子里空荡荡，只有闲风和半窗日光。于是内心忽然荡了一下，像有一件青瓷落地碎了，是忧伤。忧伤的时候，终于发现自我的存在，像一株匍匐于淤泥里的细草，终于抬出了一片叶尖子，颤颤地挑着露。

是啊，人群中没有忧伤，奢华中没有忧伤。跟朋友到山中去，清溪蜿蜒，于是溜个单，从队伍里掉下来，在溪边岩石上坐下。一个人，看离离野草，看莽莽林木，群山空寂，无人可语。忧伤在体内，溪水一样淙淙。山川千年万年，而人生须臾。在荒僻的深山里，数人烟稀稀，才明白人不过是万物里的一粒尘芥，多少痴心都可以收收了。心一空，心就清了，心就像这瘦瘦长长的溪水，澄澈空明，浅浅的忧伤如同时不时兴起的波纹。

忧伤是心灵处于微微低温的状态。是将一个在生活熔炉里烧得滚烫变形的自己置于清水里冷却的过程。

一个人，在落日的江边。看江水浩荡东流，看船也去了，船顶上空的云也去了。只有自己还在，还在暮色与江声里，困守原地，困守尘俗。八月风初凉，季节已经立秋，某夜听墙外凄切虫声如密雨，忽然感叹时光老去。于是在博里写了首忧伤的小诗：眼看着，雨长了，柴湿了……朋友读诗跟帖问我可好，我复她：一切都好，在慢慢变老，不赴约，也不等人。是的，我的心，有花开过后的微茫与冷清。那么之前呢？某个薄阴下午，在家整理抽屉旧物，翻到少年时的一个日记本，绿色塑胶封面，二十世纪九十年代初的东西。好奇翻开看，竟是整页整页的委屈与黯然，原来那时，那个正成长着的少女还曾那样忧伤过！我一学植物学的朋友指着三月花坛里盛开的杜鹃花说，别看它们开得好看，这样热烈浓艳，它们开得可痛苦了！是啊，春光苦短，花们在拼尽心力。唯有一颗低温忧伤的心才明白，这种生命极致里所饱含的苦痛。

忧伤无从与人言，只能是看月月徘徊，看花花憔悴。

人老怕对花开。我从前一老师给我们上文学课，他说：春天是个伤感的季节，对我们来说，花都是为别人开放的，因为我们开始老了。多少年过去，那堂课的内容已经大半忘却，唯一句“春天是伤感的”烙在了心上。我想，彼时，老师在讲台上一定是忧伤的，忧伤的老师一定有着柳暗花明一样曲折而幽深的心。

初秋天，坐船去巢湖的姥山岛玩，上了岛后却没有登塔，只在半山腰的一处茶棚里坐下。竹木结构的简易茶棚，山风习习，卖茶的老人头发半白，坐在面前拉二胡《二泉映月》给我们寥寥几个人听。低低的音符仿佛在幽暗处徘徊的脚步，没有力量没有方向，只是悠长的诉说，诉说，可是谁是知音呢？我眼里有泪水晃荡。

一个侨居奥地利的女友看了电视剧《潜伏》后，念念不忘晚秋的一句台词，并常常拿出来模仿，那幽怜的声气和娇弱的语态叫人难忘。那一句是：没什么，只是忧伤。

是的，我也只是忧伤。无他。

彼岸

秋日去江南。江南尚未老。

溪水潺湲，林木苍苍，红柿和秋香色的叶子并蒂高悬枝头，村郭和山野静美如唐诗宋画。果真是江南啊，泊在风习画里的江南。脚一抬，它就醒来，醒在眼前脚下。

流连在一个叫花桥的小镇。一个千百年的古镇，傍依在运河边，仿佛是一只内蕴珠芒的河蚌，安静在浅水软泥之间，一任岁月悠悠来去。

在花桥镇的小街上等车，我与一位老妇人闲谈。一个江南的小女孩长成的老妇人，眉目之间依旧清秀犹有芬芳。老妇人在门前剥豆，招呼我坐她家的板凳。我就和她说老镇，说从前的时光。她说：从前更好看哦，好热闹的，那边还有千佛寺呢！说着，她剥豆的手一指，朝着远处的一个丘陵。

等来了车，我们一行就去千佛寺。寺庙的规模已经不似从前庞大，半隐半露在树荫和秋日下，有老僧坐禅的阒寂。塔还在。修缮之后的佛塔巍然耸立，一身青灰色，自是古意庄严。

据说，从前的佛塔塔砖，每一块上面都刻有佛像，一座塔想来该有上千佛像了，故名千佛塔。

只是后来，战火，政治运动，风雨侵蚀，从前的佛塔已然不存。想想，即便是一座佛塔，它在时间里，也同样要经受岁月沧桑，经受巍峨、坍塌、又重建的涅槃重生的历程。

岁月赋予万物，原来都是几乎同样的命运。

有人替佛塔惋惜。我起初也惋惜，想想又释然。在佛塔周围转了转，遇到了一块碎砖，准确说是旧日佛塔的一个碎片。有行家辨认之后说，那是瓦当，上面雕刻的花纹流畅优美。应是旧年佛塔檐边的瓦当。想象旧时，雨水经过瓦当之间流泻而下，一道道，一滴滴，其间梵音悠扬……如今它是碎片了，睡进了泥土和草丛里。

下山的时候，才留意起沿阶边丛生的粉红野花，友人说那是彼岸花。花开时无叶，叶生时无花，花和叶终生不相见，故曰彼岸花。我从前只听说过彼岸花，亲眼实见这是第一次。花开得很热闹，并不见相思苦楚的模样。

后来，在东门渡官窑遗址，又见这种花，野生野长的。朋友挖了几棵送我，我欢喜收下，插在包边，花朵随我一路颤颤摇曳。在东门渡官窑遗址，再次遇见碎片，是陶瓷的碎片。这里曾是宣州官窑的生产地，如今匠人和窑炉都早已消失在历史的风烟中，只残留一些碎片，让我们忍不住沉思怀想当年。当年，瓷器出窑，一叠叠，杯盏盘碟，一一搬上帆船，通过长长的运河，运往远方。

回来的车上，有人见我包边摇曳的花，善意提醒我，不要养。因为有“彼岸”两字，可望而不可即，这花似乎命带着忧伤的结。我笑笑，执意要带回去。

我以为，彼岸，是河流的另一边，是时间的另一头，是命运的另一面。花开的彼岸是凋零，凋零的彼岸是萌生与勃发。青春的彼岸是苍老，我的彼岸，是花桥街上那位剥豆的老妇人。热恋的彼岸是情意冷却与疏淡。欢聚的彼岸是离散人渺茫。

雨过瓦当伴钟鼓禅唱，千百个佛像砌筑起来的旧年佛塔，它的彼岸是坍塌，是重建，是风雨侵蚀。那个晚唐五代时期的东门渡官窑，它的彼岸是今天和未来，是泥土里残存的碎片。

我们不会总是在此岸的。在时间的河流里，我们会相继渡往一个又一个彼岸。我们美丽，然后衰朽。我们相思，然后淡忘。我们辉煌，然后落寞……哀伤吗？不哀伤。惧怕吗？不惧怕。时间公平地赋予我们相似的命运，闪躲不如笑纳。

因为，彼岸的彼岸，又有花开，又有相聚，又有辉煌……生命因此生生不息，文明因此薪火相传。

我到哪里去呀？

到彼岸。

采药的风情

——读《芣苢》

采采芣苢，薄言采之。采采芣苢，薄言有之。

采采芣苢，薄言掇之。采采芣苢，薄言捋之。

采采芣苢，薄言袺之。采采芣苢，薄言襭之。

——《诗经·周南·芣苢》

《诗经》里，关乎采集的事儿真丰富，采荇菜，采卷耳，采葛……先人们在三千多年前的大地上，一边采集，一边抒情；一边采集，一边相思和忧伤。

可是，这首《芣苢》有些别致，说的是采药，说的是丰收之喜乐，说的是劳动本身最本真的美好。

芣苢是车前子，即车前草的籽实。早年生活乡间，我上学放学一路踩过千万棵车前草，此草圆叶，似猪的肥大之耳，所以乡人呼之为猪耳朵叶子。沈从文的《边城》里也写有一种药草，叫虎耳草，也是一种圆叶的一年生草本，只是叶比车前草叶略小，它们都是性寒之药，可治热症。这圆叶的车前草在夏秋之际会结出一穗穗的籽实，那时我们上学，晨间露水打湿双脚，脚背、脚丫和裤脚上沾满一粒粒车前子，彼时自然不知它在古老的《诗经》里叫"芣苢"。

上下班的地铁里，我捧读《诗经》，读到《芣苢》，仿佛回到古旧年代，在微微的晚风里，领略一场古风盎然的采药风情。这风情明朗轻快，不像后人写采药写得云山雾罩不可捉摸，比如“松下问童子，言师采药去。只在此山中，云深不知处”。采药人在哪里？烟云千丈，采药人仿佛化作仙人，也许暮归，也许永不出现。

在《芣苢》里，那是一群已婚的乡下女子，身着粗布葛衣，相携着，一路言笑唱咏，走向夏日的旷野。是呀，她们是一群已婚女子，因为在那时，她们当车前子是一味治疗女子难产的药物。她们采集车前子，是为生育人丁、子嗣繁衍而备。也一定是夏日，因为夏日，草木最为葱茏，即使蹲身在低处生长的野草，它们的茎叶也饱含雨水一样丰沛的绿。此时的车前草，叶色碧绿鲜亮，有明媚的光泽和多汁的质地，当得起“采采芣苢”的“采采”。“采采”二字，说的是视觉里的车前子，籽实成熟，色泽鲜明。她们刚路过河滩边一丛车前草，又远远看见田埂上的车前子一穗穗在和风丽日下招摇。“采采芣苢，薄言采之。”她们咏唱着，葛裙之下，步步生芣苢。

这首《芣苢》，诗分三章，在反复咏唱中，不过是把动词从“采”“有”，推进到“掇”“捋”，最后完美收梢在“袺”和“襭”——她们以衣盛药，咏而归，一身草药香。

这一场采集事，直陈其事，说得好生明白，没有多余的虚饰。如果要搬上舞台，真是清清爽爽的三场戏。

第一场戏：咏而往。这一群正值生育年龄的女子，一路说着婚育的话题，谁家头胎生了小子，谁家新近添了丫头，谁家的女人不幸难产，幸得用芣苢熬汤来喝，及时相救。这样东家长西家短地说着，她们忽有所感：去采芣苢吧！

是的，要多采点芣苢！大地养育草木，草木以其微小身躯来佑护生灵，人和万物，结成最可靠的同盟与至真至久的信任。

“薄言采之”“薄言有之”，说的都是去采。快快去采了来，快快去采下来，你看那一穗穗鲜艳饱满的芣苢，亭亭摇曳在夏风里，仿佛大地的小尾巴。

第二场戏，说的是咏而作。她们一边吟唱一边躬身劳作。读《诗经》，有乡村生活经历的人更宜融入那些古风盎然的劳动里。我读到“薄言掇之”，眼前立时浮现热火朝天的采摘现场：有人躬身，有人半跪于草叶之上，在碧草萋萋之上拾取芣苢的子穗。也许是手指掐断子穗下的绿茎，也许是径直扯出子穗。劳动都是要按步骤进行的，她们从绿叶之上拾得成堆的子穗后，然后才是“捋”。芣苢籽实小，竹筐容易漏，最好的承载物自然是布。

第三场戏：咏而归。美，往往都是富有节奏感的。一场完整的采集劳动，也自然呈现出鲜明的节奏感。这场田野采药的舞台剧进入尾声时，地上已垒起小小的芣苢堆，这群田家女子唱着笑着，纷纷牵起葛布衣襟的一角，将这一小堆一小堆鲜亮的芣苢捧到张开的衣襟上，然后起身，在夏日的晚风里相携唱咏而归。那衣襟的一角，早已掖在衣带上，成了一个个散发草药清香的荷包。

“采采芣苢，薄言袺之。采采芣苢，薄言襭之。”

晚霞如同彩衣，披覆在天边的绿野之上。河畔徐徐升起迷蒙水汽，也将车前草的绿影融入月白色的暮霭里。在三千多年前的那个夏日，一群像夏天一样鲜明蓬勃的女子，唱和，采药，归去。

她们把背影留给大地，把采药的那些动词，以鲜明的节奏感，留在世代传唱的民歌声里。

听它鸣声荡漾

——读《螽斯》

螽斯羽，诜诜兮。宜尔子孙，振振兮。

螽斯羽，薨薨兮。宜尔子孙，绳绳兮。

螽斯羽，揖揖兮。宜尔子孙，蛰蛰兮。

——《诗经·周南·螽斯》

古诗文里，表示鸣虫的词有许多。今人称为蝈蝈的小虫，那时在《诗经》里叫螽斯——当然也有争论，有人以为就叫“螽”，“斯”是助词。如果真是这样的单字为名，那也是极动听的名字。还有深秋的蟋蟀，在古人的诗句里，是写成了“寒蛩”——这就有了人生苦短、人世凉薄的叹息在字里了。

关于螽斯，不同版本的《诗经》注释里，解释也不尽相同，有的释为蝈蝈，有的释为蝗虫。我比较了一下蝈蝈和蝗虫的形貌之异：蝈蝈通体绿色，触角细长，甚至长过身体，很像戏曲演员头顶上插的两根翎子，委实俊逸飒然。它清晨出来，在露水里沐浴小小的身体，在瓜果藤叶之上跳跃、觅食、游戏、求偶，雾散日升时开始“括括括”地鸣唱，音色明亮。而蝗虫之于蝈蝈，就显得有武夫的鲁莽之相了，它触角短，而且两个前翅不能像蝈蝈那样摩擦生出悦耳的“括括括”声。

如此看来，蝈蝈有文艺气质，而蝗虫仿佛土鳖。但它们都有一个共同特点：繁殖力强，属于子孙兴旺的物种。也因此，这首《螽斯》，在社会生产全靠人力的古典农耕时代，被作为一首祝贺新婚的民歌。一对新人，在被人们用“南有樛木，葛藤累之”之类诗句来比兴，祝福他们相依相拥白头到老之后，还会用“螽斯羽，诜诜兮”来比兴，祝福他们子孙众多、世代绵延，而且子孙们幸福和谐地欢聚一堂。这便是“宜尔子孙，振振兮”“宜尔子孙，绳绳兮”“宜尔子孙，蛰蛰兮”。

他们的子孙像一群螽斯的羽翼，密密匝匝。所以这首《螽斯》，也有祝福新生儿降世或幼童周岁之说。总之，它是关乎人丁兴旺的祝词。

生活于这个星球，与浩瀚宇宙相比，人类实为渺小。所以繁衍生育，壮大这个族群，从来都是一件大事。在遥远的诗经年代，在传唱的民歌里，人们描述劳动，吟咏思念，感伤战争，还祝福人丁生育。这些都是大地上的宏大叙事。

只是，在这些宏大叙事的缝隙里，我常常会流连于那些清秋之夜的虫唱。

在星月交辉的凉夜，在老屋的墙根下，在沐着夜气散步经过的林子里，那些秋虫们摩拳擦掌，用翅膀摩擦，一扇一扇地震动空气。那小小的声浪像暗夜的海潮，在我的耳膜上潮起潮退，卷起银色水花。它们在古诗文里，叫螽斯，叫寒蛩，叫寒蝉。它们在孩子们的捕捉游戏里，叫蟋蟀，叫蝈蝈，叫纺织娘，叫油葫芦，叫知了……

在那些素朴的日月里，我们的生活或许有过这样一个动人的片刻：在清寂之夜，听它虫声鸣唱，听它虫声荡漾……

有一年夏秋之际采风，夜住一坐落在半山腰的宾馆，房间前后皆是莽莽苍苍的竹木。洗过就寝，熄了灯躺下，却不能入眠。风起时，我听见窗外像有一片海，那是松涛竹喧之声。风息时，却是密室匝匝浮到窗口的虫声。唧唧唧，括括括，一粒粒，一线线，似断又连，似连又断，闪烁着，跳跃着——清亮的、光洁的、透着露水气息的虫声啊！我仿佛看见海潮在无垠的沙滩上退去，明月朗照下，那些小螃蟹、小银鱼、小虾米在沙滩上翻腾着银色透明的小身体——那么多小生命在月光下闪耀着鳞片的光泽！是啊，在这些茂密悠长的虫声里，我仿佛看到了这些山野小虫身上的光泽，那是生命稚嫩生长又蓬勃繁华的光泽。

听着这样的虫声，真让人想家。

真让人想念童年，想念少时。想念曾经的乡居岁月。

唐人张籍有诗《冬夕》："寒蛩独罢织，湘雁犹能鸣。月色当窗入，乡心半夜生。"

文人的思乡之心无处不可寄托，夜来对月会思乡，白日里看春风吹绿大江两岸会思乡，日暮时分行舟烟波之上会思乡……可是，最深情婉转，一定是在虫声里思乡吧。

在湿漉漉的他乡清夜，我听着吱吱吱、括括括、唧唧唧……像听着方言，听着乡音。这方言和乡音，是外婆在月下的篱笆边给童年的我讲古老的故事。

我读着这首古老的《螽斯》，耳边仿佛又弹唱起繁密的虫声。虫声荡漾，夜夜在织谁人的旧乡啊！

他不知

美人鱼将自己的尾巴用刀子割开，在巫婆的法力下，变成了两条腿。她为了能陪在王子身边，为了取悦王子，忍住撕裂滴血的疼痛，去跳动人的舞蹈。可是，真的好疼，好疼，王子他不知。

她必须要嫁给王子，否则，就会咒语灵验：她变成气泡，永远消失。王子娶了别的姑娘，王子不知美人鱼救过他爱着他。美人鱼真的变成气泡了，没有了，小朋友听故事听到这里哭起来了，可是王子他不知。

《红楼梦》里，宝玉大婚，大观园里的小姐丫鬟们都忙着当差看热闹去了，只有黛玉主仆在潇湘馆，冷冷清清，形影相吊。越剧《黛玉焚稿》里，王文娟版的黛玉在唱："这诗稿不想玉堂金马登高第，只望它高山流水遇知音，如今是知音已绝，诗稿怎存？把断肠文章付火焚。"

一身青布蓝衫的林黛玉，手捧诗稿，身倚病榻，满腹悲辛，将因宝玉而写的那些诗稿付炉一炬，宝玉他不知。

宝玉那里，是人影簇簇，红烛昏罗帐。咫尺远过天涯，黛玉这里，是悲叹，是怨恨，是绝望。焚过诗稿焚诗帕，这爱情，破碎就破碎，彻彻底底破碎。

"这诗帕原是他随身带，曾为我揩过多少旧泪痕，谁知道诗帕未变人心变，可叹我真心人换得个假心人，早知人情比纸薄，我懊悔留存诗帕到如今，万般恩情从此绝……”

都走了，都焚了，都碎了，从此天地茫茫干净，只落得一弯冷月葬诗魂……宝玉他不知，他不知啊！

有一年的春暮，我一个人走在大街上，阳光好白好厚好暖。可是心中一念生起，悲意盈胸，于是堕下两行清泪来。汹涌人流不识我，也不知道我忽然到访的悲伤，我可以低头放任泪水，不必急于擦去。我春日流泪，他不知。我不说，他怎会知？我说了，他也许会忘记。

两个人，再怎么近，也很难真正地无缝对接。许多时候，一个人，迎向另一个人，像收听广播，在拼命调频，可是依旧声音模糊，吱吱吱半天，终于意兴阑珊，咔的关掉开关。

我心有冷月，有蛮荒，他不知。

听黄梅戏表演艺术家马兰唱《十年生死两茫茫》，那是苏轼的词《江城子》，谱了黄梅曲调来唱的。苏轼的这首悼亡词，被马兰一演绎，听起来愈加深情凄婉。“十年生死两茫茫，不思量，自难忘。千里孤坟，无处话凄凉……”生死大别，痛的从来不是驾鹤仙去的人，而是健在的那个，像个弃儿，承受无处话凄凉的独自衰老，承受永无止息的思念，承受梦里相逢梦后终虚空的断肠。

他尘满面鬓如霜，她不知。他明月夜里独自遥望短松冈，她也不知。她是远去的云朵，已经化作水滴，归入千万条江河。他怀揣着有她的记忆在人世浮沉辗转，小轩窗，正梳妆，都还历历在眼前，在心底，她都不知。她是那么绝情，一去永不回眸，连隔世窥看都不曾。她的绝情，她也不自知。

人世间，有一种凝望，永远是独自凝望，单向的凝望。思君千万回，他不回顾。

“红楼隔雨相望冷，珠箔飘灯独自归。”李商隐的《春雨》里的句子，最是冷艳凄美。在惆怅雨夜，隔着连天连地的春雨，遥看伊人居住的红楼，内心清冷，这情境伊人不知。只有这雨丝，长长长长，如珠帘飘落在灯笼上，只好独自提灯，转身回去，这落寞伊人也不知。

怀人，从春昼，到春夜，怀得艳艳红楼在春雨里也冷寂下去，伊人都不知。

有些爱和痛，只是一个人的编年史。是一个人的低回，一个人的冷雨。他不知。

我心素已闲

喜欢早晨步行去上班。不是喜欢上班，而是借着上班可以一路赏览晨景。

要下一道缓坡，穿过河心的长堤，再上一片缓坡，一路迤逦。

草坡上的露珠，一粒粒像婴儿，慵懒又透明，卧睡在苜蓿草的黄色小花蕊里，晨风里翻滚。也有胆大的小露珠，高高悬在青草的叶尖上，欲堕不堕。每次路过草坡，总忍不住想赤了脚伸进去，裸泳一般，让一双脚游弋在露水的凉气里。

柳堤两边，湖水泱泱，几与岸平。垂柳的影子掺着朝霞的红光，颤颤浮动在波光云影之间。天、地、柳、水，一切都澄净空明，在清晨，在悠悠的时间里。我行走在这样的晨气里，觉得自己仿佛是琥珀里的一只蝴蝶，如醒如寐，千年万年。

春暮的时候，草坡上的槐花一边盛开一边零落，如笑如泣，在石阶边迎候我的到来。我行走在那漫漫白花下，心思温柔静谧，像被海水抚摸过后的沙滩，平远无垠，只待一个人来落下脚印。

我还喜欢在清晨路遇这样一些人。

马路边卖西瓜的瓜农，皮肤黝黑，乡音浓浓。他们倚在蓝色电动三轮车边，车里睡着大肚滚圆的西瓜，瓜叶藤蔓间青色的西瓜肚皮翻涌。他们用老式杆秤给人称西瓜，从来都把称梢高高翘起来——慷慨质朴的平民，也可当大气的王者来看。

也会遇到陪读的母亲和奶奶们，从乡下来的，习惯在水塘边洗衣服。如今进了城，依旧是老习惯，拎了衣服去护城河里洗，用棒槌狠命地槌。我路过她们，觉得她们把日子过得铿锵有声，巍巍庄严，不由心底起敬。

还会遇到上幼儿园的孩子。胖乎乎的小孩子，穿红着绿的，卵石路不走，故意走在草地上，像樱桃一般玲珑可爱。

每次走过长堤，踏上小桥的石阶，凭栏小伫，垂柳依依中，我恍惚以为自己是许仙家的白娘子。是从头再来的白娘子，转了世，来把这世俗人间低低地再爱一遍。

其实，想想自己，可不是已经转了世？

从前，是一味痴心妄想，打打杀杀，对生活怀着百般不如意。如今，一颗心在水漫金山之后，少了峥嵘险峻，多了平阔清明。好像雷峰塔下坐禅思过之后的白娘子，心思闲静。

转了世，回了头，懂得欣赏寻常生活里那些琐碎的美好，那转瞬即逝处的婉转动人。

唐诗里有一句："我心素已闲，清川澹如此。"也是王维的句子，我喜欢它，悄悄抄在本子上。清川澹澹，天地静美。能把低处的小时光过得平阔悠然，能把自己的一颗心过得像溪水一样澹泊，是因为，我心已闲。

这样的闲，来得辗转。是大爱大恸之后，终于懂得舍了，懂得放手了。于是，闲了。不汲汲以求天边虚幻的云彩，知道了收手，知道了无为。于是，闲了。闲了，看川溪清澈，看南山悠然。

闲了，就像我这样，愿意把自己羽化在寻常的风景与烟火里，身内身外，俱是琉璃。低下姿态来，在一滴露水里，也看见了壮阔和永恒。

我心素已闲，清川澹如此。真好！

从前不屑的风物人事，如今已经懂得对之报以尊重和欣赏。能听完并不熟悉的一位老者的絮叨，在手机里听，听完才知道自己听了一个多小时。懂得陪伴日渐衰老的父母，不吝言辞去夸奖父亲种的菜园……

还有那些小恋情，像黑暗料理不敢端出来示人，如今，都已沉淀过滤，成为清澄安宁的友情。一转身，都已忘了，那些盘根错节的过往。一转身，又再见他，风轻云淡岁月绵长，小恋情早升华成了渔樵问答。

咫尺之间，皆有风景。行走人世，也可以像一场春日踏青，在垄上，沐风而行，一行三两人。

流云在肩，清溪在侧，而我，我……心……已……闲。

无用之美

从前，父亲喜种树。庭前院后，种桑种槐，种梨种桃，种水杨柳，种木槿条……一些树是有用的，可以结果子给我们吃，或者可以等到成材后打家具；一些树是没有用的。有用的树，到后来或老或伐，没有用的树就那么一直长着，长得我家绿篱环绕。

过年的时候，父亲喜欢给树们贴红纸条，有用的树贴，无用的树也贴。

待我渐懂人事，似乎是不理解父亲的，因为那些没有用处的树，完全可以砍掉。现在想，那是父亲的一种情怀，或者说，是他的情趣所在。

父亲似乎是个深谙无用之美的人。

生活在乡下的父亲喜欢收藏，他收藏的东西在别人看来，是无用而可笑的。他有一个木质旧箱子，里面放书，有一日我好奇打开，摸到一本，一翻，竟是他二十世纪六七十年代读书时的课本。他的抽屉里曾零碎放了许多碎瓷片，也有一个玉簪，都是他在沙地上捡来的。还有旧的连环画、破损的砚、锈蚀的铜钱……田野上的形态特别的野果子，废弃的竹编，我都从他手里见过。妈妈经常跟他后面偷偷扔，我却从父亲那里渐渐懂得，有用的物事之外，还有一个无用的世界，无关冷暖，无关金钱和权势，无关实际的功用，只是图个把玩，图一个小小的欢喜。

遥想诗经年代，悠悠五百多年，老百姓在天地之间忙着种植五谷，忙着采桑采葛采蘋，忙着上战场去打仗，忙着去祭祀先祖与神灵。可是，就有那么一些人，从繁忙中停下来了，停下来去做“无用”的事。他们停下来，吟唱这周朝大地上的风物人事，吟唱向往和喜悦，也吟唱哀伤和孤寂。“桃之夭夭，灼灼其华。之子于归，宜其室家。”“汉之广矣，不可泳思。江之永矣，不可方思。”“君子于役，如之何勿思！”

千百年过去，那些有用的事情，如风吹落叶，化作腐土，了无踪迹。反倒是这些无用的事情，这些发自心灵的吟唱，如星光一般永远照耀大河。我们会在春日里吟咏这些四言的句子，隔了几千年，依旧觉得那般美好，那般熨帖着心灵。每一回的吟咏，都仿佛和古人一起沐着春风到田野上去。

魏晋时期，大书法家王羲之的儿子王徽之，在大雪之夜身披蓑衣，泛舟剡溪，去访好友戴安道。我们以为一定访着了，聊上了，酒也喝上了，可是到了戴家门口，王徽之连门也不敲就转身踏上了回程路。不为有结果，不为有用。魏晋时期的那帮名士，他们活得风雅、潇洒、清逸，就在于，他们舍得在无用的事情上磨时间。他们，不那么着急，不那么世故，活得像一段悠扬的和弦，匍匐在主旋律的下面。

王维的《竹里馆》：“独坐幽篁里，弹琴复长啸。深林人不知，明月来相照。”这样的生活，也有无用之美。独坐，无须要伴；弹琴，无须知音。不嫌林深，不怨人不知，因为本就无所求，因为本就只是来品玩这幽独。“欲济无舟楫，端居耻圣明。”孟浩然写诗给当时的张九龄丞相，希望得到引荐提拔，他那是经世致用的思想，他要有为，他要有用。

生活里，多的是孟浩然那样志气的人。难的是，能有王维独坐的境界。

街角有一个饭馆，老板人喜欢写毛笔字，没生意时就在吃饭的大圆桌上铺开宣纸练书法。有人不屑，认为他不务正业。后来饭馆生意清淡终于关了门，那些不屑的人终于开口：生意不好好做，尽忙那些没用的事，不关门才怪！后来，听说那老板改行，在家开门收徒，教练小孩子毛笔字，日子过得花开草长一般有生机。

我经常去小区附近一个理发店洗头，第一回去时，见墙上悬挂一幅装裱好的荷花图。后来又有一回，店里没人，我进店瞥见理发师正在长桌子上画画，画的是工笔牡丹。内心一阵惊动，不由从心底生出仰视的目光。后来，工笔牡丹也装裱上了墙。一边理发，一边画画。一边挣钱养家，一边做世俗目光里的无用之事来养心。

我跟他们也差不多，也有许多沉溺于无用之美的时光。

曾经，在早春，在窗边挂风铃，然后静静待在窗内，读书或者做家务，风起铃响，仿佛是春天来叩门喊我。少年时，在夏夜，月下独行，去偷听邻村那个男孩月下吹笛。在秋天，去江边的树林，看经霜的芒草在夕阳里。冬天，我一个人踩着雪，往旷野深处去。

十几年前，我一个人跑到广州去学舞蹈，不为登台，不为拿证书，只为简单的喜欢。十几年了，我还在写着小文字，不为成名，不为谋利，也还是，简单的喜欢。因为，没有稿费，没有发表的地方，我一样还会写下去，点灯熬夜地写着。

我就这样，被这些具有无用之美的时光一养多年，养得一颗心饱满多汁，又宁静清远，哪怕一颗唐朝的莲子，也可以在我的心上，拱出嫩芽来。

周作人说，我们在日用必需的东西之外，必须还有一点无用的游戏与享乐，生活才觉得有意思。我以为，这有意思，就是生活中属于无用之美的那一部分。

戏曲、书法、绘画、舞蹈……许多东西都是无用的。可是，没有了它们，我们活得多粗糙啊。生活里，是那些无用的东西，让我们的心灵像一块水草丰茂的草原。历史的长河里，是这些无用的东西，让我们活得体面、庄严，活得有仪式感。

相思宜秋

一到秋天，就想害一场相思。

看叶子缤纷落下，寒枝把天空撑得格外明净高远，心也被撑得空了。以为自己丢掉了一个人，心里晃荡晃荡。经过梧桐叶飘飞的巷子，从人家的低檐上捡一片叶子，回去在上面写一首相思的诗。写："昨夜，雨其霏霏，等人不至。"即使不寄，也要写。遥想深山里，苍寒石头边，枫林如醉。晓来谁染霜林醉，总是离人泪。黄梅戏唱段《海滩别》里，一个问：可知道那海潮因何似泣如诉？一个答：那是你轻轻呼唤伴着海风声悠悠。久别重逢的人，又要分别，对面倾诉相思。旧的相思没诉完，新的相思又要开始。

秋天不敢登高。一登高就怀远，怀远人。总以为远方有个人，是我的人，在那远方的秋天里，想着我。就如我，想着他。转身一看，当家的男人就在身边啊，就在自来水边洗碟子。我想，我大约生来就带着了相思的病，那个人是上辈子的人。即使未识，即使未见，相思仍在。相思从上辈子拖下来，像余音绕梁，像秋风经过之后破败蛛网在梁间震颤。

相思宜秋啊。想那从诗经年代就开始吟唱的相思，唱到今，不休不止。谁没有相思过！谁没有在秋天辗转反侧过！即便是不读《诗经》的乡间女子，也要相思。在秋天，夜晚开始变长，相思在枕头上可以多走一程，又一程。

春天出门的人，隔了一春一夏，至今未回。一日不见如隔三秋，几十天了，内心里该数过了多少个秋天！女子在家，春忙桑蚕和播种，夏忙耕耘，还有小满时节的麦子要进仓。以为忙得忘记了那个出门在外的人，其实相思肿胀于胸，日日月月，渐知无药可医，就不抚摸了。夜来听墙外的梧桐叶铿然坠落于窗台，才觉一床素衾一人盖，着实是凉了。相思千里万里，门前石阶上睡的露水都已经凝成了薄霜。望西风，望残阳，人影渺渺。望得一个村子的人都暗自陪着她相思。一个村子，都变得风雅而忧伤了，像民歌里缓慢的句子。

是啊，一到秋天，就相思，不是病，不是心病。其实是病啊，是文化病。几千年遗传下来，在诗句里，在民歌里，在村戏里。在炎黄子孙的基因里。

没有指望了，只能由着衣带宽下去……晨起，自己搂一把小蛮腰，呀，旧年的衣服宽得不能上身了。不仅衣带宽，而且好衣服也渐没心思穿了。南朝民歌《攀杨枝》里有："自从别君来，不复著绫罗。花眉不注口，施朱当奈何？"是啊，打扮给谁看呢？可是，不打扮，又怕那人儿蓦地回来，认不出这因为思念而皱纹荡漾的脸。

相思老了多少女人？相思老尽天下女人。

半 旧

读《红楼梦》，喜欢里面一个词：半旧。

黛玉初进贾府，老嬷嬷领着她去见二舅母王夫人。在王夫人日常起居的东廊小正房里，黛玉看见炕上设着半旧的青缎靠背引枕，王夫人坐的是半旧的青缎靠背坐褥，黛玉坐的椅子上，搭的也是半旧的弹墨椅袱。每读到此处，总要内心一阵惊悸，叹作者笔力惊人，也叹贾府贵气逼人。这样一些色彩半旧的物品，看看那青缎的料子，分明彰显的是贾府的华贵与庄严，以及大户人家不轻易炫耀的底气和历史。想想穷门小户的人家，哪捧得出半旧的像样物品，多半是破烂货了。即便咬牙置几样新东西，也是很快从新艳沦落到破烂，中间这半旧的过程短。没有好的底料，禁不起日月来一趟趟地磨。至于暴发户的人家，家具器物一色全新，也无半旧。人家缺的是积淀，是根基。

而饰半旧的妆容，更是断断不易。宝玉探望生病的宝钗，掀帘进去，见宝钗一副半新不旧的打扮：蜜合色棉袄，玫瑰紫二色金银鼠比肩褂，葱黄绫棉裙，眉不画唇不点的，别有一番风韵。我想，一部《红楼梦》里，大约也只有宝钗敢挑战半旧的东西。肌肤胜雪，面若银盆，眼如水杏，这样无可挑剔的雍容之美在盛装里缺少对比反差，反而容易把人淹进衣服里。倒是半旧的素色衣服，越衬出楚楚可人的淡雅娴静之美来。

林黛玉就不适合穿半旧的衣服。人一病瘦，气色就差，加上走路摇摇的瘦削苗条身材，搭上半旧的衣饰打扮，容易显得晃荡荡的落魄。林黛玉着装宜新宜艳，艳色之下，风姿飘逸的味就出来了。而不是旧衣服里戳出一根根嶙峋的骨头。

对着地图看，点数大大小小城市，觉得上海最担得起半旧。在外滩，百年的洋房建筑依然那么雍容华贵，那么挺拔雄浑，仿佛一位半老绅士，叼着烟斗，拄着拐杖，闲看黄浦江流水，和隔岸的璀璨灯火。氤氲水汽中，路灯亮起，提一只随身小包，自万国建筑博览群前经过，耳边犹响周璇的歌：浮云散，明月照人来……花好月圆，浓情如酒，百乐门的舞场掌声雷动，绿酒污红裙。到底是一座国际大都市，在奢华的现代喧嚣之下，还保留着一件半旧的里子，半旧的历史和文化遗迹，可供流连沉醉。

犹记少年时，在庭前看母亲晒霉。黄梅天后，天气晴热，衣箱搬出，一件件展开铺在荻席上晒。有隔年的棉衣，有母亲出嫁时陪嫁的鸳鸯枕头，还有我儿时穿的百家布缝就的花夹袄。邻居大妈站在旁边，拾起枕套看，白底子上绣了妃红的荷花和金绿的鸳鸯，还隐约散发着旧年的洗衣粉残香。大妈家没有这些好看的半旧衣物，她父母早亡，做了童养媳，结婚时没有陪嫁。每每忆及母亲晒霉，恍惚中，二十多年前的阳光犹在，少年时的衣香犹在。我想，彼时的母亲在半旧的荷花鸳鸯枕头面前，在大妈羡慕的目光里，一定心怀甜蜜。是一副半旧的枕头，将一个乡下已婚女子的平淡时光撑得饱满而芳醇。

某日，读初中的儿子跟我说起《诗经》，他说喜欢“桃之夭夭，灼灼其华”那句。于是，我们说起桃花，说起桃花一样美的姑娘，说起那姑娘的出嫁。我暗想，他心里正懵懂喜欢的那个女同学，正是桃之夭夭的年纪。一念至此，觉得自己轰然老去。是啊，老了，旧了。桃花又是一年春，春天的主人换了。怎么办呢？低头做事吧！年华渐逝，容颜渐凋，也许，学识涵养阅历和情怀，会帮我撑一程，撑我做一回半旧的女子。

山有桂子

桂花细细碎碎地开，最日常，最民间。像日子。无惊无澜的日子。

一年一见。见时花开纷纷，小朵小朵，絮絮叨叨的样子。挤着，花梗处，叶子荫下，一点不张扬。老老实实过日子的姿态。

《诗经》里有男女互赠香草，赠芍药，赠白茅，赠红管草，但没见人家赠桂花。我觉得桂花真值得一赠啊，在那样的草木年代，赠一枝，一个村子都沉在香气袅绕中了。现在的那些送花时节，送玫瑰，送百合，也不送桂花。

桂花似乎太烟火，最适合被爱情遗忘的中年女人。院子里栽一棵，没有妖娆的颜色，但是香气熏染日子，熏得有一种很结实的甜蜜。

每年桂花盛开时节，我都会小病缠绵一场。但，即使病中，也会去采桂花，回来制桂花糖。

一手托一只小篮，一手从枝梗上捋，小半天才收获半篮。小半天的花就够了，看它们卧在篮子里，软软的，凉凉的，像恋爱过后有些寂然的心。回来清水里漂几趟，滤掉生水，拌糖。一层一层的白糖，白白的水润的花瓣，渐渐失了颜色，皱了。一钵的桂花糖啊，花已经成了食物，换了身份，被实实装进密封的坛子里。

隆冬煮鱼，开了坛子，舀出一勺桂花汤，白气迷蒙中，转身插进突突冒泡的鱼锅里。中午，一盘红汪汪的红烧鱼端上来，筷子沾汤，舔上一口，桂花的香，都在。这是桂花呀，想想，觉得太隆重，太奢侈。可是，桂花浮在鱼汤里，不言不语。

诸花之中，大约只有桂花，和吃贴得这样近，和烟火贴得这样近。除了桂花糖，还有桂花糕、桂花饼。中秋吃月饼，最喜那饼馅里一粒一粒的桂花，尘芥一般。

还有桂花茶，沸水冲泡，一粒一粒的小花在水里乱纷纷地逃逸，然后浮上来，在水面上铺成一片，眉头紧锁似的不情不愿。可是，半个时辰后，揭杯盖窥一眼，它们一粒一粒，相继缓缓沉下去，禅坐在杯底。好像一群怀抱理想的女子，在茫然与不甘之后，在对抗与疼痛之后，最后与生活达成和解，平和下来，淡然下来。理想还在，化作了一脉袅袅的茶香，各自咀嚼，各自回味了。

冰糖桂花藕，是冬日里的最爱。想想就觉得温暖，仿佛外婆的怀抱，装着绵长旧事的怀抱。冬日进城，路过东门，总会在那条巷子口买一截桂花藕，枣红枣红的，还拖着细长的糯米汁。寒风里，趁热啃上一两口，香香的，甜甜的，面面的，倏然觉得尘世仁厚可亲。

可是，桂花骨子里到底是有远意的。山中桂子，在我们看不见的僻静清幽处，兀自情怀落落。

读王维的《鸟鸣涧》：“人闲桂花落，夜静春山空。月出惊山鸟，时鸣春涧中。”每读一回，心上便起了雾似的空茫一片。月色素白，朗照深山，在那重重叠叠的深山里，有桂子在寥落地开，寥落地败。

那多像一个寂寞的灵魂。或者是那些在烟火深处打滚的桂花的灵魂，在午夜时分，在晚风经过的刹那，逸出了自己的身体，清凉地开落在山间，开落在露水里。我想，那更像是一个女子，有着古典的情结，她一边三头六臂地应付世俗日常，过着跟所有寻常主妇一样的烟火日子。她是桂花糖、桂花饼、桂花藕。一边，她隐藏自己，躲在书页笔墨之后，躲在清风明月淡花之后，过自己清凉的灵魂生活。在浑浊滞重的世俗对面，她是清凉落寞的山中桂子，遗世独立，独自花落，独自享受这无边的浩茫与静谧。

允许有这样一类女子存在。她们陷身烟火深处，又时时在内心举行庄严的仪式，供奉灵魂。她们时常放纵自己去悲欣交集，放纵另一个自己，去做山中月色里一树零落的桂子，枝叶萧疏，香气淡远。

日子繁茂，内心有一角，秋风萧萧。我知道，远方的月下，远方的山里，有桂子，静静，静静地，零落。

剩下的时光是自己的

多年前，我的新浪博客昵称是“紫薇花对紫微郎”。那时，我喜欢白居易的一首诗《紫薇花》：“丝纶阁下文书静，钟鼓楼中刻漏长。独坐黄昏谁是伴，紫薇花对紫微郎。”我喜欢这首诗，是因为，诗里描述的时光是舒缓而清寂的，即使有那么一点落寞，这落寞刚好可以养一养从繁杂俗务里释放出来的心。

这应是一段黄昏下班之前的时光，悠然闲静，像水墨画里的萧萧竹林，可透清风。想想白居易，一个人在丝纶阁里值班，当的是写文章的差使，此刻，没有文章可写了，也没有公家的人来来往往，只有钟漏里的水滴声悠悠长长地传来，清音远扬，黄昏似乎被这水滴声拉得也悠悠长长。

此刻，忙完公差，剩下来的这段时光是自己的。不被占用，不被打扰。独坐黄昏里，看庭中一棵紫薇花在风中洋洋洒洒地盛开。一个人，一树花，同在这寂然的光阴里，默然相对，像时光的一处留白。

许多时候，我们的时光不是我们自己的。它像一片土地，羊群来了，狼群来了，猎人也来了，上面纷乱布满入侵者的脚印。

我喜欢下班之前的那段时光，太阳斜斜的，光焰钝下来，性急的人已经提前离去，办公室里只有自己一个人。茶水已经喝淡，茶叶静卧杯底，这时你会觉得桌上的花是只开给自己看的，静寂的空气也是只属于自己一人的。走廊里没有人声，隔壁也没有人来走动，独守一个房间像掌管一个国度。如果窗外下雨，此刻听到的只有雨声，是一个人的雨声。如果窗外下雪，此刻也是一个人站在窗边，看满世界笼在纷纷扬扬的雪花里。这样的时光，没有入侵者，像一条奔腾的大河走到了宽广的下游，泥沙慢慢沉淀，河水开始澄澈透明，不起波澜。

我们一路匆匆，少年时忙求学，青年时忙恋爱结婚，中年时忙着应付一家老小的衣食和追求名利光环……时光就这样被我们贪婪地填了又填，塞了又塞。我们像笨拙的画者，一落笔，就心急，总是画得太满、太密。其实，我们要有一段只属于自己的时光，在喧嚣之后留给自己一座沉静的岛屿，在盛放之后留给自己一朵悄然绽放在月色里的闲花，在跋涉大半生的光阴与坎坷之后留给自己一片闲云和闲山水。

一个画家朋友，在单位也是领导。可是，忽一日，听说他断然自揭去头顶乌纱，仿佛清风里的杨柳，洒然回家。再也不用朝九晚五地奔忙了，再也不用去看各色人等的面孔了，回家做自己，一副书案前做一个纯粹的画者。现在，他可以开着车，带上爱人，带上养了多年的两只猫，带上一卷宣纸，随时出发，随意停留。

剩下的时光，归属自己。曾经他也像白居易，在公家里当差，现在，提前撤退，留下一截好时光，趁自己还能跑得动，看看流水，晒晒太阳，喝喝新茶，春日迟迟起……时光是自己的了，终于可以完完全全由自己支使。

以前，我的新书出来，多多少少总会在报纸杂志上发布出书信息，王婆卖瓜，吆喝几声。现在，心意淡了，散文集《植草香里素心人》出版面市之后，也只在自己的新浪博客和微信里公告了一下，不再哗众宣传。因为觉得，一本书出版后，属于自己的事情已经完了，它是被冷遇或热捧，都已与我无关。一本书出来了，我算是对过去的那段时光已交代完毕，剩下的时光就是我自己的了。我像一个种植庄稼的老人，到了秋天，只遥看大地秋色，看着孩子们去收割，我在田野之外。不只是一本书，有时就是一篇小文章，写完后，我总想自己一个人待一会儿，像沉静在水底的卵石，不想被马上捞出。

想起少年时上学路过的深秋田野。那时，稻子收过，田野一派空旷，三三两两的麻雀放低翅膀，在杂草间寻觅遗落在地的稻谷。那些麻雀，再也不用像小偷，它们已经可以从容悠然地啄食那些谷粒。剩下的稻子是它们的，剩下的田野是它们的，剩下的天空是它们的。没有人来吆喝着驱赶，连稻草人也放倒在田沟里歇息去了。

还记得，最美的是下雪之后的田野，广袤，平坦，洁白，连麻雀们也不来了。那时，我看着江北平原上无边无际的雪，看着田野安然在白雪之下，我的脚步总不忍心去冒犯打扰。那时，田野就是只属于田野自己的，无边的寂静，无上的庄严。

在一天的黄昏，在一年的初冬，在一生的垂暮之前，要有一段时光，可以屏退所有的来客，关起门来，取悦一回自己。只取悦自己。在清浅的落寞中，把自己放牧成独一无二的女王，不思朝政。

月 白

相思一老，都做了月白色。

是啊，是月白。比春暮晚风里的樱花还要淡的白，比雨中梨花还要凉的白。是被初涨潮的海水舔了一口的白月亮，寂寂走了一夜，落在沙洲上，从此脱不去那水润润的浅蓝，忧伤的浅蓝。

月白本是极清新的颜色，电视剧里民国的女学生常常上着月白斜襟小袄，下着齐膝黑色半身裙；电视剧外，一不小心就掀起民国风。但那月白色被《红楼梦》里的妙玉一穿，就全是一股寥落的仙气了。第一百零九回里，贾母生病，妙玉来看望。那一天，妙玉身上穿一件月白素绸袄儿，外罩一件水田青缎镶边长背心，拴着秋香色的丝绦，腰下系一条淡墨画的白绫裙，风姿飘逸，很有出家人的范儿。回头看前文，无论是曹公，还是高鹗，都没有哪一次像这样工笔细描过妙玉的形貌风姿。我私下揣摩，妙玉此时的心境一定也大不如前了。那一次来看贾母时，宝玉已经成婚，她一颗芳心一定被尖尖冷冷地刺了一针。虽然，矫情自称是槛外人，但到底是脸红心跳地动过心的。现在，热热烫烫的心缓缓冷却下来，波平浪静的，于是一件月白的袄儿穿在身上显得格外贴切。

我常想，妙玉和黛玉就是一个人，同样的孤傲不群，同样的风神飘逸，是作者将一个人分开了写。黛玉因相思而死，死得幽幽寂寂，时光到此，便成为深不可测的黑洞。如果黛玉活着，大约就是像妙玉这样活着，耳热脸红之后，独自心跳之后，还要揣起隐痛，装着月白风清的样子，着一件月白的袄儿，来看视亲戚。

相思一场，有什么用！相思老在心里了，终于自己清了场。心里的这片山河就这样瘦了，寒月当天，白水东流，浅蓝色的水汽朦胧中，孤舟远行。人生从此也是这月白色的了，冷冷澹澹的月白。

一本《红楼梦》里，月白色的袄儿，只见妙玉明明白白地穿过这一回。黛玉从扬州带来的贴身丫头雪雁，也有一件月白缎子袄儿，赵姨娘曾向雪雁借，要给自己的丫头穿了陪她回娘家去奔丧，雪雁没答应。雪雁的那件月白袄收在箱子里，想必不常穿，到底太素。宝玉大婚，雪雁被令去引新娘，从此做了宝玉房里的丫头，想必那件月白的袄儿更不常穿了，是啊，太冷清。旧物旧人和旧情，都暗暗敛进那一方月白色里了。

只是月白，还不是茫茫大地真干净的大白。宝玉别父时，贾政正在船中写家书，停笔凝神之间，看见微微雪影里面一个人，光头赤脚，身披斗篷，与他拜别。贾政起身问询，登岸追赶，转过山坡，人影已倏然不见，只剩茫茫空阔的一片雪野。在宝玉那里，那是彻底地走了，彻底地挥袖干净了。

但我们还在红尘中，只能轻轻放下，慢慢不想，独抱一份寂寥情怀，不与他人语。往事拢拢叠叠，与那人不电话，也不往来。即便咫尺之间，一转身，不想了，彼此即是天涯。从此，那时光便都做了月白色，淡淡的白，浅浅的蓝，微微的凉。

遥想在栊翠庵前的某个夜晚，月色入户，妙玉感慨不眠，一个人起床步月至庭前，无茶，无棋，无诗，无琴。栊翠庵外，月华茫茫覆下，山川静默不语如禅者。一个侍儿近前来，捧一件月白的袄儿，道："露水下来了！"

是啊，露水下来了，在石阶上晃着清冷的月光。妙玉替黛玉活在世上，老了相思，只剩天地一片月白，一片平凉。

第四辑

在画边，遥望山河遥远

那是一个怎样的山河天地啊！它美得有一种神秘气息，它美得时间似乎静止。它仿佛就是整个宇宙，巍然的，空旷的，深邃的，无边无际的，既明亮又清冷的。这个圣洁无染的世界，并不热烈，这里人鸟俱绝，连神仙也隐匿。

天地一沙鸥

“举杯邀明月，对影成三人。”“雨中黄叶树，灯下白头人。”说的都是孤独。

一句放浪了些，一句颓靡了些，我似乎更喜欢杜甫的那句：“飘飘何所似，天地一沙鸥。”

杜甫的诗过于沉郁，好像有千百种疼痛奔涌在皮相之下，却不言语。所以，我把这句“天地一沙鸥”从上下文里拎出来，不沾亲，不带故，只体味这五个字所构成的境界。

茫茫天地之间，我是一只沙鸥，不成对，不成行。我像一个浑重的墨点，落在米白色的宣纸上，孤山成峰，不绵延起伏，不远接旷野田园。

我就这样孤独着，浩瀚的孤独。

喜欢这五个字，似乎还源于一幅照片。在一个孤独诗人的博客里看到的：大雪天，湖畔的雪肥厚得像睡倒的熊，湖水泛着幽冷的银灰色，一只鸟，铁黑如铸，立在茫茫雪地上，立在天地之间。没有阳光，没有草色，没有食物，那只黑鸟似乎是日啖孤独而活。

我看着那幅照片，心想：我愿意做这样一只黑鸟，瘦削，孤立，在黑白的世界里。

孤独，可以这样空灵，这样纯粹，似乎可以倒映出前世和来世。也这样盛大，可以覆盖一切琐屑光阴。

人们喜欢群居，似乎是害怕孤独。树上没有两片完全相似的树叶，红尘里也没有完全相似的两个人，所以，即使群居，依旧注定孤独。

一个人的成长，是意识到自己是孤独的。一个人的强大，是勇敢上前不回避，认下这孤独的命运，像认下一片残缺的江山。

认领孤独，承受孤独，最后，享受孤独。懂得在喧嚣纷扰的世间，小心地保持一份孤独感，像保护一枚基因纯粹的种子不被沾染。

孤独着，在孤独中优雅，在孤独中标新立异。

我跟你不一样，是因为，我比你孤独。

前不久，在网上看到一个外国女作家和环保者，她选择离群索居地生活和写作。她建木房子，自己种菜种水果以自给，利用太阳能发电以应付简单的日常生活。在这个远离都市远离人群的深山里，一个人，最富有的东西恐怕就是孤独了。但我以为，她活得丰富而深厚。

人世间，最好的同道者，是能陪你一起去做浮云游子，抵达远方。抵达空间上的远方，大江大海，大山大野。抵达时间上的远方，从朝如青丝，到岁暮成雪。抵达精神上的远方，高山流水有知音，渔樵问答话浮沉。

但是，许多时候，是没有同道者。

在思想的圣坛上，往往是，你比别人来早了，或者来迟了。

就像是赴一个晚上的饭局，7 点钟的饭局，你却 5 点就到了。房间冷清，你一个人坐在玻璃窗边，看窗外车水马龙，看夕阳摇晃着身子在行道树的枝梢里一点点沉陷。大厅里没有脚步声，着黑色平底绒布鞋的女服务员贴在门框外，像个没有感情色彩的标点符号，与你两不相扰。你身后的玻璃大圆桌空旷辽阔，仿佛野渡泊船，没有船客，也没有艄公。

你只能等，一个人等。你和你的朋友，同在某天下午 5 点的这个时刻里，但是你们不相逢，不交集。你要等他们穿过城市喧嚣，穿过洪水滔滔一样的两个小时，才能抵达在同一个时空里。可是，结果往往是，他们来了，你的心也老了。你永远是一个提前两小时的孤独等候者。

孤独，也是人流滚滚的街衢之间，你独行在后。缓慢的步伐，不赶声色繁华，不赶权势声望。别人手握急管繁弦的富贵荣华时，你在万人之后，独对楚天千里清秋。

繁华之后是寒色，你早已知晓。所以，你选择，滞后。

有一种寂寞，茫茫天地之间孤舟一叶的无边无际无着落，人只能各自孤独面对，素颜修行。

这是命运。无法更改。无从缓和。

所以，我有蛮荒，却从不奢望，与你接壤。

在冰雪天地里，一只黑色的沙鸥，与自己，孤独成双。

我在千峰之后

曲终人不见，江上数峰青。

传说里，最喜琢磨的是白娘子的故事了。人生锦年，执一把雨伞，与那人相遇。都说人生若只如初见，是这样的吧。便是神仙，也都没摆弄好自己后面那些个不堪的情节。一次酒醉，待醒来，转身不见了玉郎影。托身的主丢了，谁不急呢？找啊找啊找郎君，找到郎君在山庙里，叫什么“金山寺”，只是不肯出来见面。药店也不开了，只忙着水漫金山了，法海没斗败，黎民遭了殃。爱情，真的误事！废耕废织地放下工作，天天打仗，只为了挽留行将离去的一个人。到后来，还是一个人独守孤塔，于西湖之湄，于青峰之后。民间的老百姓不忍心了，敷衍了一个“许仕林祭塔”的情节，终于佳人出塔，全家团圆。对此笔法，我向来不屑的。

一个人的信仰撞了南墙，是很难再拾起那份入世经营的心了。华美的大戏已经完了，现在，只剩下退了，收了。拣了金银细软，收了浓情蜜意，下场。所以，我想，白娘子那样有慧心的人，是愿意只在雷峰塔里漫数佛珠的，看看塔外，已再没了出来的必要。

都是这样过来的吧。用过情，也造过孽，然后退到内心，与自己对视。

想起往事。三月桃花天，碧水如环佩，莽莽撞撞，识了那人。是一个抱琵琶、一个湿青衫的知，郎晓妾的意，妾懂郎的好。只是后来，是啊，许多事都是提不得后来的。后来，一块香帕子在手心里揉了千千回，一句冤家一把泪，伤到无言，终于从各自眼底撤出来，终身不见。曲终人散，独余下一片寥廓河山。

没有永不褪色的青春，没有永远不老的爱情。这世上多情的女子，在爱的烈火熔炉里逃生出来之后，大约多数是愿意选择做一只白狐的。还是那样的风情，那样的长袖善舞、冰雪聪明，但是，已深深地低下眉头，藏身于千万座山峰之后，再不涉红尘。

爱情之后，还剩下什么？是独自于暗处舔舐伤口，是心如秋水平的禅定与宁和，是忘了忘了、那人成了隔世传说。就这样修成了一只灵狐，隐退在千万座山峰之后，从此与那人隔山隔海隔塔隔世了。春天来了，燕子来了，再不会翘首寻那人足音的近远。秋天去了，断雁去了，再不会有一纸泪随了雁脚。一次又一次地路过他所在的城市，手机安静地躺在兜里，不会拿出来，不会拨他，虽然还记得那号码。

想那白娘子，曾经也该是有万千道泪水、万千个不甘的吧，但是，都化作了后来俯首闭目的安静。环顾左右，不能突围，最后只有转向内心，一心一意地修心了。

红尘错爱，本就是一场乱世浩劫。此刻，千峰之后，这江山，是劫后的微凉。洗了脂粉铅华，于幽独之中，将当年的红袄绿裙一件件叠起，连同记忆。再不喜人前奢华，不会把自己张扬成枝上硕大的一朵，只为了逗引一个人留步。此刻的姿态是收的，紧紧地收着，触角在泥土里，放了一寸一寸本欲打探的疆土。愿意像一棵野草一样生长着，默默地抓紧脚底下的大地，可以终生没有高度，没有响亮的声音，被目光忽略，唯求心里踏实。愿意像一棵草尖上的露珠，存在，即使短暂，但内心澄澈，无尘。愿意像乡野间的一缕炊烟，在烟火日子里熬尽一生，熬到虚无，不声张。

哪一场青春，不是写满了飞舟九曲黄河的传奇？哪一场爱情，内心不是在担负千万重的历险和惊喜？但是，终有上岸的时候，便是罢了，便是放手。

曲终人不见，那是因为，我已隐退于千峰之后，独对一个人的河山。从此，两不寻找。

我这江北的雪

雪，天和地共做的梦。

醒了的人，走在天地的梦里。那一刻，我举着伞，走在去看梅花的路上，像个女道士。

雪在舞，花在开，一把小花伞于无人处收起来。仰面，抬一抬睫毛，拈几朵雪花，江北平原上，此刻，我是一朵盛开的梅。

从哪里忆起呢？前半夜，还是后半夜？

前半夜，我在等。一盏灯下，百无聊赖，读欧阳修的《玉楼春》：“别后不知君远近，触目凄凉多少闷。渐行渐远渐无书，水阔鱼沉何处问。”那时，玻璃窗外，是一片湿漉漉的夜，像幽深的古井，远近的灯火是沉落在井底的点点寒星。天气预报早把雁书传，七岁顽儿在脚边跳，嚷嚷着雪中的那些把戏。我假装不急，将手中的宋词又翻过一页。楼外的夜雨，点点滴滴，像个省略号般意犹未尽地痴情。经年未见的雪，想来还远吧？

后半夜，人已静。簌簌的，翻身，是枕上的梦碎了。还是簌簌的，在窗外，在千万片的香樟叶上，在肥硕的广玉兰叶和掌形的棕榈叶上，在枯草的断茎上，在水泥院墙的裂缝里……落雪了！我醒了。是落雪了！在灯熄人静的夜，雪自我的听觉里来到了江北平原。像舞台上的戏，黑而重的幕布还没启开，水袖也未见抛甩，一截清而雅的唱腔自帘后迢迢地绕到头顶来。想见吧，一睹芳颜？头侧了侧，赌气，不开窗，不见。就由它在窗外抒情到天亮吧，我曾等了那么久！窗外的雪依然柔柔地落，那声音是轻的，轻如宫娥的舞步乱在丝帛的毯子上。心满意足，再翻个身，睡去。各自做梦吧！各不惊扰。

早上起来，开窗，白的了。也不全白，院墙那一角，老白菜的大叶子还露了些青绿色的边边，菜畦沟还是国画里晕染的浅赭石色。如果天地真的在做一个迷离的梦，在江北平原，这梦是微醺的。是的，不是一塌糊涂的深度的醉，不是忘了前世今生的长梦大眠。

落雪的江北平原是秀美的，只敷了层淡粉，依然唇红齿白，眉清目秀。

雪在微风里漫天舞着，伴着的轻音乐只萦回在大地的胸间，慢拍子自己踩，自己踏，怕扰了人。雪落在葱绿的香樟叶上，风摇落了些，又添补了些，似谁在摆弄一副祖传的磨盘，只磨得香樟的叶更翠了。雪醉卧在一树梅花淡黄的蕊里，温柔乡里不愿醒，醒了，就是蟒袍玉带的富贵春。

乘兴，上无为大堤，走成这幅江北国画里的风雪问路人。堤畔上的雪只半个指头深，刚刚盖住了草根，只剩下枯草细弱的半截身子在风里伶仃晃动。堤顶上的雪，在来往的车轮下早化了，独余下青灰干净的柏油路面。却嫌脂粉污颜色，蜿蜒的一道长堤清新得如大唐虢国夫人的细眉，袅袅地往远处去了。堤脚下，沿堤镶着的一大片杨树林，也落光了叶子，剩下浅褐色的枝丫在半空里横竖撇捺，象形字一般。堤顶上俯瞰那一片整齐的人工植的杨树林，立在落满白雪的沙滩上，似一首七律，雪是韵脚。远处，覆了雪的田野越发空旷而平坦，大地是卷在书柜里的一叠上好宣纸，这一刻，拿出来，辽阔地摊开了，只待落墨。凝眸处，油菜的绿浅了，朦胧成一片淡白了；遗在地头的棉花秆稀落落的，远看更黝黑了。或疏或密的水村安静地窝在天底下，红房子，白屋顶，高高低低地错落着，国画大师皴擦出了层次。小河也让这雪哄得安静了，盈盈一带白水，映着两岸细瘦树木的淡影。似书页间夹着的一张黑白照片，抽出来了，摆在暗淡的天光下，一丝时光的凉。

至黄昏，回去顺路二度访梅。梅的枝又添了几分横斜，晚风拂面，一阵阵冷香袭人。人在梅边，绕阶徘徊。想幼时观过那么多的寒梅图，没有一幅对得上眼前的这一树冷香。那画里的枝干是黝黑盘曲而嶙峋的，是稀落的几朵红梅花，孤零零地艳着。即使多了，多到一丛一簇，那笔法便显潦草。人在画边，只有领受那生硬的傲骨和逼人的寒气。可是，在江北，在庭院，雪是有那么三分薄的，梅便少了几分凛冽逼人的刚硬和尖锐，而添了几分俏丽。江北的雪中梅，干不甚盘曲，枝繁密也有几分细弱，迎着雪伞似的撑开了一树的香。叫人想起二十世纪七十年代生的一些握笔人，年轮里没有浸染烽火屈辱，在相对安静而贫瘠的环境里成长，文字自有一分平和清逸之气。念此，忍不住又抬眉细看微风里的这一束枝丫，看一枚枚淡黄的瓣围起了一朵花碗，雪就浅浅地盛在里面了。由此，相互成就，梅有了雪的白，雪有了梅的香。

江北的雪，在一朵朵蜡梅花的玉盏里浅斟低唱，便越发秀气了。

小砚

构思一个小说：一户书香之家，四个女儿，最小的那一个，名叫小砚。又清凉又难忘的名字。

在纸上写下“小砚”两个字，恍惚中以为满世界有雪花在飘。三片两片、又三片地飘。苍黑的远树淡了，灰黄的远草白了。冷冷澹澹，安静凄清。

老祖宗传下的文房四宝，笔墨纸砚。如今，硬笔替换了羊毫狼毫那样的软笔，如蝇小字熙熙攘攘挤挤闹闹，也代替了古人的笔走龙蛇金戈铁马。墨呢，有墨水，有随用随丢的中性笔替芯，磨墨人不在。经过美白的纸，用时只觉光洁明亮，宣纸的暗黄或米白成了一场古旧遥远的相思。虽如此，这四宝里，笔墨纸三样转世之后依旧流连人间，只有砚，不常在了。仿佛一家子生养的四个女儿，眼见着前三个都吹吹打打给嫁掉了，只有小女儿至今待字闺中默然无语。是啊，家常的书桌上，遇砚一回，太难。砚是这样一个自有格调的小家碧玉，敛了袖子，低头退身于时光的重门之后，独自贞静寡欢。

依稀记得是去沙家浜，看芦苇，听京剧。看听之间，出来转，走进河汊边一所僻静房子，里面尽是砚，明清的旧砚。房子幽寂无人，灯光白白冷冷，一块块古砚安静陈列在附有标签的玻璃罩里。彼时只觉血液停滞，时光也停滞，只有看不见的空气是凝重丰厚的。砚池发白，无墨，砚池里盛的是岁月。空空干干的砚池让我想起新疆的罗布泊，水草丰美变作黄沙连天的罗布泊。在今天，砚于我们，更多时候它的价值不在使用，而在展览。一屋子的砚，砚陪着砚，各自不语，砚没有墨来陪，更没有磨墨人来陪。令人遗憾，令人可惜。

想想，书桌上，少一方小小的砚台，会少了多少风雅啊！

遥想从前的读书人，在隆冬，看天地荒寒，于是在屋内闲置炉火，展纸研墨。一方冰坚的砚台里，春水初起，盈盈润润，渐渐流泻到微黄的宣纸上。于是，草木有了，花朵有了，山川近了远了，一座狭小的屋宇被一幅纸上的水墨给撑开了。天地就此寥廓。回头看看磨墨人，她是王羲之家的丞相千金郗璇，她是苏东坡南迁相随的侍妾朝云……面若桃花，开在砚台边。

早年读中学时，冬天，父亲送我块砚台。极朴极拙的砚，是用砖凿出来的。那时，学校边兼卖文具的杂货店里，没见摆放过砚台；父亲念念不忘砚台，大约是他少年读书时用过砚台。门前堆放的青砖是用来建新房子的，父亲挑了最沉实的一块，在中央凿出一涡砚池来。不知道父亲用去了多少农闲的时光，只记得那年我家的对联是我写的。我用父亲凿的砚台写字，给后门对联写的是“疏影横斜水清浅，暗香浮动月黄昏”。

父亲的砖砚，陪了我一整个中学时代。之后离家读书，再见那块砖砚，已经是碎的了。为此，怅然多年。

年末，我所在的学校组织了一场学生书法比赛，有硬笔，也有软笔。给学生发奖时，我一翻，奖品里竟有砚台。内心一荡，不禁欢喜起来。打开盒子看：好小的砚，大半个手掌大小，石青色，没有雕龙附凤，没有绘兰描菊。可是，到底是古意出来了，墨意在了。不知道得到它的学生会是怎样开心，日后伴同它时，会是怎样珍爱。

是啊，在冬天，能有一方小砚陪着多好！在有暖气的室内，俯对一方拙砚，展纸写字。听墨在纸上走路的声音，像雪花落在湖面上一样轻。写着写着，小小的砚池里，墨浅了，尽了。一抬头，玻璃窗外，迎春花哔哔剥剥开了。

一只绒线团的后来

母亲的针线筐里放着一只绒线团，这是三十年前的事了。

是粉嘟嘟的鸭蛋绿，母亲给我织线衫剩下的。剩下的绒线团依旧光明洁净，傍依在针线筐里，含羞待放。还记得那一回，母亲坐在门边做针线活，我蹲在针线筐边无所事事只好掰脚指头，数来数去还是十个。那是初夏的午后，穿堂风荡然穿过小屋，一切寂静，静得好像从冷水里捞起的一块豆腐。

仿佛万物都消隐了念想，那样的时光里。而我，卑微地想伸手，想玩玩那只鸭蛋绿的绒线团。我知道这是很狂妄的念头。果然，母亲抽出手里的篾针，敲敲我手背：别玩了，手这么脏，弄脏绒线了！

我惭愧收回我那不知天高地厚的小脏手，心情懊丧，觉得自己像是一件又脏又破的旧衣服，搭在树杈上，没有光彩与未来。但是，那只绒线团是有光彩和未来的。

我多么想要做那只粉绿的绒线团啊，粉粉的，嫩嫩的，被珍视，被赋予希冀。

冬天快到了，我想，那只绒线团也许会被母亲织成手套，并嵌进梅花图案，让我那双已经洗干净并搽了香香的小手戴上。可是没有，绒线团像个蚕宝宝，依旧窝睡针线筐里，不容冒犯。

我还想，要是把那只绒线团钩成围巾，围在我的脖子上，我也一定美得娉婷，像嫩荷出水摇曳在四月的风日里。但是，绒线团还是绒线团，它缄口不言，仿佛故意不道破谜底。

可是我着急啊，关于它的命运走向，我暗自设想了无数回。它没有成为手套，没有成为围巾，没有……它一定会有一个耀目不凡的将来吧，它那么新，那么美。

大约是过了两个冬天，转头到了夏。梅雨季节一过，江南江北的乡下人家纷纷晒霉，家家户户门前缤纷一片。翻箱倒柜，各色大小的衣物全被铺开在芦席上，让三伏天的太阳透透晒过。黄昏收拾衣物，母亲叫过我，她站在席子边，将那件鸭蛋绿的旧线衫在我胸前反复比画，是短了。衣短了，我长高了，越来越像个女孩子了。我想，我的旧线衫大约是要弃掉了。是该弃掉了，因为穿洗日久，它早已浑了颜色，领口袖口也松动破损像是老女人颓败的嘴脸。

可是，母亲没有弃掉那件绿线衫，而是从针线筐里掏出那只绒线团，给我的旧线衫接袖子领子和下摆。接好的线衫长短适中，冬天又被我穿在棉袄里。如果不解开棉袄上的那排纽扣，外人只能看见线衫崭新粉绿的领子和袖口，以及我弯腰时露出来的小半截同样崭新粉绿的下摆，外人会以为我穿了一件新的绿的粉粉的线衫。可是，只有我自己知道，在领子的深深处，在袖子的深深处，是一件浑浊暗淡嵌有顽固污渍的旧线衫。

那只绒线团，曾经被我设想了无数种嫣然绮丽的将来，最后的命运是，被母亲强行安排着，千针万线，嫁接在一件旧线衫的身上，来延续一件旧线衫的生命。

我穿上这样的线衫，每日扣紧棉袄的纽扣，唯恐外人的目光沿着袖口领口逆流辗转，洞察到在棉袄之下，是一件由大大小小碎毛球纠结覆盖的旧线衫。可是，每晚睡觉，脱下那件线衫，放在枕边，卧看那上下两截新的粉的绿，被死死缠在那件旧线衫身上，我便要惭愧。也替那只曾经的绒线团感到委屈和不甘。在母亲徐徐抽动线团，将它的身子一针一针往一件旧线衫身上织时，线团会做何想？会像我面对婚姻一样，起初懵懂无知，以为是一趟好玩的旅程，到后来恍然，可是已经千针万线地缠进生活里？跑不掉，也扯不断，终于让线团成了线衣的一部分。

是那个母亲织线衫的三十年后，我在家里听京剧，一个人听。听《四郎探母》，“我好比笼中鸟，有翅难展……我好比浅水龙，困在了沙滩”，不甚悲戚黯然。在饱尝了人到中年的诸番不自由不快意之后，才分外体会出鸟翅难展龙困沙滩的无奈和悲愤。

《四郎探母》里，杨四郎在番邦，胡地衣冠懒穿戴，可是，遥望中原，关山难越。番邦有后娶的公主和亲生的孩子，大宋有老母亲和结发的妻子，我每听此戏，一颗心悬荡着，如飞蛾触上蛛网。

到底是戏。戏里的人生，大动荡，大起落，大悲欢，省略了烟火日常的琐碎和磨人。可是，生活不会艺术地删减这些琐碎。生活庸常得像线衣一样，穿久，浑浊，灰暗，起上毛球，经和纬纠缠不清。

我跟他说，我希望散步的时候，能遇上UFO。那时，我会张开双臂，以飞翔的姿势靠近，让UFO把我带走。从此，你伫立阳台仰观星空，不管你有没有看见我，我都会轻盈回望：我终于，和你，隔了一个浩瀚的宇宙！

我逃跑了，终于逃跑，消失于大宇宙。这多好，但，多么不可能。其实，我无非是想要，重新做回一只绒线团，寂静自守，不被磨损，不被用旧，不受牵扯纠缠。

但是，显然是跑不掉，也回不去了。

在人世无止境的大织造里，一个女人成为那件穿旧穿小的绿线衫，会有一个光明洁净的女孩像绒线团一样续接下去。我和母亲，曾经都是线团，后来都被织进线衣里。只是，我在童话一般的线团里憧憬时，母亲已经是紧密缠绕的线衣。她从线团的岁月里来，知道有一天我也会抵达一件苍老的线衣里，而我那时，浑然不知。

常常会想起，在夏日，在老宅里，穿堂风悠悠经过，母亲在织衣。她将一只嫩生生的绿色绒线团，一寸一寸续接在一件旧毛衣身上。我看着线团在竹篮里活泼滚动，默然无言，心疼不已。

一年又一年

(一)

天冷。南飞的南飞，冬眠的冬眠。

寒世里奔走的，清一色的人。

文字久不拨弄，笔收弓藏。咳嗽刚刚好，人要养一养。写字时，是要弃了肉身不顾的，轻装上阵，随灵感大巫千里驰骋，直至一口血喷在刀刃上，灭了白的寒的光。

年前忙工作，屯稻粱，人似荒野间一只仓皇的小兽，下楼梯扭断了一双两寸高的鞋跟。电话良人，送来平底布鞋一双，坐半个钟头，能下地，欠随和。其间，掉泪若干。

公家私家的总结表格上，多半是掐指年末的碎账。像菜场小贩在收摊，已经不肯招呼正走来的最后十来天。叫人惶惶。也难怪，就这几天了，时间像一块华美的边角料，用也用不上。

逛江城，目光自千万件华衣间游荡，心不怦然。煞是苍凉，像三十年的纸上痴情，一朝谋面落空。

（二）

天未雪，炉已香；心渐宽，事渐少。

夜来那官人抚肩道：脂厚了！心下叹：这人！将我识得透了！我的影！我的骨！

早上，太阳起来得迟，我比它还迟。人到岁末，越发像懒牛，看看已到了田埂头，不肯再多迈一步了。近十点，门被敲得生响，只缩脖子窃笑，也不应声。知道是邮差，是报刊、信件、稿费单。他不知道我还在窝里，我却知道，他待会儿一定会无奈地把东西从门缝里塞进来。然后，待他脚步声在楼道里远去，再弓着腰，哈着气，去捡，省略寒暄。

早年的梦想是，有一座古堡式的房子，是欧洲中世纪的风格，向阳，独门独户。还要有木制的栅栏，齐腰高。邮差在栅栏外摁响铃声，我拖着长裙子去接他手里的报刊信件。儿子在院里逗狗，先生在修剪花木，嚓嚓嚓。阳光院里院外，一大片一大片。

（三）

一年又一年！

有编辑要退休了。曾经来往默契，我去稿子，他来稿费，彼此都勤。没想到，冷不丁，老人家来信，寥寥几句竟谢意殷殷，并道他过完年底就退休了，留下两位新编辑的联系方式。心底一阵潮涌。想着，哪天要是到北方去，定要拜会！旧时代过来的人，实诚，可信。

愿明年，能得十方之助！愿我，能帮助更多的一些人，不是佛，却像佛前一盏小小的油灯。

下午收到《巢湖作家》两本，不知道是李丽姐寄来的，还是文玉姐？信封上，我的地址和姓名，那两排字，洋洋洒洒！

那一刻，心被拎了一下，忆起，我在江北，隶属巢湖。仿佛自己是一颗尘埃，潮了的，一味地，在地图上朝着南边坠落。忽然间，一根线，将自己扯了一下，扯回去。

曾经，心狠，我愿长江不要那么婉转，那么九曲回肠地绕一块我的平原。我愿它是一把利刃，直直地，穿过，割开。一梦醒来，我生在江南。

……

就让文字，替我完成归属，完成抵达吧！

（四）

快三十号了。时间，一分一秒里过得都是惶恐。像穷汉的老婆，怕真是怕，虽然不曾有大的挥霍，可偏偏是一坛米就已经见底了。心就凉了，凉到坛底。竟忆起当年的出嫁，也是惶恐。往时间深处的每一步，都有不安的。

电脑键盘坏了，去无城买，顺带会友、逛街。至日暮，寻得一颗紫色水晶戒指，一款黑色风衣，穿上，像旧小说里飞墙头的女侠。会友其间，和她聊各自先生之长短，同窗女友今夕之贵贱。老版本的话题了，可放之四海。天黑坐车回家，一路上看玻璃窗外的寒凉田野，和亮起灯的村落，无语，感恩。

（五）

可以闲些了。借着门外的雪封了天地，可以偷懒不出门。然后就着取暖器，做些针线活，或者看书，或者斗嘴。农历年底的时光还有几天，可以坐在家里挥霍。像农妇把怀里的谷子一把一把地撒在地上，一部分被芦花鸡啄食，一部分在土里发了芽。小民的幸福就是这般，一年的稻粱搬在仓里，此刻就剩下抱炉看看天黑了。

白天短，夜就长起来，怀里的故事也长起来，枕头上的小话多起来。真的是闲了闲了，对着晚雪，可以说一说，那年那年……

寻你，然后不见

读书读到一段旧事。

说的是晋朝大书法家王羲之的儿子王徽之，在一个雪夜，忽来兴致，竟从山阴家中出发，披蓑泛舟过剡溪，去寻访好友戴安道。待至戴家门口，却转身吩咐回舟而归，不敲门，不会友。人问其故，答：乘兴而来，兴尽而返，我又何必见安道呢？

有时想，若安道那夜，在那一个美好的雪夜里，燃一支烛，置一副棋，开了门，有心无心地等一个有兴致的友人，那会是怎样的一幕情景呢？是把酒，言欢，吟诗作文，然后抵足而眠？终归只是我庸常的痴想罢了。这寻友，但不求一见的一桩逸事，实在是够洒脱豁达的。回去，好一片白茫茫的辽阔山河啊，雪迎雪送，尽兴则已。

有约不来过夜半，闲敲棋子落灯花。这是等人不至的自在悠闲，在古人伶仃的身影里，不见也总是别有一种境界。

想起自己的一桩旧事。那年冬天，我穿过熙熙攘攘的人群，踏上那座长长的桥，想去寻找心里的那个人，想和他在桥上相遇。我裹着紫色的长丝巾，丝巾的一头遮住了我长长的发，和冰冷的大半张脸，另一头在风里高高低低婀娜地飘扬。我想，那个人是知道我偏爱紫色的，他若看见风里的一片紫色的云朵飘过，他该知道那是我啊。哪怕，只是看见了我的背影。

我一个人走完那座长桥，然后一个人回来。桥上的石柱，扶去是寒的，桥下的芦苇敷了层白霜，也是寒的。也记得天上是有阳光的，像糊了层旧报纸的老式灯。我回望桥下那一片渺茫的流水，转身回去，来来往往的路人，他们不知道我心里的忧伤，包括我心里的那个人也是。可是，我还是一个人寂然地回来，不肯寻到他的面前。我想，寻找了就够了，能遇则好，我是不强求一见的。那样的一个冬天，我心里沉沉地装着一个人，然后在人群里寻找，我的内心，我的时光，已经是丰盈的了。

有人说，人生就是不断和自己邂逅，能和自己相识久处交心的人，都是和自己灵魂相近或某些地方相似的人。那么，寻找一个人，其实就是在寻找自己，或自己的一部分。红尘是拥挤的，又是寂寞的，目光自千万人的头顶掠过，难能寻着一根值得栖落的寒枝。能有一个人，让自己想起，让自己起兴去寻找他，已经足够幸运。能有一个人，让自己隔着岁月经年，在泛黄的纸间寻找他的字迹，在午夜寻找他当年的笑脸，已经足够美好。未见的那一点遗憾，就当是清茶的那一缕苦香。

千百年前王徽之的那个雪夜，千百年后的我的红尘，因为有过不在乎一见的一寻，都变得美妙，芳醇。寻你，但不见，像寻找秋天的人，脚步已经踏上了洒满阳光的落叶，已经周身是秋的浓香，秋的声息。

寻你，纵然不见，我的人生已经大尽兴了。

观　音

旧文学里，写男欢女爱常会闪出一个比喻：观音，将漂亮女子当作观音。二十郎当岁的文艺男，在古旧的时代里，睹美女芳容的频率还不及在庙里睹观音菩萨，所以偶一见艳色女子，内心那个小宇宙十方震动，难免要把她惊为神仙了。

《西厢记》里张生在普救寺初遇莺莺，痴看了小半日，恋恋着又目送人家走远，“兰麝香仍在，佩环声渐远。东风摇曳垂杨线，游丝牵惹桃花片，珠帘掩映芙蓉面。你道是河中开府相公家，我道是南海水月观音现”。于是决定不往京城去了，就在寺里拾掇个房间住下，半是看书半为着看观音一样的美人。无独有偶，《牡丹亭》里，柳梦梅在道观里拾得杜丽娘的自画像，展开一端详，叹道，“呀，一幅观世音喜相……”我私下揣想，不只是这些文艺男少见多怪，错把美女当观音了，恐怕还有一层滋味在里面，那就是漂亮的女人在他们的眼里心里，是有着远意和神性的。

也许，每一段感情的起初，女人的位置都是观音一样的位置，被他膜拜与尊崇。一个捻花浅笑，被相思灼痛的他，便成为你要普度的众生。当时自然不知，有一天，菩萨会走向民间成为百姓，美女观音褪去罗裙就是一褶皱满身的泥人。有一天，我们也许会在佛堂里谦卑跪下，生活的小船四下里灌雨漏风，无力无望中于是去跪拜泥塑的观音。

有一朋友，人长得瘦瘦怯怯，信佛，逢闲会去各地的庙宇瞻仰观音容颜。她低声跟我说，各个寺庙里的观音是不一样的。我听了，心下轰然一惊，想起往事。

许多年前，我也是逢庙必进，进香，或者转转。有一年，心如长满青草的故国废园，又荒又乱，于是跪在观音脚下，抬头与观音的脸默然相对，祈求有一束光直达我心，从此豁然空明。观音低首垂眉，竟是一副凛然的表情。分明像一位生气的母亲，手执桑条，站在村口。而我，正是那个因贪玩或因迷途而迟归的孩子。

或许，每个人的身体里都同时住着一尊佛和一个魔，一个在高处审视，一个在低处迷惑。我不是盲目迷信的人，我喜欢到庙里去，我跪在观音脚下仰视神灵，那一刻，内心空阔宁静如晨光里初醒的湖。我知道，我仰视的不是母亲的桑条，不是一尊石膏像的观音，而是，一个魔性的自己望着佛性尚在的自己惭愧得心上发紧。佛家说，每个人身上都有佛性，每个人都可以成佛。在与观音相对的长久宁静里，蓦然懂得，菩萨不会给我光，只有我自己挥斧铲尽荆棘藤蔓打开重门，才能迎来光。光一直都在，在门外。而信佛不是双手伸向神灵要金要银要富贵和权势，而是，在岁月的那些幽暗里，让自己做一个小小的观音。让自己成为一颗小小的发光的佛珠，把光播洒出去，在照亮别人的过程中发现自己也被别人照亮。在给予他人安宁中，自己也获得安宁。

有一年春天，跟一帮朋友去山中玩，春风浩荡，野花满山。山腰卧有一庙，红瓦黄墙，巍巍几幢，颇有几分规模，只是寂寂无声。春阳倾洒在山坡上如佛光普照，我在佛殿前匆忙游览，怕惊了菩萨们的沉思。可是，一尊卧睡的观音像却挽住了我急走的心，彼时内心震动，仿佛于电闪雷鸣之中忽然瞧见另一个浑重宇宙的存在。那尊观音，横卧在莲花上，右手腕支在耳鬓里侧，安详垂眉，似在打盹又似在听人诉说，不悲不喜不怒。都说观音有千手千眼，可以救众生于苦难，可是面对那尊卧莲观音，我只觉得那像是我的祖母。

祖母躺在夏日的竹凉床上，侧着身子，一手支在花白鬓边，一手执一把蒲草扇搭在腰侧。门外蝉鸣如沸，祖母瞌睡来袭，她半睁半闭着眼睛，似乎睡着了，又似乎还在偷看一帮不听话的孙子孙女，还在不在膝边在不在阶下。池塘里鸭子们戏水扑腾，祖母担心是孙儿们偷下池塘，于是用力睁开了细长睡眼，鱼尾纹荡漾。多少年过去，想起微胖的祖母侧睡的身姿，就想起观音。人老了，老成一尊观音，世事洞明之后唯剩下这和善慈祥，剩下这软和暖，真好！

观音很远，在高处；观音也很近，在低处。

理性的虫子

(一)

菜园翻地，翻出一只虫子，又白又胖，侧卧，默不作声。

惊讶虫子的越冬方式，就是找个僻静的地方，睡大觉。啊，睡觉比在人世跌跌撞撞好。天又冷，霜过了，还有雪，菜地里的冬季菜又不爱吃，于是很有志气，不吃，睡觉去。

我们到底短了些志气，喜欢耗着，不爱的事情上，却还要霸着位置，充数。

该要学学一只虫子，退守，寂寞着，也柔软着，为来年积蓄力量。

(二)

10月份去了趟外地，晚上在人家的广场上，看人家放孔明灯。一只只灯，像座小小的红房子，摇曳着升到夜空去。孔明灯是寂寞的，它自己燃烧，自己照亮，靠自己的力量升空，然后烛尽灯灭，从高空中跌下来。

想想此下，握在手里的，高度，温暖，安稳……又可做多久的相信？又会在哪一阵风后化作寂灭？尽管如此，我却依然喜欢靠着自己的翅膀飞翔。

（三）

一日一老。

这是真的，别不信。

爬山虎的藤子张牙舞爪贴在高楼的西墙上，叶子落了，现在洒在上面的是薄薄的暮光。

以前我高楼怀人，现在我不了。现在我偶尔犯犯腰疼之类的小病，账不能光算在伏案久至上，还有年岁不饶呢。

现在我偶尔听一回情歌，想想，还觉得自己矫情，男欢女爱，那是别人的事情。如有道友来约，一起听听山中落叶的声音，定当欢喜。

（四）

日子素色。

不化妆。不写信。不会友。不远游。

在霜后的清晨上菜市，买雪里蕻芥菜，赶太阳满满好的天气晒、洗、切、腌，忙到月上柳梢。在雪前的黄昏，给家人买保暖的鞋子和衣服，给自己买暖手宝。年轻时候，爱情可以搀扶我们穿越一场冬天的寒冷，现在，更依赖物质，因为不会受伤，没有纠缠不清的后患。

（五）

书成为点燃在掌心上的蜡烛。

开始靠着一本本书，靠着它们的光亮，伞一般撑开一个个中年寂寥的夜晚。

世界很小。无处可去。我们都是盲眼的蜘蛛，辛苦结网，缠了别人，也缠住自己。眼前人，手中事，都不是说丢就可以丢。

也无处可退。该守的寂寞，该遭的误解与不快，都得面对。生活是一盆脱下来的脏衣服，要继续明天的新好日子，就得每日每夜将日子里的尴尬与疲倦等一一消解掉。每一个平坦安稳的日子后面，我们都暗暗藏了些负累与委屈。

靠着理性，缝补感性日子里的疏漏与残缺。

（六）

多年不哭。

院子里的蛐蛐在三两遭霜后收住了嗓子。和我一样，已经习惯沉默。

风掠过雁翅，掠过林梢，候鸟已去，万木萧然意远。我们都不悲伤。我们都是低处走动的人。

落叶在雪水里渐渐化作腐土，时光代替落叶继续纷纷扬扬，尘世是一捧寒凉的泥土，我们默然无须多言，暂时寄生，像一只越冬的虫子，等待各自的春天。

日暮苍山远

读唐诗，读到“日暮苍山远”。彼时天色欲暝，心底冷泉一般沁出来的尽是幽眇难言的中年如寄的心情。

“日暮苍山远，天寒白屋贫。柴门闻犬吠，风雪夜归人。”

是日暮苍山远啊！在日暮时分，在连绵的苍山对面，谁人，忽生了苍寒的远意？

我也是。在岁月的路上，在中年，抬头已见红日渐沉，而苍山如海，还在遥远的前方。那样的高度，今夕已不能抵达。

在未至中年的那些锦瑟年华里，我曾读过那么多有关“日暮”的诗句：“日暮乡关何处是，烟波江上使人愁”“移舟泊烟渚，日暮客愁新”“山中相送罢，日暮掩柴扉”……那时虽觉诗句间有凉风，但到底未解其中的清哀。只有到了中年，到了晚风萧萧吹拂华发偷生的中年，才蓦然惊觉自己已踏上“日暮”归去的逶迤小道。才知道，我行走的这一条长路，太阳也会，一点一点，一点一点地落下去。暮色苍茫，山川静穆不语，我不得不面对低头寻找投宿处的命运。

记得，头上的第一根白发被发现时，我的仓皇与震惊。面对那第一根叛变的头发，我是几乎含泪颤抖地跟家人说：帮我扯掉它！

“白发总会生的！”他在镜子边安慰。

“不可能！不可能！”我还没做好生白发的准备；潜意识里，我以为白发永远只会长在别人的头顶里。

还想学门外语漂洋过海呢，还想卷土重来认真地谈场恋爱呢，还想……可是，华发初生。是啊，抬望眼，还有那么多的春天没有晤面，还有那么多的山川没有跋涉，还有那么多的远方没有抵达。可是，走着走着，日暮了。真的日暮了。苍山隐隐，笼罩在暮霭里，那么远，那么像梦。不甘心。不甘心，也是日暮了。

是日暮苍山远啊。一路穿村过店，睥睨红尘，可是一颗心终于在日暮前，放低了海拔高度。总要收了脚，收了心，总要借一座宅院来投宿，来安排这黑暗下来寂静下来的时光。总要归于庸常，低眉在烟火俗世里，因为要老了，要老了啊。

再远的旅程，都要在时间面前，在宿命面前，慢慢掐短，直至掐断。

“天寒白屋贫”，曾经那么慷慨昂然的步伐，终于要停在一座贫寒茅屋前，小格局地，清寒不尽地，收拢一颗奔走远方的心。此刻，才知道，韶华的华冠一去，我不是君王，不是江山无疆。我是个旅人，日暮不得不投宿的旅人。躬身叩门：借问可宿否？在此天寒之际，在千山遥遥的尘世，只此一间低矮的白茅覆顶的小屋。

我以为，人生就这样了：你有壮心，可是已经日暮苍山远；你要面对现实，认领的是这天寒白屋贫的命运。人生的低回婉转都在这日暮之后的时光里，在这局促寒冷的乡野柴扉之后，在漫长的清寂无伴的空旷里。

可是，我怎么会知道，夜深之时，柴门外犬吠声起？簌簌，簌簌，吱吱，吱吱。谁人的脚步，从风雪深处一点点贴近，停在这扇柴扉面前？

是风雪夜归人。

他推门，进屋，一身清冽之气。他解下覆雪的斗笠和蓑衣，抖了抖碎雪，将它们挂于墙壁。他生火，煮酒，邀我同饮。我不知道，他是这芙蓉山的主人，还是和我一样，也是一个投宿白屋的旅人。

我们喝酒，说风雪之大，说苍山之远，说山中空旷人烟稀，说日暮途穷的不甘心。说着，说着，我们都像是这山中的主人，又都像是这冰雪天地之间的来客。

在日暮之后的冷冽阒寂时光里，还会得遇一人，与己共饮这夜半时的浊酒，这风雪载途时的无边孤独。

在红尘之间，在我们并不辽阔的生命里，原来还有这样一个风雪夜归人。他是我最亲最近的人，他先于我偷生华发，懂得我面对垂暮渐近时的惶恐不安。他是春水渡船上的过客，与我偶然相逢，只此一遇，便如佛前那一拈花微笑。他是我流连书页之间时，仰望的那些伟大而孤苦的灵魂……我和他们，都活得空旷遥远，都壮志有未酬。

我泫然欲泣的感动是，在日暮之后，未抵苍山，却得遇归人。

书法之冬

春和夏都很肉感，特别能喂养视觉。秋和冬，尤其是冬，这两个季节似乎就是用来砥砺精神的。在秋冬，肃杀和酷寒之气里，人似乎只能靠精神而活。

在冬天，人是内敛的，节制的，向内而生。向内而生，就静寂了，就有了禅味和圣人气象了。

所以，秋天宜相思怀远。

《诗经》里，写恋爱追慕多数是春夏季节。到了秋天，就是怀远了，可望而不可即，人活得形而上。“蒹葭苍苍，白露为霜。所谓伊人，在水一方”这样的忧伤，放在春天和夏天都不够清远悠扬。

冬天宜喝茶读卷下棋悟道，还有，就是侍弄书法。

书法应是冬季诞生的，我猜。你看那些线条，好像落光了叶子的树枝，粗粗细细，曲曲折折，或旁逸斜出，或肃严端然。这些冬日苍黄天底下的黑色树枝，被一抽象，一组合，就成了宣纸上黑色的字。

楷书端然舒朗，可匀匀透进日光，它是江南的山地上整齐栽种的桑。桑叶已凋，蚕已结茧。缓缓向上的山地上，只剩下这些行列整齐的桑树了，像日子一样简洁寻常又蓬勃有序。

行书是杨柳岸晓风残月，柳是冬天的柳，月是冬天的月，既风情飘逸，又有一种苍老与霜意。它有一种柔韧的骨感，又仿佛是旧时士人，身在江湖，心系庙堂。

草书，好像大雪来前，狂风一夜，山山岭岭的松枝都在一身怒气地舞着，在风里舞着，柔中带刚。古筝曲《林冲夜奔》听起来，就有一种野气和生气，像草书。

篆书是《诗经》里“风雅颂”中的“颂”，庄严贵气，深厚圆融，每一个字都像是在冬日进行一桩古老盛大的仪式。或者是在讲述一个上古的神话传说，讲精卫填海，讲女娲补天，深具大气象。

隶书工整，透着方正平和之气，有些四海一统的意思。那横竖撇捺之间，很是规整，仿佛是说，服装统一了，语言统一了，度量衡也统一了，从此纲常井然，该放羊的去放羊，该织布的去织布。

古人真是太聪明，把那么多的事物和人情抽象成线条来——组合成为汉字。留下我们后人没事干了，干歇着又无聊，枯冬又漫长，大雪封天地，只好喝茶、下棋、练练书法。或者画画水墨，把那黑色的线条稀释延展开来，成为面，成为一纸江山。

如果说，各种闲雅之事也都有归属的季节，我以为，刺绣属于春天，书法属于冬天。戏曲属于春天，读史属于冬天。

刺绣属于春天，因为它绚烂明媚。冬天若是刺绣，太苦，苦到让人忘记了刺绣本身的美。

唐诗《贫女》里有句子：“苦恨年年压金线，为他人作嫁衣裳。”这样的刺绣已是谋生，想必时时会被催要而赶工期，深冬腊月也要绣。

戏曲属于春天，让人想见两情相悦的美好。就像《牡丹亭》，因爱在春天死，还会因爱而生，迟早都是要相见的。

有一年冬天，路过一乡间戏台，见有红男绿女在台上迤逦走动，因了彼时的天寒野旷，我总觉得那演的是《孟姜女哭长城》一类的苦情戏，即使有欢颜，也只是暂时。好戏要在春天演。

冬天就留给书法吧。

在冬天，雪一下，天地就空了，人也生出了失重的虚无感。在这茫茫的白的世界里，能对抗的，只有黑色。当一页米白色的宣纸展开，一管羊毫喝饱了墨就动身——它迈向宣纸，那步伐，疾走是草书，漫步是小楷……每一根线条，或禅或道，都像是阅尽人世沧桑的人最后蓦然回首，转向内心寻找出路。

大　雪

一直喜欢张岱的《湖心亭看雪》。“大雪三日，湖中人鸟声俱绝。”这个世界万籁俱寂，只剩下雪，剩下天地一片大白。于是舟子划船，主仆去往湖心亭看晚雪。

这则小品文感动我二十余年的，不只是西湖雪景，还有那一晚，在湖心亭上，张岱遇到了一个跟自己相似的金陵人。那个金陵人，在张岱的小舟抵达之前，已在湖心亭上铺毡煮酒。那个人，见到张岱也大喜：湖中焉得更有此人！

那一晚，张岱也一定感动。他自己，是“余强饮三大白而别”。他的舟子是喃喃道“莫说相公痴，更有痴似相公者”。

那一晚，明的遗民张岱在凛冽雪气面前，饮了三大杯酒，内心暂得安慰。他行走在一个上下一白晶莹剔透的世界里，放眼看，白茫茫一片，江山还是旧时江山，只是明朝是回不去了。飘飘荡荡的生涯里，竟还能遇到一个同样赏雪的人，让一颗孤寂多年的心忍不住借着三杯酒停泊了一下。是的，那是个金陵人，明朝旧都的金陵啊！

我常想，有一天，我们老了，光阴就像那个大雪三日的西湖，茫茫的上下一白，我们还有没有张岱那样幸运，在晚雪面前，在清冷冷的湖水之上，遇到一个痴人，像我们自己一样痴？两个人一起，同醉同归。

我记得，在一个同样大雪的天地里，宝玉出家了。

《红楼梦》第一百二十回里，贾政扶贾母灵柩回金陵安葬，回程的船上正写家书，抬头忽见船头微微雪影里一个人，朝他倒身下拜。待贾政上岸去寻，转过一小坡，人影已是倏然不见，唯剩下白茫茫一片旷野。

宝玉走了。宝玉在茫茫白雪的世界里，飘然遁去。

天地大白，他在雪地上留下的一串脚印，很快会被一夜的飞雪覆盖，抹平，像他不曾来过，像这个世界真的只是做了一个梦。

宝玉走得那样决绝，对于父母妻子，他是皆无留恋意。这样的决绝，让人觉得他不像是出走，倒像是千里万里地回家，回另一个真正的家。回到幻境。

最近迷上一个名叫张望的摄影师的作品。他的作品奇美，他的经历传奇。据说他卖掉自己的公司，只身进了庙宇，却不为出家。

张望在寺庙里，举着相机，拍佛像，拍僧人，拍寺庙后面青藤缠绕的古桥与潺潺流水，拍朝雾里初绽的白花和香炉里袅袅升腾的烟雾……在他的镜头里，阳光透过廊檐下的玻璃，斜斜照射在正坐禅的僧人头顶上、肩膀上、脊背上，仿佛每个僧人都成了佛，无限光明，无限慈悲。

我最爱玩味的是他那幅寺庙覆盖白雪的照片，层层叠叠的屋顶一片冷白，想必彼时香客寥寥，庙里清寂。覆了白雪的飞檐下，一行身着黄色僧衣的僧人从庙里走出来，他们踏过石阶，踏上石桥……画面冷冽，阒寂，遥远，庄严。让人忽然顿悟，生命在天地之间，该是这样珍重以待。

张望的作品，静寂，空灵，悠远，又有生机。他住在寺庙里拍寺庙，他的心里住了佛，所以他眼里的世界，纤尘不染，古朴清幽。他的心，纯粹得如同白雪覆盖的世界，也是上下一白。

为张望感到欣幸，在梵音和佛影里，找到了自己摄影艺术的根，也找到了灵魂的根。他是个有归处的人，看他本人的照片，嘴角上扬，眼神温和，神情像秋叶铺满大地一样辽阔安详笃定。

朋友在微信里晒照片，也是一幅雪景，我看了，心疼半天。一望无垠的雪，雪上没有脚印，没有……雪的尽头，是一座飞檐黄墙的房子，大门紧闭——那是一座寺庙。我看了好久，好久，莫名想哭。

有一天，时光如同纷纷扬扬的大雪，而我，长路跋涉，已然是厚厚的白雪在肩。彼时，在白雪尽头，有没有一座覆雪的房子，吱呀一声，深深地打开，为我？

杜仲那么疼

到山中去，遇见杜仲。

杜仲是树。一种怀有药性的树。

在气候湿润的长江北岸，在含山县镜内的太湖山上，一片青葱茂盛的林子铺展在一片向阳的缓坡上。引路的向导轻轻手一挥，道：喏，那就是杜仲。转身看去，我的心上仿佛有露珠在草叶上欢喜颤动，只觉得如遇故人。

一直觉得“杜仲”这两个字是一个人的名字，一个男人的名字。这个男人生在民国，穿洗得发白的长衫，教书为业，兼以养花种草为乐。五四的狂热与激情慢慢在他身上平息，他像一条河流已经走到中下游，宽阔，平静，淡泊。杜仲应该是一个很平民的男人，有烟火气，有书卷气，浑身散发温暖的气息，适合做相伴一生的人。两个人一起做完家务，围着桌子同饮一壶暖暖的下午茶，看着日头从花架子上缓缓掉下去……

我在太湖山的林子间小伫一会儿，端详杜仲。它们该有两三层楼那么高了吧，椭圆形的叶子层层叠叠，高高撑起一团浓荫。布满锯齿的叶片在阳光下被风轻轻掀动，似与来客默默颔首示意。彼时已经春暮，没有看见杜仲开花，想来花是早已经谢落。年节已过，红装收起，素衫上身来持家。不知道那么高的乔木，若是簪上花朵，会是什么样子。回家上网查阅，杜仲竟然还有雌雄之别，雄花开得灿烂，白白粉粉的一簇，如同热闹的蝴蝶会；雌花开得素洁雅静，矜持如小门小户的女儿，青衫绿袄包叠得紧紧。

直到有一日，在一本关于中药的书上读到“杜仲”名字的来历，心才疼起来，原来杜仲真的是一个男人的名字。只是远不是我想象中的那样的男人。传说自然是遥远的从前，洞庭湖上有个拉纤的纤夫，名叫杜仲。因为长年弯腰拉纤，他的同伴们都患了腰疼的顽症。为了给同伴们治病，心地善良的他揣了干粮上山寻药，吃尽苦头，经老翁指点，才寻到了他要找的那种树。他采集满筐满篮的树皮，却因为饥饿和疲劳而昏倒，然后被山水冲进了八百里洞庭湖中。待同伴发现他，他已经死了。同伴们吃了他怀中抱着的树皮，腰疼病去，于是给这树皮隆重取了名字，就叫“杜仲”。

这故事实在让人心疼。一味药对一味病，每一味药的寻找都是不易，如同一个女人要找生命里与自己刚好对应契合的那个男人，也是不易的，需要多少机缘与上下求索来成就啊！

不只叫杜仲的这个男人让人心疼，叫杜仲的这种高大清俊的乔木，因为身体的药性，它的命运也令人疼惜不尽。杜仲作为药材，提供的主要不是花果叶枝，而是皮。是它的树皮。幼时常听长辈一句话：人活一张脸，树活一张皮。记忆里，我的父亲很少去伤及那些树的外皮。而我幼时，曾经好奇用小刀去按向门前一棵楮树的树皮时，竟见奶白色的树汁汩汩流出，自刀面上斜淌下来，一滴滴砸在脚尖处。那是树的眼泪吗？我想。自此不忍再伤害它们。可是，杜仲的一生，却是遭受千刀万剐的一生。

初冬来临，楼下有人在修剪香樟，好接阳光入室，空气里流溢着树木特有的体香。我闻着这些潮湿而奇异的木香，忍不住遥想山中的杜仲们，不知道这个时候它们是怎样的境遇。也许，在一个薄阴的天气里，采集药材的人进山来了，在一棵棵名叫杜仲的乔木面前站定，取出明亮的刀来，在树干上环切一刀，再环切一刀，再补上纵切的一刀。剥取树皮……背篓提筐地出山。留下那些疼痛的树木，自己独自收敛伤口，慢慢生长，重新复原，直至两三年后的采集刀再次从它身上经过。

这样一想，心下不觉生起寒意。杜仲如果还是一个男人，他一定不是篱笆内的那个养花种草的幸福男人。这一世，一定有那么一个或几个人，被我们一次又一次地伤害，如同杜仲。只是，他静立在时光之后，默然无语。

忽有斯人可想

只是一低眉，月光片片，缤纷落于脚尖。

只是一低眉，那个人，便清澈浮现眼前。才下眉头，却上心头，这便是想念。

会忽然想起某个人。想起时，世界万籁俱寂。

记得一个秋天，采风，跟邻座的友人闲聊。聊写作时的状态。我说，写东西时，是一个微微低温的状态，像一片湖水笼进了暮色烟霭里，又凉又苍茫。

想念的那一刻，也静寂，也低温。就像清夜灯下的写作，一个人。

“扬州八怪”之首的金农，曾经在一幅山水人物画里题句：此间忽有斯人可想，可想。

真有性情美的句子。看三两根瘦竹，看一二片闲云，一刹那，一恍惚，忽然就想起某个过往的人。忽然间，心如春水，就荡漾开一片潋滟波纹。

忽有斯人可想，斯人，是旧人。住在旧时光里，住在内心。像冬眠的爬行动物，惊蛰一声雷，他在心里软软凉凉地翻身。

是忽有斯人可想，这想，既是缺憾，又是圆满。

春日迟迟，光阴寂寞慵懒，于是，出门看花。是一个人，坐车去山里，看桃花。

山色明媚。山势在阳光下绵延起伏，登高远望，一派清旷。桃花在山坡上，不是一棵一棵，而是一片一片。一片一片的烂漫云霞锦缎，点缀得巍峨大山格外有了脂粉气。

看花的人，双双对对，像《梁祝》里的彩蝶翩翩。忽然心上就漫进来一片潮润水汽，是想起他了。

那时候，彼此还年少，约过一起来看桃花。

那时候，彼此都以为，青春好长。好长啊，像花事，一场又一场。

转眼已不青春。是我一个人来看桃花。

桃花开得热烈，还是闲寂，只我一人知。

如今他在哪里呀？是否已经忘记和我一起看桃花的约定？是否，他的心已老，老得春风都已扶不动？

这样一想，心就黯然起来。眼前漫山遍野的桃花，开放的，开始一眼一眼地凋零，未开的，也幽冷得开不动了。

可是，这么多年过去，在这样盛大的春色面前，我想起他了。

想起他。想起，又觉得时光已经充盈饱满。

他呀，大概就像桃花装在春天里一样，装在我的心里了。一年一会。春风一起，就会想起，明艳或萧瑟，都在心里。

生命里，脚印深深经过某个人，这生命便从此着染了他的声息。不管这人和你有多少年未见，和你隔了多少条街道多少个城市，只要一想起，依然那么近。因为，都在时间里。

时间像月光，又广博又清冷，笼住了每个人。因此，我无须踮脚探询，你在哪个方向。我只要一低眉，便能感触，你和我一样，在人群中，在时间的洪流里，向前，向前。想起，便觉得温暖，也想要叹息。

大雪天，一帮子人在小酒馆里，喝酒，胡侃。空调的暖气开得好足，个个粉颊红腮，像桃花盛开，争奇斗妍。我融入其中，常常背叛，内心背叛，一阵一阵落寞。在最拥挤最热闹的场合，会内心清冷，会忽然想起某个人。

仲秋时节，月亮白胖浑圆，总喜欢一个人出去走走，总喜欢去往路灯照不见的空旷处。是为了一个人去吟读苏子的句子吗？但愿人长久，千里共婵娟。

这婵娟的白纱衣里，也有他呀。他如影随形，他化成月色，化成桃花，化成空气，化成时间……每想起，斯人皆在左右。

除岁的烟花在墨黑的夜空灿烂开放，将天空照成花园——又长一岁了！心里一叹。是啊，那个人，和我一样，又老了一岁。我们都，无声无息。无声无息地老下去，偶尔想念，忽然想念。

想念时，听听《当爱已成往事》。

有一天你会知道
人生没有我并不会不同
人生已经太匆匆
我好害怕总是泪眼朦胧
忘了我就没有痛
将往事留在风中
……

往事在风中，我们也在风中。总有一阵风，让我们与往事，睹面相逢。已经不奢求，时间的倒流。

只是想想，想想而已。一凝眉，你在眼前；一低眉，你在心底。便已懂得，便已知足。

君子颂

——读《樛木》

南有樛木，葛藟累之。乐只君子，福履绥之。
南有樛木，葛藟荒之。乐只君子，福履将之。
南有樛木，葛藟萦之。乐只君子，福履成之。

——《诗经·周南·樛木》

如果人类真是从海洋动物进化而来，那么当我们爬上陆地那刻，欣欣然四顾之后，一定首选向丛林进发。

是的，一定是丛林，在那里构木为巢。然后，男人像高耸的乔木，女人像柔美的藤蔓，相互依偎纠缠，世代繁衍，造出人世风景。

当我读到《樛木》时，曾经的那些林间行走攀登的记忆一下闪出脑海。

不论是在安徽的皖南山区，还是行走于广西的桂林山水间，在那些连绵的山脉丘陵上，枫、榆、乌桕、杜仲……那些有着各自动听名字的高大乔木，从低矮茂密的灌木丛中挺拔向上，向上生长，枝叶婆娑，风一起，那些枝叶优雅地向云朵和飞鸟轻轻致意。

我在这样的山野和乔木之间，见过许多攀援类植物，有野生猕猴桃，有花开火艳的凌霄，还有葱绿如墙的常春藤、辟荔。其中，还有开紫花的葛。

枝蔓柔长的葛，在《诗经》里频频出现，大多时候是关乎劳动的。古旧年代的人们，服装原料贫乏，葛纤维成了纺织和制衣的重要选择。但是，像《樛木》这首诗里，只是呈现葛的生长姿态的诗句实在不多。

“南有樛木，葛藟累之。乐只君子，福履绥之。”

仿佛此刻，葛，终于闲下来，很是形而上地，被当成了风景，被人们所欣赏。

其实，人们不是欣赏葛，不是欣赏它累累簇簇叠起的翠绿。人们欣赏的是，高大挺拔的樛木，枝叶优雅地八方伸展，而柔长的葛，在这棵樛木身上，一路铺展开它的绿叶和紫花，铺展它的生命芳华。

看着这样的乔木和葛藤相互拥抱生长的葱茏之景，总让人联想到爱情，联想到伟岸的他是乔木，温柔的她是葛藤。

南方有民歌唱：山中只见藤缠树，世上哪见树缠藤。青藤若是不缠树，枉过一春又一春……

是呀，南有樛木，葛藟累之，这样的藤缠树的景致，早在三千多年前的诗经年代，我们的先人就已经用它来表现男女爱恋，表现隆重的嫁娶。

《樛木》，便是这样一首祝贺新婚的民歌。

那也许是一个深秋或初冬的黄昏，田地里的庄稼已经收割归仓，忙完了大地上的劳动，人们开始安排子女的嫁娶。男婚女嫁，小家幸福；繁衍后代，人世才有了浩浩荡荡绵延不尽的生机。

在牛羊烹熟飘香的村庄里，孩子们早早等在村口，车声辘辘，牛车在暮色里一点点近了。在一个村庄人的眺望里，新娘子进了村，到了新家的门口。欢乐的鼓吹，蒸煮着黄昏的空气，人人的脸上都笼罩着喜悦的红晕。

那个幸福的新郎官，扶着牛车上下来的新娘子，他们相依相携，一步一步，走进他们此后共同的家。

此后，他和她，将如影随形，将如葛藤紧紧缠绕乔木那般，一世相伴。

从这一天起，他不再是男孩。从这一天起，他已成人，成为被众人祝福的“君子”。

从这一天起，他要像一棵樛木，挺拔生长，擎起苍穹；同时还会低下姿态，伸展下垂的树枝，让低处的葛藟轻轻爬上这些树枝，然后沿着树枝一路向上，迎着风日，欣欣然生长。

一位快乐的君子，一定是这样，用自己的善心和善行，用自己善美的品质，去承载一些或稚嫩或卑微的生命的生长。他用自己的心和行，安于他人，助于他人，成就他人。

君子，一定是这样，幸福着自己，幸福着小家，也幸福着他人。他的生命格局是打开的，他的生命版图是不断延伸的……

所以，当他携着他的新娘子一步步移入油灯已经点亮的洞房时，满屋响起人们祝福的歌声。

“南有樛木，葛藟累之。乐只君子，福履绥之。”

父母、兄妹、族人、同村的男女老少，他们此唱彼和，歌声不息。

“南有樛木，葛藟荒之。乐只君子，福履将之。”

“南有樛木，葛藟萦之。乐只君子，福履成之。”

在三千多年前的一场婚宴上，人们对一对年轻男女的新婚祝福，已经有了社会职责的期待，有了对于他成人之后成为“社会人”的美好祝愿——做一个快乐的君子。

君子，他有向上、向天空攀登的巍然和志气，也有向下、向弱者伸手照拂的善意和行动。

山河遥远

从前看画，喜欢看花鸟画，爱在仕女图前驻足流连，对山水长卷兴趣倒不浓。

人到中年，不知几时起，竟喜欢起山水画来。当密密匝匝的生活琐屑层层淹没头顶，再去看那宣纸上连绵高峻的远山，那大片留白虚写出来的江河，以及隐隐的林木和墨点似的小舟，便觉得那是一个中年人梦里想要抵达的辽阔远方，人生至此删繁就简，只留一颗素心与山河相望不厌。

也许，我对山水大画的喜爱，本就是一种潜伏在内心多年的幽情，只待中年的风霜覆肩，就会在困顿与迷茫中，忽然发现，萧瑟处，原来有一片远视角下的高山白水，在向我频频招手。那是等在灵魂幕后的家园，它等我，等我相认。像幼时在放学路上，看见广阔田野尽头，有一缕袅袅招手的炊烟，等我。

就这样，像惦记故园一般，在心底惦记起一片遥远的山河了。背着布包、拎着午餐赶着早班地铁去上班的匆忙中，却在心底装着一片旧时月色笼罩下的山川丘壑。身体跟着现代化的交通工具前行，一颗心却频频潜逃出城，向着莽莽苍苍的大野大河——生命，需要这疏疏远意，来涤荡一下这中年岁月里的潦草慌乱和尘烟拥挤。

记得少年时，曾到一同学家玩，她父亲爱画画，她家的堂屋上方，挂着一大幅山水，是他父亲画的。画里，山峰高耸，云海翻涌，苍松挺立如圣，一轮红日遥遥从东方升起，世界广大庄严，如天地之初。我和同学在画下的桌子边玩着游戏，大门敞开，天微寒，门外行人寥寥，我们像两个不解世事的童子。“松下问童子，言师采药去。只在此山中，云深不知处。”我被这画中盛大的山水气息笼罩，觉得我和同学也到了一个遥远的地方。我们在画里，在画中的山脚下，不知时光悄然流逝，不知人间有病愁离老。

那时天真得奇，我以为同学父亲亲自提笔画东海日出这样的山水画挂在堂屋上方，是为了省下一笔买画的钱，哪里知道画画所费的笔墨颜料纸张的开支远大于我父亲在街上买的一幅印刷厂印出来的画儿。现在想，同学父亲那时正值中年，他画山水时，那笔墨之下的遥远山河大约也是他心底渴盼的另一个广阔世界，他在那个世界里，可以做一只脱笼之鹄，在长风里展开轻盈的羽翼。他如此刻的我一样，把对远方，对清旷的人生格局的想象，寄托在那些墨色山河的画里。

就这样，画画的人，观画的人，在山水大画面前，暗自规划勾勒自己理想生活的地貌。

人到中年后，再读古诗词，喜好和心境常常异于少年时。读晚唐诗人杜牧的《山行》，从前似乎是跟着热闹跑，喜欢众人都称赞的那句“霜叶红于二月花”。如今心意早变，我不管它霜叶红或不红，我已无意于结果，我只爱在“远上寒山石径斜，白云生处有人家”上玩味，因为这句子里有放眼远望的翘首姿态，有目光迢迢不停留的无穷远方。因了这份遥远的意思，连苍石生寒、白云缥缈我都愿意一并收下了。

暑夏，在家里教四五岁的小侄女读孟浩然的《宿建德江》，读到“野旷天地树，江清月近人”，一时神往不已，感怀不已。旷野无边，远天比树更低，而月色沉落江水，它如此之近，伸手可掬。在这样清寂的月夜，人虽为客子，却能暂离世俗烟火，与天地山河如此近距离的相望相拥。时间在这里，清澈如江水；而人心呢，也一定澄澈如月色。

我羡慕杜牧和孟浩然，彼时彼地，他们与山河贴近。哪怕这贴近里有清愁，有冷落。

我想要到那一片广袤无垠又空旷无人的山河里去，将泥沙覆盖、风尘满面的自己清洗过滤，滤一滤，我就轻了。我想要将自己在俗世里摸打滚爬战战兢兢皱缩一团的心一层层剥开，摊平，沿着山川绵延铺开……我想要活得辽阔一点，遥远一点。

慢慢就懂得了美术馆里那些站在山水长卷面前沉默不语的人，慢慢就喜欢跟着他们站在画前，独自感动不言。以目为笔，以墨为脚，我们跟着画者，慢慢走成了山水画里的旅者，我们像是拥有了片刻的远方生活。

第一次欣赏黄公望的《九峰雪霁图》，我被一种圣洁、光明又雄伟、静穆的山河气象给惊到不敢轻语。那是一个怎样的山河天地啊！它美得有一种神秘气息，它美得时间似乎静止。它仿佛就是整个宇宙，巍然的，空旷的，深邃的，无边无际的，既明亮又清冷的。它又仿佛是白莲花盛开在瑶池，一座雪峰，是一只白莲，既接收着光，又生发着光。只是，光是低温的。这个圣洁无染的世界，并不热烈，这里人鸟俱绝，连神仙也隐匿。

九峰雪霁，这真是一个遥远的世界了。

在中年的逼仄光阴里，读这些有着远意的诗词，赏这些山色微冷的水墨画卷，就觉得我一桌一椅的小天地，也暗暗接上那苍茫空阔的远方山河了。

共枕宜冬

共枕宜冬。玻璃窗外，雨雪霏霏，天地荒寒。哪儿也不去，过小民的日子。遥想乡间鸡鸭归栏的样子，双双对对，慢腾腾，昏沉天色里一踱一停：黄昏来得分外早。洗洗睡吧。

想来冬日孤衾是最难捱的，因为昼短夜长。一脚捞过去，捞了个空，只有无边冷气阴魂不散地缠绕。这样的薄凉情景，不思量，若思量怕要苦比旧社会。所以，在冬天，还要有个人，同床，且共枕。

两个人衣服薄薄地卧在一床素衾里，脸对着脸，说说往事。往事丝线般绵长，一个人从记忆里往外抽，一个人绕线算作听众。冬夜这样冷这样长，花花朵朵在心里都蔫了灭了，此刻忠诚专一，做了对方唯一的听众。一个漫漫长夜，话语里磨一磨，就薄了，就短了。

最美好的事是，借冬夜的长冷，天地合一，合伙孕育一个孩子，来年秋天生。来年的秋冬天，便是三人共枕了。两个人，像睡在温润泥土之下的芒草，根根节节拥抱纠缠，默默孕育一个共同的春天。

在冬夜，最喜开一盏不太亮的灯，朦胧的光晕覆在枕上，也覆在彼此的面颊上。灯光里，我们是两朵半老依旧花开的向日葵，盛开给彼此看。温暖地相爱，抑或温暖地老去，在冬夜的枕上。

被窝里彼此双手交握，一只手在另一只手的掌心里，十指乖巧地蜷缩。不说话也好。不说话不对望也好。只这样闭目听着彼此的心跳，将四肢在他的体温里一寸寸地温热。尘世欢爱不是舒婷的《致橡树》，不是木棉和橡树并列站在一起，而是有温差的两个人愿意对流，而是古老的藤缠树。

十指交握，脚尖勾着脚尖。枕上叹一声，十几年过去了，我们还贴得这样近这样紧。这情分，像情侣，像手足，像父女，像母子……其实，就是一个男人和一个女人。就是一个男人和一个女人愿意彼此相守，而无须为这相守去寻形而上的根据。生活的本质就是朴素，它不深刻，不哲学，不云里雾里。两情若久长，就在这朝朝暮暮呀，就在这冬夜共枕里。

冬夜共枕，共的是一份针线细密的情意，是岁月绵长共同走过的笃信，是相守一段人间岁月的安稳。

而记得与你共枕在冬的人，才是你的人。如果写了一年的情书，到冬天，还不曾收到那人回复一字，至此，可以收一收那相思的心了。别指望冬夜的枕下还能压一封那人的回信，来消长夜寂寥。压书吧。如果那一个负心的男人在外待了大半年，到冬天还没回来，那他大约不会回来了。也洗洗睡吧，不用等了。那半方空着的枕上，就放一本书罢。爱情不来，爱人不归，与书共枕。

孤独熊猫

二十多年前，我结婚，朋友送我一只绒布的玩具熊猫。我对布质玩具没什么特别的喜好，于是将这只熊猫收进了木橱里。两年后，儿子出生，七八个月大时，我把玩具熊猫拿出来，“哇，熊猫！”我夸张地做着惊喜的表情。

“哇——”儿子哭了。

他被熊猫的样子吓哭了。在我们以为他肯定会喜欢憨态可掬的胖乎乎的熊猫时，事实上，熊猫于他是可怖的。那时的他，喜欢红色、绿色、黄色这些艳丽之色的物体，而熊猫的颜色只有黑白。而我们以为最可爱的那一对黑眼圈，对于一个幼儿，也许却像黑夜和无底的深潭一样令人不安。

他是过了一年多，才勉强接受这个黑白的熊猫玩具，并且时时以蹂躏这个熊猫为乐。在他心里，这黑白二色的动物形象实在不讨喜，甚至成为敌人一般，他总是骑上它，来消除内心对它潜在的恐惧。

后来，儿子渐大，已经懂得那个绒布的熊猫没有生命，对他不构成任何威胁，便也丢了蹂躏它的兴致。于是，这只熊猫玩具，仿佛垂老一般，完成了陪伴儿子幼年的使命后，又被我收进木橱深处，并且再也没拿出来玩了。

和所有的儿童都喜欢逛动物园一样，儿子六七岁时，在动物园里终于见到围栏里的熊猫。依旧是黑白二色构成的皮毛，只是体格比他的玩具熊猫要大得多。儿子抓着金属质的围栏，怔怔地看着那行动迟缓的兽，看它笨拙地在翻身、打架和爬树，他欢呼雀跃地跟着人群里爆发的笑声一起笑着。

我们看到有一只熊猫沿着水池边缘的石子路走来走去，走到尽头了，掉头又走回来。它俨然不知道它不论怎样走，都是走不出围栏的。我们站在高处的围栏外，像上帝一样俯视熊猫的来回逡巡，只觉得那是萌，那是可爱。

记得儿子问我：妈妈，我们都这么高兴，熊猫也高兴吗？熊猫也喜欢我们吗？

我一愣，一时不知该怎样回答。是啊，熊猫喜欢我们吗？

就像我曾经以为幼年的儿子一定喜欢熊猫玩具，可是儿子并不喜欢一样，我们喜欢笨拙可爱的熊猫并自以为熊猫也喜欢我们，我们离开动物园熊猫馆时恋恋不舍，与熊猫热情挥手。可是，熊猫真的喜欢我们吗？熊猫除了喜欢日日给他喂食的饲养员之外，真的喜欢我们这些围观它吃饭睡觉的游客吗？

在海拔3000米左右的山岭上，那里云雾缭绕，那里空气湿润，那里绿竹成林，那里是熊猫广阔自由的家园。

熊猫会更爱昔日那个绿色家园，还是更爱如今金属围栏组成的安乐窝？我们不知道。

当年那个害怕熊猫玩具的幼儿，如今早已长成正在读研的青年。前几日，在家庭群里，他冷不丁说道：熊猫丫丫要回来了——它和我同岁呢，都是2000年生的。

我说：是呀，23岁的你，风华正茂；可是，23岁的熊猫，已经垂垂老矣。

儿子道：陪它一起旅美的老公乐乐已经死了，它是老而孤独。

我道：好在落叶归根，它终于回来了。

儿子发了一个笑脸表情。

想起多年前，儿子问我，熊猫喜欢我们吗？我依然不能在心底作答。

这个世上，我们以爱的名义，做了许多说不明白的事情；也因为好奇和贪婪，犯了许多无法掩饰的错误。

百科词条里说，截至2021年1月，中国大熊猫野生种群增至1864只。如今，不知这个数字是大了还是小了。但是，一想到这个数量只有4位数的群体，便觉得这个种群真的是孤独。

如此，它黑色幽深的眼圈，真是不可治愈了。

微 淡

有些花，颜色会越开越淡。

宅前的红蔷薇，开在春暮的晚风里，一洗铅华，似乎有了隐者之心。微淡微淡的淡红花瓣，薄薄地颤。

清秋的月亮，从东边的篱笆上升起来，在弧形的天顶上踽踽独步，遥望大地，到晨晓，月色也是微淡的了。彼时，露水濡湿篱笆上朝颜花的叶和花蕾，也濡湿了瓦檐和瓦檐下的蛛网。鹅在河畈上吃草，伸头一啄，露水簌簌而下。月亮的那一点黄，那一点红，都化作露水洒给了大地万物。它自己，微淡微淡的影子，隐没在西天尽头的朝云里。

有些日子，也会越过越淡。

从前迷恋红妆。化妆包里，胭脂和口红断然少不了，喜欢自己的一张脸是千里莺啼绿映红的繁丽与生动。现在，喜欢素颜，喜欢素色，喜欢自己是晚明烟雨里的一篱淡菊。绯红，桃红，橘红，曙红……那么多深深浅浅的红色，我只隔篱看花一般地瞟一眼，不再流连，不再恋恋放不下。

回想从前热爱舞蹈的日子，穿过那么多耀眼的演出服，珠片丁当，美得像要去涅槃……每次演出，为了登台，总要过江辗转，到布匹批发大市场里挑布，回来跟裁缝细细谋划款式……如今电子购物方便快捷，买件演出服比上菜市场买大白菜还要容易，可是，我已经不买了。

如今，喜欢麻，喜欢棉，喜欢板色没有款式的大衣在身上晃荡。秋日艳阳，穿一件茶褐色的苎麻风衣，穿过小半个中国，穿得人像个出土的哑蝉，衣不惊人，独享清风不语。

一直以为，写作是一件浓情的事。在寂静的深夜，在键盘上敲，每一个字都像是自己的情人知己，背负着炽烈疼痛的相思。现在，一颗心写薄了，薄得迎光一照可见血丝。

薄得，只愿意阅读。在深冬，拥衾抱卷，听时钟滴答滴答，觉得自己像一个还未解人世风情的蚕蛹，在不分雌雄地生长着。

还记得，从前一味沉溺于书写表达的畅快，倒不大喜欢阅读。那时曾有一编辑善意提醒我：要留时间来阅读，还要留时间给自己冥想，不要总是写。

怎么可能总是写呢！写着写着，写的心就淡了。像一朵睡莲，从早晨开到黄昏，夕阳在山的时候，我会收拢花瓣，不再吐露心香。

情怀和心境，到最后，都会微微淡下去吧。

读明末文人张岱的《湖心亭看雪》，那就是一幅墨色微淡的水墨啊。

“雾凇沆砀，天与云与山与水，上下一白。湖上影子，唯长堤一痕、湖心亭一点、与余舟一芥、舟中人两三粒而已。”

冬日寒山，应是黛色，是浓墨里加了一点点青，冷峭瘦硬，突兀在天地之间，突兀在宣纸上，突兀在国破山河在的旧文人的内心。现在，大雪之下，一切微淡。山与天和水，都笼在一片茫茫无际的白色里，慢慢隐藏起自己格格不入的色调。包括长堤和旧亭，都是淡色了。家国恨也好，别离悲也罢，都笼进了苍茫如雪的往事里。

这是一个淡墨绘就的澄澈清冷的世界，掺不进一点人间的是非与情感。因为内心清远，所以放眼看，江山辽阔。

住在西湖边的那一拨明末文人，就这样一日日将墨浓如铁的旧恨写成了空灵无染的淡墨小品。心意淡，笔墨淡，将自己放逐于淡墨一样的云水之间，冷也逍遥，孤也自在。

所有的颜色，所有的喜好，所有的情怀，太浓了，都是囚禁。所以，只能是选择转身，微淡下去吧。微淡，或许是条出路。

黄昏过长桥，远远看见旧时人。我假装不知，低头看湖水，湖水里颤动一缕孑然行走的淡影。啊……她没有抹胭脂。

第五辑

阅读是种深不可测的深情

仿佛一曲琵琶终了时，四弦裂帛，之后是唯见江心秋月白。人世间至浓至真的情意，到最后都是无以言表，只好用上省略号。

感叹号太煽情

文章写着写着，就很少使用感叹号了。觉得感叹号过于煽情，不内敛，不节制。

读文章，看到别人还喜欢频频亮出感叹号，闪电似的一个个破空而来，会感到羞惭，因为想到从前的自己。

那时候，也青涩，也煽情，也喜欢故作姿态。一点点小情绪，总要一惊一乍的，打上个大块头的感叹号，好像要声震八方。

那时候，表达内心，太过用力。

还记得小学毕业前夕，同窗们依旧疯玩。他们跳绳子，在槐树下追逐，撕下练习本上的纸叠成猪头来给人算命。而我，竟然像只提前羽化的蝴蝶，孤独翻飞。独自跑到校前的水塘边，拿出笔记本和铅笔来，画画。画的是即将离开的母校，白墙黑瓦，当中是金黄色的“胜利小学”四个字，还有校前一长排蓊郁的法国梧桐。以为自己一辈子都会对这座小学念念成痛。升上初中后，新同学，新环境，日子又采茶扑蝶一般地美美过起来，早忘记了当初离别小学时的忧伤。把离别弄得太夸张了，当年。

也还记得，少女时候，遥望未来，总觉得风烟茫茫。读席慕蓉的小诗，私下也偷着写诗，写：“我的心，不是水中的一块棉布/再怎样揉搓，总无折痕/请你看我/那风霜中摇曳的，一支秋荷。”那些貌似沧桑的句子，将对未来的那一点小迷惘，那薄雾般的小忧伤，硬是铆成了经日不散的遮天重霾。

处理得太用力了，那些过往岁月。多年之后，才知道，情况没有那么糟，心也没有那么痛，还不需要使用上饱蘸血泪的感叹号。大张旗鼓，声嘶力竭，都不需要。过日子，只需要一句一句静静地叙述，不需要借助感叹号来渲染，来粉饰，来哗众取宠。

还想起从前读唐诗，绕过初唐盛唐，偏喜晚唐的李商隐。“相见时难别亦难，东风无力百花残。”“此情可待成追忆，只是当时已惘然。”读时，内心大河汤汤，觉得深情就该这样一句一叹，一弦一柱思华年。

那时，以为情深就该是连绵的感叹号，一个感叹号是一段悲欢，哪懂得情深也不言。

待人到中年，一颗芳心活成酱油色了，幡然醒悟，深深喜欢起王维的诗。“行到水穷处，坐看云起时。”“江流天地外，山色有无中。”“明月松间照，清泉石上流。”那些句子，似乎是滤尽了红尘，滤尽了自己，只余下这清川，这明月，这空茫的山河大地。寂静，开阔，淡泊，深远……

王维爱过吗？一定像李商隐一样爱过。谁没有血脉澎湃地爱过呢？但是王维不感慨相见时难，他描述秋水潺湲。

李商隐像我们早前的时光，还在路上，还在眷眷地恋，苦苦地求，所以内心火旺，需要烈焰腾腾的感叹号来助长声势。王维像我们后来，懂得隐了，坐下来了，无恋无求，所以内心清凉寂静。处处遇景，处处都可以画上句号。

其实，太过沉重的思想，抑或情感，当得起一个感叹号的，到后来，也不屑于使用一个感叹号了。杨绛暮年，丈夫和女儿皆已不在人世，她一个人写《我们仨》，家和国所经历的风雨磨难一幕幕呈现。可是，我读她的文字，少见号呼，也不愤激。娓娓道来，清风明月，深情在言外。她在痛苦面前，依旧不失优雅。

回想从前，漫笔写情怀，那么迷恋感叹号，像迷恋形容词一样迷恋感叹号。后来，慢慢老了，心像稻谷在秋阳里慢慢灌饱了浆，终于低眉沉思。感叹号和形容词一样，都很虚妄，都那么不及物，不能直达心灵的潭底。

属于形式上的东西，在时间的流转里，都将一一剥离釉彩。最后发现，最可靠的还是叙述，一句一句本真地去叙述，用上逗号或句号。是非评论由别人，情浓情淡自己知。

深情无以言表，只好用上省略号

有一天，爱情写成了省略号，才最深婉动人。

是青春年少时，两个人在上学，参加学校的社团活动，回来路上下起了霏霏小雨。两个人在一处屋檐下避雨，算是初见。初见有小心动，小欢喜，像一枝白茉莉开在微雨里。她的头发湿了，鼻尖湿了，裙子湿了，鞋子湿了。还有一颗薄薄的少女心，像春雨里的杏花，也清凉柔软地湿了。他呢，他像一丛葱郁挺拔的芭蕉，虽然也湿了，却更风姿洒然。

然后，上大学，隔好几座城市。他每周去看她，坐六个小时的火车，窗外田畴换丘陵，乡村换城市。她在铁轨的尽头等他。几年下来，积攒有一堆的火车票，同样的起点和终点。以为一辈子会在一起，毫无悬念，像火车直达。多年之后，他握住的只是一堆旧年的火车票，她已嫁作他人妇。

怅然了十几年，到中年之后，再见她，终于释然。有一种爱情原来是省略号，前半生说，后半生省略，省略了相伴的琐碎，省略了一起垂老的无奈，只保留了前面的初相见。如果当年勉强捆在一起，也许已经熬成怨偶，或者已经离婚。而现在，他只想感谢她，感谢她依然是他心里那朵湿湿的杏花，让他觉得往昔岁月还珍藏有一段可咀嚼的美好和深意。

春风十里不如你！那个女孩依旧站在落雨的屋檐下，站在铁轨的尽头，不曾凋谢，像省略号一样让人怀想不尽，却又无须言说。

当年李宗盛和林忆莲花开并蒂，台上两人一起深情对唱，台下是世间烟火夫妻。他给她写歌，写《当爱已成往事》："往事不要再提，人生已多风雨，纵然记忆抹不去，爱与恨都还在心里……"听过很多人唱《当爱已成往事》，包括张国荣，但，最令我动容的，还是李宗盛和林忆莲对唱的那个版本，因为有深不可测的深情在里面。

2014年12月，这个被尊为"音乐教父"的男人在台北举行演唱会，在"男女情歌"环节，他再度演绎《当爱已成往事》，可是，只唱了一句，便哽咽得唱不下去。这一次的对唱，是隔空对唱，和他对唱的林忆莲在大屏幕里，那么近又那么远，隔着岁月，隔着城市。大屏幕里，身着红衣的林忆莲，披着卷发，深情曼妙。那是旧时光里的林忆莲，是往事里的林忆莲。他们曾在一起生活6年，育有一女，然后友好地分开。尽管有千万乐迷粉丝朝思暮想盼他们复合，可是终究没有，他们自此各走各道，一别两宽。她重新恋爱，他在北京做吉他。

一别经年，以为时空会帮爱情画上冷峻彻底的句号，可是当我看到这个一脸沧桑的男人哽咽时，我恍然明白，爱没有句号，只是化作了余音绕梁，化作独自蓦然回望，她不在眼前，她又像烟霭笼罩群山一样，分分秒秒，都在。

其实，不只是爱情到极致会成为省略号，人世间至浓至真的情意，到最后都是无以言表，在空气和时间里，像省略号一样，无声胜有声。

记得每一次目送儿子上学，我看着他跟我挥手，然后背上书包，慢慢走远，慢慢混入上学的人流里，彼时我的心里总是悄悄生起万千感慨。我知道有一天，他会背上更大更沉的行囊，坐上长长的列车，或者飞机，去探索他的远方，去开拓他的世界。而我，不可能一直跟着他同行。在漫长的光阴里，我对他的爱，对他的思念，只能化作绵延无尽的省略号，写在那些不断重逢又不断分别的时空里。

许多时候，我们垂手无策，只能目送，目送年少者寻找他的新奇壮阔的世界，也目送年长者走向黑暗永寂的死亡。所有的话语都是多余，所有的不舍也终归变成无奈，这样一趟无声目送的漫长旅程，最适合以一个省略号来表达。不说，一切都不说了，因为我们都懂。

仿佛一曲琵琶终了时，四弦裂帛，之后是唯见江心秋月白。貌似走向虚无，其实是抵达另一种存在，另一种无垠。每一场爱情和亲情，都可以在欢爱之后的沉寂里，在相聚之后的久别里，在不再言说的省略号里，化蝶成为永恒。

逗号，说的是庸常

曾以为，人生是东风夜放花千树，灿烂明艳，又蓬勃浩瀚，走着走着就是大气象。到后来才发现，其实是寻寻常常的一段段日记体。大多数人的一生，其貌不扬，是一桩一桩的俗事标注生命的节点，就像逗号一样，不含蓄蕴藉，不壮怀激烈。

逗号，说的就是庸常，平庸的庸，平常的常。

又要说到那次梁山游。旅程未起，我先就自作多情，以为那里会是崇山峻岭，会是烟波浩渺……待到终于上了梁山，山下山上，所见除了游人，便是卖旅游纪念品的小摊贩们。我细细打量他们，没有林冲，没有仿若林冲一样的男人。小摊上，木做的刀、剑，刷过清漆的酒葫芦，上面刻有“梁山留念”的字样。也有人在招徕游客骑马，三十块钱一趟，有游客坐上去，战战兢兢。“八方共域，异姓一家”，那样的宏大场面，那样的横阔时光，如今都改写成啼笑皆非的“旅游”。售票，检票，讨价，还价，林冲们不在，梁山归于庸常，小人物登场经营小生活。

有朋友，当初的恋爱，简直像水泊梁山一样波澜壮阔。分分合合，终于如愿修得真果，被招安在婚姻的狼牙旗下，开疆拓土地开始幸福好时光。好时光，其实就是过着过着，鸡毛蒜皮，一地狼藉。开始计较，开始抱怨。原来婚姻不是他和她，而是他家和她家，人情往来，孝顺父母，有人认为应该有所侧重突出重点，有人反对厚此薄彼主张天下大同，到后来，就是日复日年复年地内讧，无外敌压境，婚姻一样会土崩瓦解。

于是想，《红楼梦》里，宝黛的爱情成为悲剧多么美好，成为一处意犹未尽的省略号多好，让人垂泪不已痴想不尽。真要吹吹打打地结了婚，无非就是小日子，逗号的节奏。

逗号的节奏就是，喂过牛奶换尿布，拖了地板洗衣服，好容易熬到一天终了，天黑画上小句号。第二天，还是牛奶尿布，还是地板脏衣服。上幼儿园时一天四趟地接送，小学阶段辅导作业，青春期防范早恋，大学毕业后愁他找工作，找结婚对象……人生拉拉杂杂，无有终了。

想当年，奋力读书，以为定能搏来一个不同凡俗的未来，起码不同于母亲那一辈。其实，换汤不换药，哪有多少改变呀？一肚子苦水浪打浪在胸腔里，回到娘家，未及与母亲言，那个老女人已先自数落起她的家务琐事烦恼琐屑。约上闺密喝茶，聊天内容永远逃不开孩子、丈夫、单位、公婆、娘家父母。一桩一桩，烟火日常，是日记体里的逗号，没有丰富的表情。

人生何尝生动！青春一过，百花凋零，接下来便是叙述的语调，叙述波澜不惊的小日子。

读《人间词话》，读到“深美闳约”。我喜欢这四个字，深美闳约。说的是词，不是人生。

人生不深美，人生很庸常。它像一篇冗长叙事文章里的连绵逗号——退一步想，总要有这样一些逗号。不是每一对翅膀都能飞上湛蓝的高空，但毛毛虫总要继续它在大地上卑微乃至无望的爬行。不是每一个伤口最后都能吐出耀目的珍珠，但是蚌贝不会停止将挟带泥沙的海水一口一口地终年吞咽。

也许，正是这样的逗号连绵，正是这样漫长的平庸时光，让我们见证了过程，生命的过程。盛放和颓败都是过程的一部分。

重要的是，有一天，我们从英雄的传奇里走出来，从爱情的神话里走出来，能不能平稳着陆？能不能，安于这局促的逗号书写的人生，安于这八千里路的庸常时光，把自己平铺直叙地写下去？

书名号

但凡一个汉字，一旦被收进了书名号里，便仿佛登上圣坛，不由人对那汉字生了敬重心。

同样，再素朴的姓名，一旦追溯出书香门第，也就倏然散射出一层异样的光芒。

还记得，当年读小学，小学校长的家便被我们尊为神圣的书香之家。小学校长家有个女儿，在我们眼里，她自然算得上好出身了，那叫生长于书香门第。

书香门第多好啊！即使我们家和校长家一样，菜园里都有西红柿和丝瓜，过端午都会吃粽子，过年都会杀掉大黑猪，但我们家到底不是书香之家。每念及此，就觉得一颗心就要低到尘埃里，但是开不出花来。于是，看校长家的女儿，和我们几乎同龄的那个女孩，那个出身书香门第的女孩，就有了隔岸的味道。

隔岸地关注她。她夏天不穿漂亮的白裙子，而是穿长衣长裤，在我们眼里，仿佛那是她使命在身，必要中性打扮，才担得起那使命。一直地关注她。她上中学了，会打听她成绩好不好；她中学毕业了，会追问她考到哪里去了。她嫁了什么人？做着什么样的工作？还漂亮不漂亮？幸福不幸福？

“孤帆远影碧空尽，唯见长江天际流。”关注一个出身书香之家的女孩，大抵就像这样，身边的人都几乎忘记了她，时空里已经没有了她的影子与己交集，是孤帆早已远去，只剩滔滔的时间流水，可是我还痴痴地站在时间的岸边遥望追寻。这样的关注，其实是仰望了。不过是一个普通的女孩，只因为出身稍微不同而已。所以，与其说是仰望一个女孩，不如说是在仰望书香，仰望文化。因为那时，他们家比我们家更有文化。

成年以后，偶尔想起童年少年时的那些小心思，咀嚼起来，依然有一种妙处和生动。因为仰望，所以一路长大，总是不由想要与书亲近，与所有有文化内涵的物事亲近。

交往的朋友，也多是好书之人。一次，与朋友聊天，朋友跟我描述他的书房种种，心里暗暗向往。后来，去朋友所在的城市，抽空登门拜访，只为了看他的书房。果然是个大书房，靠墙一面，是巍巍耸立的几大排木褐色书橱，书橱里自然填满了书。书橱正对面，一张大书桌，上面笔墨纸砚贞静伺候。我坐在他的书房里，和他喝茶闲聊，聊阅读，聊写字，也聊从前的老时光，在乡下成长的少年时光。渡船，落日，青草，露水……还有借书还书的美妙经历。我没有朋友那么大的书房，但是，我很享受在自己的家里到处放书。床头有书，沙发上有书，茶几和饭桌上也是书……夏日，身着长裙，赤脚慵懒走在地板上，裙摆拂过脚踝，也拂过这高高低低散落在地板和堆叠在桌脚的书们，心里有坐拥天下粮仓的得意和美意。不禁自问：哪里需要仰望小学校长家，这里就是书香之室啊，一低头，一拈页，只觉自己的世界辽阔无疆。

先生的朋友是个出色的企业家，在给他的职工发放年终奖时，他给每位职工额外赠送一套《平凡的世界》。我们聊天，聊《平凡的世界》，他跟我说，二十年前读《平凡的世界》，那时眼底有泪，现在重读，已经没有了泪水。因为，只有奋斗过的人，艰难奋斗过的人，回头看小说中的兄弟经历，才会明白，那不只是苦难，那就是生活。生活，只需面对，无须流泪。和这位企业家朋友聊天之后，我很感动，很复杂的感动，关于人生，关于苦难，也关于阅读。是生活和阅读，让我们的心灵，越来越深厚，也越来越谦卑。企业家也曾经是乡下长大的孩子，少年时候爱读书，长大之后还是爱读书。少年时候，读书是饭食；长大之后，读书是他贴身的棉衣。

当我在电脑上敲出一个书名号时，我忽然觉得它很像篱笆，旧时乡下人家用瘦竹交错插放围起来的篱笆，篱笆里面，是端庄的一户人家。

现在，我们用阅读来围绕，围绕一个居住心灵的家。一颗充满书香的心灵，才是值得郑重，值得仰望。

我是一个孤立无援的句号

标点符号里，句号最绝情。我欣赏这绝情。

有时，我想，文字也要写得绝情些。这绝情，其实就是果断。一个句号下去，不犹疑。

我只说这么多：或者是浓缩，或者是节制。不千言万语，不千回百转。我只说这些，多了就错，多了就轻。多了就分了力，就不能一箭射入石头中。

艺术应该是绝情的句号。断臂的维纳斯就是雕刻者画出的一个决绝的句号，有了形体之美，有了姿态之美，十指纤纤已经可以断然省略。福楼拜笔下的包法利夫人最后服毒自尽，也是一个惨烈的句号，让悔恨和遗憾留给读者慢慢咀嚼，主角提前离场。

想我年轻时写小文字，一句又一句，连绵不断的逗号缠夹其间，总觉没说完，没说透。像恋爱，说了一夜，还是一肚子的话。到了中年以后，笔头就懒了，懒得多说。也像爱情：再见那人，相顾无言，即使有泪也深锁眸底；多数时候是，没有泪意。就这么绝情。再见面，是清风明月，是月朗星稀：我很好，你也珍重。

再见面，我们是两个沉默的句号，可以互不关联。

中年以后，事和情上，习惯用句号。

当人生走到习惯去画句号时，便真是凉下来了。是幽凉，是后半夜的露水悬挂在陈年蛛网上的凉，是霜降之后的初霜卧覆在石阶上的凉。

在众人喧哗骚动之时，我可以拣一个僻静的角落，自成国度。我不害怕落单，不拒绝时光的冷清和萧瑟。人世广漠，总有爱情、友情和亲情也都不能抵达的荒寒地带，所以不奢望有一个或那么几个人可以和我用逗号来连接，连接成永远的前后相随的两句。我知道，有些荒寒地带，我只能孤军深入。在那样的荒漠高寒地带，我是一个句号，孤立无援的句号，独立成段，独立成章。

我想，句号应该是冷色调的，是日暮苍山远，是月光下的古战场荒草披覆。

我读《水浒传》，读到宋江招安之后的那些章节，不胜苍凉，叹作者笔力绝情。那些英雄一个一个地散，一个一个地死，是一个一个的句号钝钝地在心上钻。散了，死了，只剩下莽莽苍苍的旧山河了。

读罢《水浒传》，心念念想去梁山，想那八百里水泊清波荡漾，想一支令箭放过去，对岸的芦苇丛里会划出一叶小舟来。借一叶小舟渡我魂归旧梦，我总疑心前世我是梁山上的林冲。待到真去了梁山，只见一座山峰突兀在中原大地上，并无甚险绝奇崛，山下也并无什么芦苇水泊——千百年过去，真是沧海桑田。英雄走了，梁山水泊的大舞台也消散在尘烟里了，句号就此画下，不容我贪恋。

不仅不贪恋，人生还要亲自操刀动手，自己给自己画句号。狠狠地画，狠狠地舍。

范蠡辅助越王勾践，灭掉吴国，完成了振兴越国的大业。事成之后，不居功自傲，而是急流勇退。他潇潇洒洒，泛舟于五湖之上，遨游于七十二峰之间，不留恋功名利禄，活得真是尽得风流。他舍得给自己的政治生涯画句号，他是智者。同为越国良相的文种，就不舍得了。范蠡隐退之时也劝文种，但文种选择继续留在越王身边，他希望他的政治生涯是一个逗号连着一个逗号，连绵着写下去，写成鸿篇巨制。哪里写得下去呢，收场不过是得了越王赐剑来自杀。

李清照在《夏日绝句》里写："生当作人杰，死亦为鬼雄。至今思项羽，不肯过江东。"这样的句子就有句号的雄浑沉重，不附和不妥协。想当年，也是夏日，在溪亭日暮，李清照和旧友喝醉忘记归路，缤纷笑声中误入了千朵万朵的藕花丛中。那时候，时光是轻灵如蝶的，心也是。那样的日子其实是一个一个的小逗号，绵延摇曳，自有风情。有一天，家国江山皆破碎，她可以像项羽一样，不过江东不偷生。这就是一个最响亮的句号了。

句号，是绝情。但，不绝情怎么见风骨！

她是孤鸿，自舞自沉醉

爱情的梦，谁都做过，是杜丽娘做得太较真了。读罢《牡丹亭》，怅然不已。只觉得这一场爱情，是丽娘自己酿造的一坛老酒，醉了自己，也醉了观众。但，与柳梦梅关系不大。

她游园做了一场春梦，梦罢，那个人走了，那个人去追寻他的功名利禄去了。只有这个痴情的姑娘，在为春梦纠结，要结果。

落花惊醒春梦，杜丽娘从此怏怏，放不下心里的人。翌日朝起，偷着空儿再去花园里，看看垂杨，看看榆钱，复又想起那些香艳缠绵的片段，于是怀人伤春。丫鬟春香除了陪着哭泣两声，哪里懂得她的情意！她在自己的世界里，将从此孤独地启程，越走越远。而柳梦梅更远，隔着时间，隔着空间，远不能到达来抚慰他的相思。

为相思而衣带宽。只叹，花开一般的容颜，独缺那画眉人，于是提笔自我描画，留下一幅青春掠影。亭台山水做背景，烘托一位手捻青梅的女子，青云出釉一般，净洁美好。还要题上诗句：……他年得傍蟾宫客，不在梅边在柳边。自忖，将来要嫁的男子，不在梅姓人家便在柳姓人家了。这样针线细密地铺垫为他日的相逢！原来，人世间的遇见，一种是靠缘分，一种要靠自己谋划啊。杜丽娘太主动了：所有的爱情大戏，我是导演，是编剧，是自己的灯光和音响师。

她把自己的爱情演绎成一道填空题，只等他一脚踏进来，至此，成就一个完整的句子，姻缘庄严完美。画毕，想想人家有情人可寄，自己寄谁呢？我有一缸如蜜的岁月，谁与我共执一勺，彼此相濡相喂？

青春的前半场，爱情于她，是一场独角戏。

我和她一样，盼着那梅边人柳边人早日来到，拾起那埋在太湖石下的写真，解开她为他早早按下的爱情的悬念。待到落魄书生柳梦梅有一天一头撞进道观里来，我真的好失望。他一身泥一身水莽莽撞撞的样子，不知道杜丽娘亲见了，会做何想。更失望还不在此处。

《冥誓》里，杜丽娘已来到房里，两个人谈婚论嫁之间，柳梦梅问起杜丽娘的姓名来，他目睹杜丽娘风神姿态俨然仙女，内心竟有忧惧不安。“薄福书生，不敢再陪欢宴。尽仙姬留意书生，怕逃不过天曹罚折。”他担心她是仙女，因此不敢厮混下去，怕的是遭受惩罚。在他心里，居高位者是不可冒犯的，有些界限是不可逾越的，一旦涉及自身生死安危，爱情抑或女人都可以放下。他这样圆滑世故，懂得遵守规则，懂得自保不轻易去碰高压线。

有一天，爱情款款来到，张口结舌的我们，怎么愿意承认，翻越万水千山而来，我和你却依然是河两岸。《欢挠》里，杜丽娘的鬼魂第二次来到柳梦梅处，二人相会，应是卿卿我我地诉一番衷情才是，但事实是，两个人的谈话不在一个调上。“（旦）……为什么人到幽期话转多？（生）好睡也。（旦）好月也。消停坐，不妒色嫦娥，和俺人三个。（生）无多，花影阿那。劝奴奴睡也，睡也奴哥。春宵美满，一霎暮钟敲破……”显然，她想表达内心，趁着美好的月色。但柳梦梅是不想听她抒情的，他想的是两个人抓紧时间睡觉。在杜丽娘这里，爱情是河这岸，清风晓月，执手陌上看花缓缓归。在柳梦梅那里，爱情是河那岸，千军万马，血脉偾张塞上围猎，沉溺于掠夺与占有的狂欢。

说到底，在同样的爱情舞台上，杜丽娘是世外看花人，柳梦梅是红尘酒肉客。她是水，他是泥。她是云，他是尘。

丽娘的形象比柳梦梅灿烂明艳，在于，她有格调，她更渴望精神上的彼此对话与呼应。但柳梦梅没能也不会帮她实现，他在尘埃里，只能目送孤鸿远去。

她是孤鸿，自己飞舞，自己沉醉。

中年的宏大叙事

少年时，踮脚看中年风光，只觉遥遥的，尘气莽莽然。心生忧惧，怕到中年。

近中年时，读《牡丹亭》，读到杜丽娘的父亲杜平章这个人，心里凛然生惊。他把中年岁月过得天高地阔、铿锵有声，也将一本香艳软糯的《牡丹亭》给撑起来了。齐家，治国，平天下，一个传统文人的风骨，于花团锦簇的爱情间隙，赫然可见。

“几番廊庙江湖。紫袍金带，功业未全无。华发不堪回首。意抽簪万里桥西，还只怕君恩未许，五马欲踟蹰。”中年人，卡在这个点上，岁月半老，事业已有建树，可是，想退出江湖太难。只能继续往下走，背负该背负的一切。人生是长长一段跌宕起伏的叙事，中年刚到了高潮，只能紧锣密鼓，只能慷慨激昂。

最喜读《劝农》这一出，那分明是一幅清新得犹有露水香的风情画。于整出大戏看，劝农这一场，情节不险峻，有一咏三叹的古风与优美，像是秋千在荡向最高处之前所呈现的悠然与舒缓。“乍晴膏雨烟浓，太守春深劝农”，杜太守为官勤勉，春日出城劝老百姓紧跟时令及时耕作，不可抛荒游懒。“红杏深花，菖蒲浅芽。春畴渐暖年华。竹篱茅舍酒旗儿叉。雨过炊烟一缕斜。”这么多这样美的景物描写，衬托着中年的一场人生叙事。劝农，简直像采风！高兴之余，换个调儿继续唱着叹着：你看山也清，人在山阴道上行。春云处处生。风景美，风情更美。山水清明，官吏清廉，民风淳朴。田间路上，田夫出粪，牧童放牛，蚕妇采桑，茶农采茶。绿荫深处，劳动的歌声三声两声，此起彼伏……这才是江山俊美如画。

人生怎会处处得意！杜太守也有遗憾，那就是无子传后。但是，他能撇去个人生活里的小遗憾，走出庭院，走出办公室，走进乡村走近百姓，去建设大场面大境界的政治生活。政事通达百姓和乐的社会风情美，才是检验一个男人功成名就的标尺。一个人，大约只有到了中年以后，只有到了他的心胸拓宽到闺阁与考场之外的时候，才会懂得，山水清明之后的社会清平才是大风景大气象。这是中年人的深厚和宏大。

在柳梦梅出场的折子里，几乎读不到对山川风物与人情的描写与赞美。到底格调不一样啊，一个心里承载了江山与百姓，一个心里只装了功名与美人。

读到《移镇》和《御淮》，中年人的苍凉与苍劲，尽入心底，只想揾泪一叹。“砧声又报一年秋。江水去悠悠。塞草中原何处？一雁过淮楼。天下事，鬓边愁，付东流。”归隐无望，中年丧女，复从南安辗转调到扬州，又逢敌患围了淮阴城。这样的中年啊！靖康之后，放眼望中原，万事伤心。这样的中年！

山河破碎，人心浮沉，悲叹之后，还要直起腰杆挺进，挺进。叛军李全将淮阴城围了七周遭，意欲将它围成个死城，杜平章命令士兵打开缺口，舍死冲入城内，以解围困。入城后，了解军情，安抚军心，泪洒孤城，暗祷苍天，死命硬撑着，等待援军的来临。每读到这里，便想起宋词里的豪放派，想起辛弃疾的“四十三年，望中犹记，烽火扬州路”，想起范仲淹的“浊酒一杯家万里，燕然未勒归无计”。

读杜平章出场的折子，觉得快意，酒酣胸胆尚开张的快意。我要感谢他的出场，让杜丽娘有一个一身硬气和豪气的父亲。感谢他的出场，让戏里的一座淮阴城没有沦陷，也让我们读者的眼睛和骨头没有在温柔绮丽的爱情里沦陷。

回想少年时，陪母亲看戏，一看到老生出场，喋喋不休地喊，就恼恨，盼着身着红襦绿罗裙的小姐快出来。如今，常常一个人在家里听戏，寻老生的唱段来听，高昂的，苍凉的，雄浑的，大气的……美人可爱，爱江山的人，可爱可敬。

人散后，就剩下了戏

读《长生殿》，从生、旦两位主角那里读，读到的是情。可是，若从第二十九出《闻铃》往后读，净末丑外贴，读这些配角，只觉秋风习习，禅味渐渐出来。众欢皆散。飞鸟各投林。当年生活在主角身边的那些草根们，那些伶工和宫女，随山河破碎之后，一个个也七零八落了。

好似一夜北风，白梅落满南山。那隐约的花香像爱情的气息，被经历离乱的旧人带到了民间传唱。爱情慢慢成为传说，到处流播。人散后，就剩下了戏。

戏在一只锦袜里。

贵妃娘娘遗落在梨树下的一只锦袜，被马嵬坡下开酒店的一个老妪拾到，从此酒店生意格外好，既卖了水酒，又顺带收了看袜子的看钱。听说是贵妃娘娘的袜子，民间的老百姓有几人不想亲睹，感受一番皇家的华丽和苍凉？那个吹笛子的高手李謩也来酒店看锦袜了，在《偷曲》里曾隔墙偷得半部《霓裳羽衣》曲的李謩，何曾想到手中这锦袜的主人就是那《霓裳羽衣》曲的作者！看锦袜轻软，针线文饰光艳，忍不住叹绝代佳人绝代冤。路过酒店的道姑也看锦袜，叹香气犹存，佳人难再。那位去华山进香的种田老汉却对锦袜不屑，犹自抱怨美人误国。果然，是是非非，尽由后人道了。

戏在一曲琵琶词里。

读第三十八出《弹词》，听当年梨园伶官说奢华，说恩宠，说苍凉，说天宝遗事。早年学杜甫的诗《江南逢李龟年》，学得满心疑问。“正是江南好风景，落花时节又逢君。”不知道这相逢是悲还是喜，按说，他乡遇故知，应该欢喜，可又偏在落花时节，一定怀有一种难言的幽微情怀了。到读《弹词》时，才终于明了这江南相逢的凄凉与冷落。年老的李龟年，当年曾在梨园亲手教演《霓裳羽衣》曲，被赏得数万缠头，如今流落江南，抱一面琵琶，长街卖唱来糊口。唱的是《霓裳》旧曲。“唱不尽兴亡梦幻，弹不尽悲伤感叹，大古里凄凉满眼对江山。我只待拨繁弦传幽怨，翻别调写愁烦，慢慢的把天宝当年遗事弹。”看客们喝彩，也不问真假，只要有戏味就成。白须旧衣的李龟年，自弹自唱，在江南。当年的三千宠爱，当年的娘娘制谱翠盘上跳起霓裳舞，当年的六军不发马嵬坡……平平仄仄地，一一都入了唱词里。都成了戏。“……问俺为谁，则俺老伶工名唤龟年身姓李。”身份一交代，观众哗然。老伶工当年唱给李杨二人听，如今，人散后，当年的主人又成了戏，同一张嘴巴，唱给大街上来往的各路客官听。

戏在旧时宫女的叹息里。

白头宫女在，闲坐说玄宗。当年的奢华如玉液琼浆，如今都被兑了水，不断在时间里稀释，渐渐只剩一点记忆里的气息在心底袅绕。第三十九出《私祭》，两位当年侍奉贵妃的宫女还在，一个叫永新，一个叫念奴，都做了道姑，每日里花前学学诵经。想起当年贵妃娘娘教白鹦鹉念诵心经的往事，替旧主遗憾。若能及早从一卷经书里悟得退守，何至于后来有马嵬灾难。适逢清明，于是道观里供起牌位，纸钱和清茗奉上，再折上一朵雨中牡丹，祭祀旧主。清明时节雨纷纷，道观里进来了避雨的李龟年，一番诧异，一番相认，一番感叹。三个旧人，在贵妃娘娘的牌位前，相聚。说什么呢？说离乱，说离乱之前，华清池，《霓裳》曲……“蓦地相逢处，各沾裳。白首红颜，对话兴亡。”

这些净末丑外贴类的配角们，在繁华之后，各自沧桑。岁岁花前人不老，恩爱也不老，只能是多情而美好的愿望。江山破碎，美人亡故，最后只剩下唱戏的人在人间。唱不完兴亡恨，美人憾。《弹词》里，唱戏的人也老了，李龟年把曲谱传给了李謩。到最后，只剩下戏了。

“李官人啊，待我慢慢的传与你这一曲霓裳播千载。”

思念成就永恒的爱情

一本五十出的《长生殿》，到二十五出《埋玉》，杨玉环就做了春暮的梅花随风逝。一条白练香喉锁，自缢，在马嵬坡的梨树下。女主角一旦退场，就觉得剩下那一半的戏，是空荡荡的，山寒水阔，风烟莽莽……后半部戏，说什么呢？

说说思念。说不尽思念。

《长生殿》读到后来，竟觉得不是写江山美人，而是写思念。

一唱三叹的思念，在烽火之后，在生离死别之后，如箫音袅绕在秋水之上。

思念那么长。

活着时思念。《献发》里，玉环被明皇撵回娘家，没想到她珠泪一大把竟不为羞不为怒，却为着思念。叹：禁中明月，永无照影之期；苑外飞花，已绝上枝之望。这样绝望了，不如老实睡上一觉，心情或许会好一点。可是玉环呢，也不春睡了，引着丫鬟小梅香上了娘家的御书楼，登高望远，望一望远处的宫墙，那里住着她的明皇。

待死后，还要思念。《冥追》里，明皇已乘銮舆去，马嵬坡空留玉环一缕孤魂，悠悠荡荡，依然一路跟随。古道逶迤，林霏迷蒙，蜀道难，情路更难。我始终不解玉环的思念，总疑心这思念里有一个弱女子拼命贴向男权与皇权的奴心。待读到《仙忆》，才明了这思念里有郑重，有感激。

美人得宠，如才子得遇，都令人耿耿不忘，令人生赴汤蹈火的回报冲动。此时玉环已登仙籍，身份辉煌，竟还忘不掉人间的那个小老头。早早晚晚，还把那金钗钿盒捧出来看，往日的温柔和缠绵如晓梦犹在枕边，那么近又那么远。盼着重续缘分，盼着再会那人。应嫦娥吩咐，再制一份霓裳谱，笔墨间竟是泪痕斑驳。

思念没有尽头了。到哪里都逃不过思念。

看看明皇，江山破碎，两鬓覆霜，这样的境地，还要背负思念，以致觉得身体都是多余。一个阅尽女人的男人，大约也只有在默然思念的那刻，才从众生里突兀出来，风标一般立起了真实而有情的风骨。

思念那么凉。

读《长生殿》，最喜读明皇思念的那几出：《闻铃》《见月》《雨梦》。满纸的秋风秋雨，朝来看梧桐落叶，满院都是相思。

离了马嵬坡，从此生死相隔，纵拿十座城池也换不来美人嫣然一笑。幸蜀途中，明皇剑阁避雨，听檐下的铜铃随风雨声而响。“淅淅零零，一片凄然心暗惊。遥听隔山隔树，战合风雨，高响低鸣。一点一滴又一声，一点一滴又一声。”从此后，他是孤雁，在并不高远的天空仓皇独飞，听风听雨，听见的其实都是自己内心的孤寂之音。一恸空山寂啊。

后半部戏里，看作者动用《诗经》里惯用的笔法来反复铺排思念，觉得思念最美。让明皇余生做一只惊弓之鸟吧，罚他一不小心就跌进思念之渊。

郭子仪平叛后，明皇回西京，人马缤纷，而内心犹有凄惶。山河未改，伊人已不在。天晚，住凤仪宫，玉环曾经住过的宫殿。宫阶寂寥苍凉。《见月》里有：“黄昏近也，庭院凝微霭，清宵静也，钟漏沉虚籁。一个愁人有谁偢睬，已自难消难受，那堪墙外，又推将这轮明月来。寂寂照空阶，凄凄浸碧苔。”独对寂寥，已觉漫长无奈，永夜像漏壶之水滴不完，偏明月欺人，皎皎一轮，单照这离人。

《雨梦》里听雨，天涯何处不相思啊！“冷风掠雨战长宵，听点点都向那梧桐哨也。萧萧飒飒，一齐暗把乱愁敲，才住了又还飘。”这愁，无非是思人之愁。天荒地老，只有思念，如老城墙上盘旋的树根，疯长依旧。

《长生殿》这戏，到底是说思念的戏，适合在秋天演。秋风飒飒，天地平凉，看罢戏，落日昏黄，回家的路上，想想旧人，偷空也思念一把。就当是余音绕梁。

结尾几出，织女和嫦娥牵线，让李杨二人月宫重聚。总觉得这结尾不贴。织女自己一年才夫妻团聚一次，自顾不暇，哪里还有闲心去管人家！

团圆是不必了。保持思念的状态就很美好！恩爱短如一场春睡，思念让爱情得以永恒。

“人散曲终红楼静，半墙残月摇花影。”急管繁弦的宠爱之后，最好的收梢是，看秋水无澜，听落花无语。

一片深情付东流

白素贞嫁许仙，这一对夫妻，年龄差距太大。一个一千岁了，一个才二十来岁。

年龄从来都不是问题。问题是两个人的识见和能耐，不在一个层次上。白素贞修炼千年，太能了，注定了这一场婚姻不是木棉树同橡树并列站在一起迎接雨露阳光，而是云南少数民族姐妹唱的“藤缠树”。只是，是白娘子做了挺拔大树。

瞧许仙做丈夫的：哎呀，娘子，这个方子怎么开呀；哎呀，娘子，我们今天去哪儿呢？哎呀，娘子，家中来客人了，你快来招呼吧……他把白娘子真当娘了。

女人太能干，能干就干一生。自过河自摆渡，一把雨伞一借一还，成就姻缘。以为功德圆满，其实是一坛烂菜才开头。开门七事，米怎么来，茶怎么去，小日子还要靠自己谋划。白素贞自己出技术还不够，还要出资金。盗库银，开药店，送他嫩头小子许仙一个老总的职位。

女人太能干，后果往往是不仅不招丈夫疼，还要招外人嫉恨。

我小时候，理想是练得武功盖世，曾在盛了稻子的箩筐沿走路，练轻功。那时读巴掌大的连环画：几缕墨线勾出大漠群山，身披黑披风的女侠月下提刀纵马……有一回读到一个身手不凡的妻子在睡着时挨了丈夫一拳，丢了半条命，叹恨不已。原来树大招风，妻子强过丈夫，还强过一村子的男人，外人不服，于是挑唆丈夫，说只要趁妻子睡着时往她胸口擂一拳，她便武功尽废，从此唯唯听命于他。读毕，心里忧惧多年：将来，我的丈夫会不会也趁我睡着时给我一拳？

所幸我没练成盖世武功，所以没条件挨那一拳。但白娘子挨了，挨的不是一拳，是万劫不复的现出原形夫离子散啊！他听信法海，端午节不看龙舟赛，宅在家里劝一个怀孕的女人喝雄黄酒，进行DNA鉴定。貌似要怪法海，把一个魔种进了许仙的心：那个女人是千年蛇妖，是蛇妖，是蛇妖……帐子一掀，啊，果然是蛇妖！吓死。

这一段母子式的婚姻，越过越被动。想想，自做媒人，自持家，自盗库银，自开店，哪一桩，自己不到就办不成。现在，还要迢迢去往昆仑山，盗灵芝仙草来给小丈夫还魂。从妖做到盗，从人间盗到仙界，终于到水漫金山，闯下大祸，触犯天条。像一个母亲对一个孩子的付出，没有底线，直到最后丝尽烛残。

人世间的争斗不外两种，一种为情，一种为饭碗。白素贞战法海，为情；法海陷害白素贞，则为饭碗。按说，法海那样的得道高僧，该早料到这一桩孽缘，人家借伞时不阻止，人家成亲时也不阻止，偏偏是人家的药铺生意红火时来作梗了。小时候在月亮下听奶奶讲白娘子妙手回春，给钱塘百姓治病，那时我只叹白娘子真是好本领。多年后，我才悟得，那白娘子生意做大冒犯既得利益者了，后果必然严重。从此老百姓信医不信神佛，有个小病小灾的不去烧香磕头，而是去许仙那里抓药，顺带着看一眼人家漂亮的白娘子，庙里自然香火冷清，长此下去，和尚们怕连粥都喝不上。

缺口从许仙身上打开。许仙软耳根，没主见，加上对妻子的过去到底有些不放心，所以关键时刻没能挺身护一把：是不是蛇妖关你何事！男人靠老婆，吃几碗软饭问题还不大，一个人的能力总有大小，但是，若是分不清敌我阵营就实在不可原谅。白素贞，真是白养了一个小丈夫！

最喜越剧《白蛇传》中《西湖山水还依旧》这一唱段，辞美情哀：西湖山水还依旧，憔悴难对满眼秋。山边枫叶红似染，不堪回首忆旧游。想那时三月西湖春如绣，与许郎花前月下结鸾俦。实指望夫妻恩爱同偕老，又谁知风雨折花春难留。许郎他负心恩情薄，法海与我做对头。我与青儿金山寻访人不见，不由我又是心酸又是愁。难道他已遭法海害，难道他果真出家将我负。看断桥未断我寸肠断，一片深情付东流。

往事的甜蜜，现实的不堪，付出了那么多，如今终于识得许郎的负心薄情。可是到底还放不下，还担心那人的安危，还要寻访，还希望能和他重新来过。哎，自叹，一辈子，深情都做了东流水。

他在郊野

——读《麟之趾》

麟之趾，振振公子。于嗟麟兮！

麟之定，振振公姓。于嗟麟兮！

麟之角，振振公族。于嗟麟兮！

——《诗经·周南·麟之趾》

麒麟是传说中的仁厚长寿之兽，它长有羊头、狼蹄，身覆鳞片，尾似龙尾，身高两米。古人用构造龙的形象的方法，也构造了神兽麒麟的伟岸仪容。但是，他们在构造麒麟这一形象时，别有心思，更多赋予它的仁厚之德，说它有蹄不踏，有额不抵，有角不触。它骨骼清奇高耸，出身尊贵，却有着比微风还要柔软的内心，哪怕一颗卑微渺小的露珠，麒麟也不会将它碰碎。

它有强大的威慑力，但绝不释放它的杀伤力。这是麒麟的尊贵所在，它不是神奇，而是神圣。

民间流传着麒麟送子的祝福，新婚夫妇房间的某个角落，也许会被父母悄悄挂上一个麒麟送子的挂件。而翌年出生的白胖小宝宝的脖子上，自然也会挂有一个祖辈赠送的麒麟吊坠。

不知从哪个朝代开始，麒麟离开了王侯的深宅大院，入驻民间。它化身为人们美好的祈愿。然而，在三千多年前，这种颂祝麒麟也颂祝新孩的情景，应该更多演绎在王侯的宅邸罢。

读这首《麟之趾》，仿佛看见一群词汇量还并不丰富的古人围绕着堂上的新孩唱颂。他们从麒麟起兴，欣然赞美着眼前的王孙公子。他们唱颂时，似乎远远看了一眼门外的青山与林木，仿佛看见那茂盛的木叶之间隐约有麒麟的伟岸身躯在隐约闪现。他们看着新孩手舞足蹈眉目明媚闪烁，仿佛看见仁厚的麒麟化身成眼前的婴孩。是该先颂麒麟，还是先颂眼前的婴儿呢？他们一唱三叹，他们一唱三和，颂一句麒麟，颂一句这新生的血统尊贵的王孙公子。

麟的脚趾啊，仁厚的公子啊。啊，麟啊！

麟的额头啊，仁厚的公子啊。啊，麟啊！

麟的尖角啊，仁厚的公子啊。啊，麟啊！

赞美它，赞美它有脚而不踏伤低处的小虫。

赞美它，赞美它有额头而不抵触对面的小兽。

赞美它，赞美它有尖角而不戳疼落脚的飞禽。

……

歌声唱着唱着，就飘出了王侯的宅邸，飘向广阔的田野，落进千千万万寻常百姓的耳朵里。

在几千年前的中华大地上，在那些沿着大大小小的河流聚集而居的王国和群落里，那些动听的祝颂之歌，有的是从民间唱起，慢慢飘进王侯的宅邸；而有的，却是从王侯宅邸的窗口飘出，最后落脚在千门万户的寻常百姓家里。

据说，麟在郊野，寻常不会现身。只有遇到贤明的君主，它才会出现。

但是，在竹木环绕的村舍前后，在阡陌交通的郊野之上，唱颂仁厚之麟的歌声，却是年年月月，不绝如缕。

麟在郊野。一个个像麒麟一样体格高大、品格仁厚的孩子，也在郊野之间，承载着父辈祖辈的祝福，活泼生长。他们像草木，一年一岁，腐朽一层，新生一层。大地上的生命，在郊野，生生不息。

歌声在王侯贵族与寻常百姓之间，来回飘荡，命运也是如此。今日的王侯子孙，也许他日成了寻常人家的祖辈。今日稼穑之家正被唱颂祝福的那个婴孩，代代繁衍之后，也许会在某场烽火之后，诞出一个身着绫罗的王侯。

在父母眼里，每一个新生的孩子，都是尊贵而仁厚的麒麟，都值得被颂祝。所以，这首主题很可能是庆贺贵族生子的赞美诗，却被编排进《诗经·国风》这一章里，是多么恰切。

沿着河堤走走

——读《汝坟》

遵彼汝坟，伐其条枚。未见君子，惄如调饥。

遵彼汝坟，伐其条肄。既见君子，不我遐弃。

鲂鱼赪尾，王室如毁。虽则如毁，父母孔迩。

——《诗经·周南·汝坟》

清秋时节，我握一本《诗经》，去汝河。汝河源自今天的河南。我想沿汝河河堤走走，去看看那个伐薪的女子。是周代的汝河，隔着三千多年的时光，我看见了她。她也正沿着河堤，独自低头行走。

是的，她太特别了。因为她是位手握斧头的伐薪的女子。

她应该是提着轻便的篮子、和姐妹们一起唱着说着去采葛的女子，或者是在水上采荇菜的女子，或者是去山中采薇的女子……总之，她不该是一个伐薪采樵的女子。伐薪采樵，是男人的活。

她身着一身青布葛衣，在我前面，瘦瘦薄薄的影子像一片刚落过初霜的山楸树的叶子，飘进了一丛山楸树的枝丛里。丁丁丁丁的伐木声，像四言的叹息，一句一句，从微微萧瑟的树丛深处传出来。

这是清秋之晨，汝河之上乳白色的水汽还在蒙蒙地弥散，朝阳鲜红如盘子里的嫩滑荷包蛋。可是，她已经在伐木了。

我走近她，正想问：你为何这样早出来？为何不是你的丈夫出来砍柴？只听见她一边伐薪，一边自言自语：未见君子，惄如调饥。她微微出汗的侧脸，憔悴与忧伤并存。

她还没吃早饭，家里急等柴烧，她忍受饥饿强撑身体来干活。她和丈夫离别已久，家事指望不上丈夫，又还饱受思念的煎熬。

也许她曾是河水之上采摘荇菜的女子，被一位少年浓烈地渴慕；也许她曾享受过一段短暂幸福的少妇生活，和女伴们采葛织衣，穿着新衣回娘家……但是，此刻她是一位经受着来自物质和精神双重磨难的不幸女子。

我和她一样期盼，期盼着她的丈夫早日归来。

又是一个春天，我又来到汝河，沿着河堤走走，读读《诗经》，也想再次看看那个女子。

彼时，汝河已从残冬的睡眠里蓬蓬起身，河水淙淙，不时有一两只木船载客而过。河畈上，山楸树的新枝在微风里摇曳如活泼的村童。枝梢上鸟鸣啾啾，把河水和田野当成了巨大的和弦。

春天真好！

是的，我又看见了那位女子，在她家门前。女子含笑站在一棵山楸树的嫩枝前，原来她起得比去年秋天更早，早已砍回来一堆新柴。可是，她为什么笑得这样甜蜜而含羞？

我看见，一只木船在岸边停靠，一个风尘仆仆的男子正身背包裹手拿雨伞，一步一步下船来。是她的丈夫！从她奔向他的步伐里，从她亦喜亦泪的颤抖欢呼里，我已知晓。

既见君子，不我遐弃。

既见君子，不我遐弃。

既见君子，不我遐弃。

她欢呼着，咏叹着。久别重逢，是人间最动人的故事。这么多年，他终于归来，没有将她抛弃，没有将她忘记。

他远远迎过来，握着她的手，低头去看：那双手再也不是他离家时握过的那只柔软白嫩恰似荼荑的手了，她的手粗糙如木柴，粗硬如斧柄，粗黑如斧头。她替他，活成这个家里的男人，她把那个美丽娇嫩的自己弄丢了。他感到难过，感到惭愧。他不能再离开家了，他想。

他们一定从此相伴不离吧，我相信，也祈祷。

当我第三次来到汝河，我沿着河堤走走，不觉又走到女子的家门口。很遗憾，我看到了一对夫妻含泪争吵的情景。

鲂鱼赪尾，王室如毁。虽则如毁，父母孔迩。

他说，王室事务急如火起，他得赶紧收拾行李。

可是，她含泪，拦在门前。

他不忍推她，可是又急得仿佛水里摆尾急游的鱼儿。举目远眺，汝河尽头的大地之上，似乎有战旗猎猎，有尘烟飞扬。

他真的要出发了。他拉她，求她让出一条路。

虽则如毁，父母孔迩。

她指了指堂上一对老父母，道：虽然王室的事情急如火起。可是，眼前这一对老而贫困的父母怎么办呢？谁来供养他们呀？

沉默。

沉默的清晨。沉默的汝河。沉默的周朝大地。

在这无边的沉默中，我又看见那位沿着汝河河堤行走的女子，看见她独自伐薪的背影。在白露为霜的清冽空气里，我忽然怀疑起自己，也许她的丈夫根本就不曾回归过故里，春日里的那场夫妻重逢，也许只是一个幻影。